角落里的青春

浅末年华卷

见习差生逆转校园

回味青涩往事，
解密成长密码

主编/刘 勇

中国财富出版社

图书在版编目（CIP）数据

见习差生逆转校园/刘勇主编．—北京：中国财富出版社，2014.3
（角落里的青春·浅末年华卷）
ISBN 978－7－5047－5061－7

Ⅰ．①见… Ⅱ．①刘… Ⅲ．①短篇小说—小说集—中国—当代
Ⅳ．①I247.7

中国版本图书馆 CIP 数据核字（2013）第 280870 号

策划编辑	王秋萍	责任印制	方朋远
责任编辑	白　昕　白　柠	责任校对	梁　凡

出版发行　中国财富出版社
社　　址　北京市丰台区南四环西路 188 号 5 区 20 楼　　邮政编码　100070
电　　话　010－52227568（发行部）　　010－52227588 转 307（总编室）
　　　　　010－68589540（读者服务部）　010－52227588 转 305（质检部）
网　　址　http：//www.cfpress.com.cn
经　　销　新华书店
印　　刷　北京兴星伟业印刷有限公司
书　　号　ISBN 978－7－5047－5061－7/I·0106

开　　本	710mm×1000mm　1/16	版　　次	2014 年 3 月第 1 版
印　　张	14	印　　次	2014 年 3 月第 1 次印刷
字　　数	259 千字	定　　价	27.80 元

目录

Contents

浅爱微凉

盛夏时光

冬日暖阳

酴醾初醒

一梦成池

浅爱微凉

被阳光斑驳的青春

■ 未绪

一

南方的气候时常会变化多端，比如，当人们裹着温暖的衣裳时，太阳悄悄冒了出来，瞬间晴空万里。又或者，突如其来的大雨让人措手不及。

我和肖静在“地铁”水吧一边若有若无地吸着奶茶，一边看着此刻外面瓢泼的大雨落地成花。以及，地铁瞬间挤满了躲避大雨而无法回家的人。

肖静楚楚动人的脸上也因为地铁挤满了人而一副幽怨的模样，时不时看着手表，说：“顾念，他们两个怎么还不来？都一个小时了，老娘什么时候等人等过这么久。”

我已经习惯了肖静时不时的粗口，她说人生若不能痛快地做自己想做的事情，那么活着不就等于浪费，以至于未有人能超越她全校霸主的地位。我拿出手机，上面也没有他们来的电话，甚至是一条信息。

“是不是出什么事情了啊？”我把玩着已经喝完的奶茶杯。

“你当他们三岁小孩子啊。”肖静边说，边拿出手机拨打第十遍，我很清楚若是电话再打不通，肖静估计杀杨东的心都有了。

当听见肖静狮子般的怒吼时，我知道那头杨东肯定接了电话。而此刻，杨东和姜澄也出现在地铁门口。

肖静挂掉电话，别过脸不看他们，杨东和姜澄走到我们旁边坐了下来，身上全被大雨淋得湿答答的。我刚想问怎么会来这么晚，他们脸上明显的伤痕顿时让我愕然。

“脸上怎么回事啊？和谁打架了？”我抬起手准备摸姜澄脸上红红的伤痕问他疼不疼，姜澄立即将我的手反握着，微笑着摇了摇头。

还未等他们解释这是怎么回事，肖静连忙回过头看杨东是怎么回事，又看了看姜澄，说：“哪群人干的？他们不想活了啊?!”

杨东连忙安抚肖静，生怕他们没什么事情也被这暴脾气的家伙整出事了。

“不是哪群人，是我和姜澄意见不合动起手了。”杨东说话的时候看了我一眼，那眼神里满是我看不懂的迷惑。接着又看了一眼沉默的姜澄。

肖静也没再追问，因为这样的事情也不止一次了。曾经最离谱的一次是为了吃宵夜选择地点他俩就在大街上上演了一番趣味生动的争执赛，最终谁也没赢，谁也没输。

每当发生这样的事情，我和肖静都会不顾形象的大笑，不拉扯，不劝架。不是我和肖静没心没肺，实在是我们不想被他们伤及无辜。而每次两人吵完就跟没事人似的，渐渐地，我和肖静都习以为常了。

二

最近时常阴雨绵绵，每回放学后，我和肖静还有他们两个都只能蜗居在地铁里，斗斗地主，聊聊糗事。

因为我牌技极差，被他们三个差遣为捧茶递水的丫鬟，不过美食诱惑当前，我只能唯命是从了。

肖静闷不做声地打着，出一炸弹，剩下一张牌，看他们低头思考，笑容已经爬上了她那小小的脸蛋，肆意张狂。

“你们到底要不要？三……二……”肖静有些急躁，因为已经炸了四炸，此时肖静的脑海里满是钞票的影子。

我立刻坐到了姜澄的身边，而姜澄是地主，他不慌不忙地看着已经出了的牌，然后，出一炸弹，又出一连顺，成功脱逃。

肖静把牌一甩，不悦地说道：“什么嘛，姜澄你肯定耍赖偷牌了。”

姜澄仰头大笑，说：“肖静，你也有耍赖的时候啊？别闹了，赶紧把钞票拿来。”然后，又推了推杨东，示意他赶紧从裤腰带里搜钞票出来。

我在旁边低着头笑呵呵地看着肖静那小脸被气得红彤彤的，平时，任姜澄和杨东联起手来都不是肖静的对手，这回却被姜澄来了个下马威，肖静不气才怪。

姜澄凑到我耳边说，今天你想吃什么我们就去吃什么。我点了点头，回了一个大大的微笑给他。

杨东一脸的笑容哄着肖静，他知道肖静并不是因为输钱的缘故，而是这次着实让她觉得有种挫败感，再加上一直下雨，肖静一直讨厌下雨天湿答答的感觉。每当下雨肖静就像来生理期，脸上没有任何笑容。

杨东一手牵着肖静，一手举着伞在前面走，我和姜澄跟随其后。

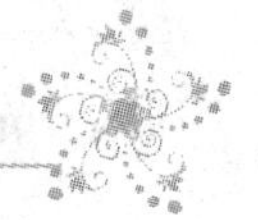

刚到饭馆门口，我被里面的饭香吸引。杨东对肖静说，他们要把那输的钱吃回来，再多吃一倍。

我和姜澄相视一笑，似乎是在对彼此说，果然是一家人，真登对。

刚进门，姜澄的手机响了，他看了看一串熟悉又陌生的号码，说：“你们先进去，我接个电话。”我并未多想就拉着肖静进去了，如果我能回头看见杨东对姜澄不悦的眼神，我似乎就能察觉到什么。

三

我时常觉得我的人生是多么碌碌无为，上学为了放学，甚至，不想看到哪个讨厌的老师，就和肖静一起逃课。

尽管被教导处训话多少遍，我们依旧风雨无阻。那句听了三遍的话，都能绕梁三尺：你别认为仗着学习成绩好就可以逃课，肖静你别仗着家里有钱就可以逃课，再有下一次就给你们记大过，累计三次的后果你们是知道的。

可无论是大考还是小考，我总是轻松地拿下第一名，而肖静因为我的庇护也总能化险为夷。

我和肖静还有杨东在地铁喝着新品奶茶，肖静一直不停地说：“迟早有一天，我会把教导处夷为平地，算什么东西？每次没完没了地说，他不嫌烦，我都嫌烦……无缘无故地总找我的茬。”

教导处知道隔壁班女生被打了，而没有一个人说是谁干的。恰巧，前两天教导处的领导看到肖静曾经吼过那个女孩，所以，自然以为是肖静打的。

结果，出人意料的是，那个女孩说不是肖静打的，然后死活也不说是谁干的。我想，估计那女孩也怕陷害肖静遭到她的报复，这样正好可以还肖静的清白。

我并没有听肖静在那抱怨，脑海里一直在想那次吃饭之后，姜澄一个星期都没有出现了。杨东告诉我，姜澄向学校请假了，也没说是什么事情。

我很奇怪，姜澄从来都不会无缘无故不来学校，就算有，也是我和肖静、杨东拉着他逃课。

突然间，我很想念姜澄，想念他的微笑，想念他如白杨挺拔的身躯。

杨东拉了拉肖静，示意她不要说了。肖静立刻停止了说话，仿佛世界都安静了，我有点不习惯地回过神来望着他们。

“顾念，你别担心了，姜澄肯定是家里有什么事情，放心吧。”肖静一脸温和地说道。杨东连忙附和说：“是的，别担心了。”

我将心事藏起，但愿真的没有事。只是，那个少年，我真的想念，思念一直在蔓延。

四

阳光透过指尖，抓不到，触不着，却能感受到它传递的温暖。

我一直认为自己身边有着姜澄，还有肖静和杨东，就是我的温暖。他们从来都呵护我，懂我，一个微笑就能使我安心。

在我以为我们的世界都是如此平稳时，如果来一场大风大雨，我们是否能够承受得住呢。

当我们都认为肖静被解除误会便能安然无恙的时候，那个女孩竟然隔天便改了供词，说是肖静和我威胁她不让她说，若说了就让人打断她的腿。

因此，当我和肖静悠然自得地走进教室，就被教务处的领导叫了过去。

我们百口莫辩，肖静和她无冤无仇，怎么会打她？而且，隔天便改口，不是很奇怪吗？可是谁也无法解释这其中的缘由。

我很清楚肖静的为人，她若是做了绝不否认，若不是没有做就算被打死她也不会承认。很多时候，我就是没有肖静那么洒脱和承担的那份勇气。

回教室的路上，我脑海里一直回放着教导处领导说的话："若是查明有这么回事，你们就够格退学了，只剩下这半学期，你们自己好好想想能不能完全地从这所学校毕业吧。"虽然我很恼火，肖静却没事一样，她拉着我说："我们都没做过，何必要承认。待老娘查明真相，定还你我清白，让那小人不得好死。"说完肖静牵起我的手，笑容满面地看着我，那种自信以及手掌传来的温暖让我无比心安。

杨东说放学后在地铁商量下这件事如何处理，我和肖静便同意点了点头。去地铁的路上我给姜澄打了个电话，仍旧是手机无法接通，我看着眼前的这对恋人，心里无比想念姜澄，而我更加清楚自己需要姜澄。

杨东叫了三杯焦糖奶茶，便开始说起他的疑惑。他说："整件事情都很可疑，我打听了那个女孩叫徐琼。她经常受同学的欺负和排挤，肖静那次也不过是吼了几句，徐琼也不至于陷害她吧？而且，全校都知道肖静的为人。"

肖静听了连连点头，时不时说是啊，是的，那表情甚是可爱。听到杨东最后一句，她才回过来，这到底是夸我还是贬我啊？

我在旁边无声地笑了笑，肖静抬起手就拍了一下杨东，不过，那力度无比的轻柔。我们三个默契地笑了。

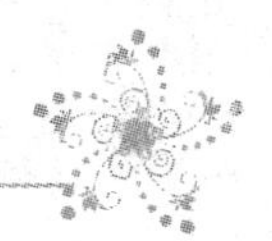

五

杨东仿佛一个侦探，黑色发亮的小平头，黝黑的皮肤配上他精致的脸颊，很帅气，推理起来更是有模有样的。

杨东一直让我和肖静想想，是不是最近得罪了什么人，应该是有人利用了徐琼，从而报复我们。

肖静虽然有些神经大条，但是，她记忆力非常好，她说最近也没有得罪什么人。虽然平时比较张扬，但是这就是她的性格，熟知她的人都知道，也会渐渐地喜欢上她，视她为偶像。

他们两个转而用疑惑的表情望向我，那好奇的模样都可以领最佳上镜奖了。

“你们也知道我平时很少和人发生争执的，而且，我大部分的时间都和你们在一起，哪会得罪什么人啊。”我眨了眨眼睛，满是无辜地说道。

他们两个很有默契的“切”了一声。肖静说：“也是，念念温和的像只兔子，哪会得罪什么人啊，就算有什么事情也都是自己憋在心里。”

我刚想点头示意肖静说的对，我眼睛突然浮现一团光，照亮我的眼睛以及我脸上灿烂的笑容。

因为杨东和肖静是背对着外面的，他们很快回过头看，原来是许久不见得姜澄。

姜澄的出现似天空放晴的太阳，永远那么闪耀，我很迫切地想要告诉他，他不在的时候我们发生了什么事情，他不在的时候我有多么想念他，需要他。

姜澄走了过来，并没有想要坐下，而是微笑地对肖静和杨东笑了笑，才回过头来跟我了一句：“念念，我们出去转转，我有事和你说。”

杨东原本低着的头，对视上姜澄。肖静一脸疑惑地看着杨东。

我心里那种感觉很奇怪，可又说不上来为什么，这原本和我想的不一样。

姜澄的步伐很快，我有些跟不上，但他并没有像以往回过头来等等我。走了一段路，姜澄突然停了下来，一直低头的我差点撞上了他。

我以为我听错了，睁大眼睛不敢相信地望着他。因为他说：“我们分手吧。”然后，不顾我一个人头也不回地走了。

天空虽然放晴了，但是始终会被黑暗吞噬。而我就好像那薄弱的光，消

失在黑暗中。

那一晚，我想了很多，也是很久以来哭的最凶的一次。为什么我和肖静会被人陷害，为什么姜澄会和我分手。一直以来，姜澄对我那么好，整个脑海里放映的全部都是关于他的回忆，让我欲罢不能。

六

第二天，天空艳阳高照，我见到肖静的那一刻，很委屈地把事情告诉了她。

她洋溢的笑容很快转为气愤："难怪我昨天打你电话都没打通，打姜澄的电话也没打通，我还以为你们俩丢下我们去过二人世界了，没想到姜澄那个王八蛋这么对你。"她说完就一个人往前冲，我拉不住，她一溜烟地就不见了。

我赶紧打电话给杨东，让杨东去阻止肖静。本来我和肖静就被陷害了，再闹出什么事情的话我想我们都没办法毕业了。

很多天之后，徐琼内心不安地告诉教导处的领导，打她的人不是肖静和我，也并没有威胁她，而是，被爸爸喝酒打的。当然，这个理由我们谁也不知道。

有时候，人生真的很滑稽，明明没有演戏，却感觉戏如人生。谁都是主角，也是别人生活中的配角，是悲是喜，不得而知。

我以为我是主角的时候，却发现我原来不过是个替补的角色，而真正的主角从来都不是我。

肖静没有详细地告诉我整个事情，她只是简单地说。当日她找到了姜澄打了他一巴掌，而姜澄并没有还手，始终不说为何要和我分手。杨东赶来的时候，和姜澄打了架，说是替我不值。

然而，谁也没有告诉我，姜澄是因为前女友而选择放弃我。

曾经四人肩并肩走的情景不再会有了，那些誓言也不过当日的说话的人话多了一点，才让有心的人听入心里。

那些日子，我安慰自己，既然爱都没有理由，分手何需理由，就算有，终究有一天我会知道的。

即使我们现在在一起，也难免会因为不久后的分离而各自散落天涯。

我和姜澄相见的时候好似对方是瘟人，很快的避而远之。以前，遇见姜澄的概率一直很高，从没下降过，如今，我再想遇见姜澄，却发现怎么找也

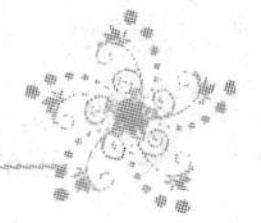

找不到。

就好像是我们在捉迷藏，有他没有我，有我没他，谁也找不到谁。

可有关他的回忆似乎一点都没有少。

那些时候，他们时常会议论说失恋真的会改变一个人。好比现在的我每天过着充实的生活，除了学习，还是学习。

当思绪停下来的时候，我就会忍不住想念失去的那个人。抢着他碗里的饭，和他斗嘴嬉闹，难过了要他哄我……这些关于他的回忆一直都在脑海里放映。这些画面就好比人快死去时人生种种画面在回放。

七

我和肖静多年来的默契就在于我们不喜欢某人某事，就不会在对方面前不提不问。

很多时候，我不知道我失去姜澄后，是对他恨多一点，还是爱多一点。

后来，快毕业的时候，我才清楚地知道答案是什么。

姜澄依旧在这个我觉得呼吸难过的校园里，他似乎没有什么变化，依旧如一棵白杨，高大挺立。而我好不容易习惯我和姜澄分手的种种传闻，却因为他身边亲密女孩的出现，而整颗心再次揪疼起来。

当他们那么耀眼的从我身边走过时，我的心猛地疼痛，我多想跑到姜澄面前，大声告诉他："难道从前那些你对我的好都是骗我的吗？难过掉眼泪时不停帮我擦眼泪的那个人去哪了？说爱我一万年的那个人去哪了？"

我只能很无力的站在原地，大脑一片空白，找不到该去的方向。

突然间，我明白自己以前事事争第一，把那些对我好的人当成了理所当然，没重视，以至于失去。

当天晚上，肖静拉着我去买醉，她说她实在忍不住了，想要告诉我一个秘密。

那天，我们都喝的稀里糊涂，是杨东把我们送回家的。进门前，杨东告诉我说："顾念，我还是相信姜澄是爱你的。"

我无力地趴在床边，看着这漆黑的夜，眼泪夺眶而出，泣不成声。

肖静告诉我，杨东和姜澄出现在地铁根本不是意见不合而打架，是因为杨东看见姜澄和徐雪在一起，徐雪是姜澄以前的女朋友，后来不知为何退学了。杨东劝姜澄早日了断，可姜澄不愿意和徐雪分开，却又舍不得我。估计姜澄自己也很矛盾吧。再后来，姜澄不出现的那几天是陪徐雪打掉了孩子，

而孩子不是姜澄的。这些都是姜澄来地铁那天，杨东告诉肖静的。

我除了震撼，真的不知道该用什么心情形容自己。我不知道徐雪和姜澄之前发生的故事。这反而更加让我觉得自己好像是他们之间的插入者。

这一切就好像梦一场，我醒后发现，涌上心头的不止是心碎和难过，更多的是姜澄对我的欺骗。

八

刚开始失去一个人是很痛苦，可大家都明白，谁没有谁都能活。

有时候，我和肖静在外面逛街好好的，突然，我看着自己和姜澄曾经走过的路，他的幻影重现，历历在目。我那一刻的心情突然悲伤起来，好像对任何好玩的都失去了兴趣，脑海里就只有曾经的回忆。我不忍心让肖静感觉到，只能硬着头皮撑下去。肖静怕我难过，和杨东总是避免带我去那些曾经我们很爱去的地方，总说哪里有新开的小吃和好玩的地方，然后不由分说地带着我去。

后来的时间，真的让我不再经常想起姜澄，只是偶尔，听着音乐，心里的某种不安情绪被挖掘，才会再次波澜起伏。

凌晨两点，我被手机铃声吵醒。那时和姜澄分开后，我的睡眠一直都不是很好，一点小动静就容易醒。

是姜澄。我接起，那头没有说话，我也没有挂电话。

“我知道我不应该再打扰你，对不起，顾念。其实，我也不知道自己想要什么……我也没想到事情是这样的……念念，我没有想要伤害你。过去的我们是多么的美好，我知道从前的时光回不去了，可我脑海里就一直都是我们从前在一起的画面。念念，都说我和她多么好，可是，人是会变得……念念，是我自己的错，才会发生这一切……”姜澄断断续续地说着，脑海里好像有些混乱，难以遮掩自己的后悔和难过。

我不知道姜澄到底想要说明些什么，甚至，越是这样越让我无比气愤。我对着电话那头吼道：“姜澄，我不知道你想要说什么，我也不想听，很晚了，睡吧……”

我快速挂断电话，生怕自己的心再一次的被动摇。而这夜注定是无眠的。

终于毕业了。我看到好多人脸上那种发自内心的笑容，特别窝心。当然，也有难过和不舍得，各种情绪都有。

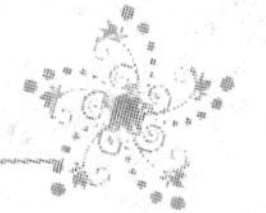

肖静拉着我不停的照相，校园每一角都不放过，说是为了纪念我们青春不朽的时代。还特别开心地对我和杨东说："老娘终于可以离开这破地方大展拳脚，积极发挥个人辉煌历史，创造新时代。"

我看着杨东，窃笑道："每个成功的女人背后都少不了男内助的。好好照顾肖静，她虽然霸道，但是漂亮可人；虽然强词夺理，但是心地好；虽然刀子嘴，但是绝对的豆腐心……"我越说心里越难过，肖静在我眼里优点真的数不完。

肖静被我说得有点不知所措，拍打着我说："好好的说这干吗？害的人家都想哭了。"

我抱着肖静就开始哭起来，感叹着那些时光真的回不去了。肖静也掉起眼泪，用力地回抱着我。

杨东站在我们旁边不说话，眼睛看向白杨树后站立的少年，眼神里有些黯然。

九

时光在前进，我们也并没有后退。即使不知道前方等待我们的是什么，但步伐绝对不会就此停下来。

只是，在此之前，我和肖静、杨东慵懒的蜗居在地铁，哪都不想去。

我问肖静想读哪所大学，肖静茫然无措地摇摇头，说不知道。而杨东的意思是肖静去哪，他就去哪，所谓的妇唱夫随。

我满眼放光地告诉肖静，哪里帅哥多，我就去哪。肖静和杨东用鄙视的眼神望着我，但是，并没有妨碍我憧憬着大学的生活。

每天我和肖静、杨东闲的要发霉，路过以前经常爱去的电玩城，打桌游的地方，那一瞬间仿佛都没有了兴趣。只能在地铁打打小牌，消磨下时光。

姜澄经常来地铁找我，试图想要重新开始。无论他怎么软磨硬泡，或是献殷勤，都没有用。只要他出现了，我就立刻走开，要么，我让他离开，别出现在我的视觉范围之内。刚开始肖静和杨东恶言恶语地说姜澄这是犯贱，最后，还是原谅了他。帮着姜澄说，也许一切都是误会呢。

一连半个多月，姜澄都做着他认为对的事，对我无微不至，甚至比从前在一起的时候还要好。我随意一句，想吃北街的冰激凌，他立刻不顾烈日跑去买。有些时候，我故意说要打牌，打了一局，就说不玩了……无论我怎么任性，姜澄都不生气。有时候肖静实在看不过去，就打圆场，示意我别太过分了。

有一次，我们四人在地铁坐着，徐雪进来买奶茶。姜澄和徐雪只是点头微笑，那一刻，我承认我嫉妒了。于是，等徐雪走后，我很不爽地说道："姜澄，你女朋友不喜欢你和我们在一起，你坐在这干吗？还不去陪她。"

我的声音足以让整个地铁水吧的人听见，大家都望过来看怎么回事，我明显看到姜澄瞬间黯淡的眼神。肖静拉了拉我的手，又解围道："小两口，就爱开玩笑。"

杨东拍了拍姜澄的肩膀，附和道："对嘛，有什么事就说清楚。过去的事终究过去了，人要向前看嘛。"

我并没有觉得自己有多过分，确实，在之前看着姜澄和徐雪牵着手从我身边走过时，我就萌发了恨意，甚至想要他们不欢而散，想要姜澄因为失去我而后悔。

于是，我百般折磨姜澄，以此来证明他之前作了一个多么错误的决定。

那时候，年少的我们根本就不知道怎样才叫原谅一个人，怎样才叫珍惜眼前人。

十

闷热的夏天，时常烈日炎炎，又阴雨绵绵，反复无常。

那天，姜澄也如以往没有生我的气，后来，还带我和肖静、杨东去吃饭。我们都喝了些酒，时光仿佛回到了从前，相谈甚欢，尽量避开着让彼此尴尬的话题。其实，姜澄做的这些让我很感动，也许我根本还是爱他的。

姜澄在送我回家的路上，我们各自低着头走着，路面上的影子重叠，让我心里涟漪泛起。或许，是酒精起的作用。我跟姜澄说："当我看见你和徐雪牵手时，你知道你给予我的是什么吗？不止是背叛，还有侮辱。你们在一起了为何还要出现在我眼前，让我看到那么灿烂的笑容。所以，那一刻开始我对你的爱变成了恨……那些恶毒的想法时不时会从脑海里浮现出来，挥之不去。"

姜澄在听到我的心声后，原本一直在外的手牵起我的手，紧紧握着给我传递温暖。他语气中透着难过："对不起……我一直以为我们的爱情如白开水，我以为我不爱你，当我和她在一起后，我才发现自己是如此愚钝，其实自己最爱的人从未变过。"

地铁因为学生放假的原因，比以往稍显暗淡，只有我们四个还是一如既

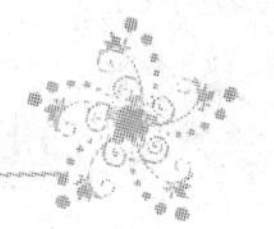

往的蜗居在那，我们也早和地铁人熟络了，没事都可以待一整天。

最近天气比较反常，于是，我强悍的身体终于病了。我趴在地铁的桌子上，等着肖静。肖静最近老是神出鬼没，以前没有找不到她的时候，问她在干什么，她总说忙，有空才出来待会。姜澄和杨东看我精神不蹶的模样，劝我回家休息。我摆摆手，窝在家还不如待在这呢，一个人在家多无聊。

我问杨东知道最近肖静在忙什么吗？杨东一脸迷茫。不知道是不是我太过敏感了，总觉得他们俩之间出了什么问题。

杨东跑去吧台那拿了一副扑克牌，说好无聊，打发下时间。我们有说有笑地谈着过去，憧憬着未来。杨东边打牌，边说：“我爸妈帮我选择了留在他们身边读大学，过些日子，我就要报到了。”我吐掉瓜子壳，很讶异：“那肖静怎么办？她知道吗?”杨东很无奈地丢掉牌，示意不玩了，蹙着眉说道：“肖静也知道，我前些时候就和她说过了，她说看看她爸妈那边吧。”

杨东拍着姜澄的肩膀，说：“你去哪读呢？一直都没和我们提过呢？大学那边都要陆续报到了。”杨东问完后，又若有若无地看了看我。

我知道杨东是替我问的，不论以前我们四个让彼此多么难过，可有那些让我们笑的无比灿烂的回忆就足够了，所以我们谁也不愿任何一个离开。

十一

悲欢离合总在一幕幕的上演，谁也不知道接下来离开的那人是谁，更加不知道哭的最难过的那人是谁。

姜澄把玩着手指，很坦然地说，北方的一所大学。还未等杨东开口替我平反，我抢道：“那儿不错，听说北方美女多，够你饱眼福了。”说完我笑得比哭还难看。姜澄和杨东没有说话，或许这句话对他们来说，够冷了。

我装得毫不在意，希望彼此都能好过，谁也没有欠谁。那时候，我和姜澄说好要考取北方同一所大学，就算分开后，我也想着去北方读书。却不想与预期的结果差很多，于是，我早早的选择了留在这座城市，想着以后总有机会出去的。

肖静在我们准备去吃饭的时候打电话说请我们吃饭，我见到肖静感觉她又瘦了。我拉着她，开玩笑地喊道：“白骨精快告诉我减肥秘诀。她无奈地耸耸肩，示意自己天生丽质，没办法。”

我鄙视地看着她，哈哈大笑。那天，或许是因为姜澄真的要离开我，我心堵得慌，就在他们面前要了很多酒，而肖静也不同以往没有阻止我怕我耍

酒疯，只是说要尽兴而归。

姜澄和杨东也没有再阻止，索性说道："那就不醉不归。"或许，对于我们每一个人来说，都藏着彼此不知道的心事，都希望彼此过的好。

不知是不是他们酒量比较好，当晚结束后只有我喝的烂醉如泥，最后还是姜澄背着我，和肖静一起把我送回家。而那时，我模糊地感觉到杨东和肖静在那晚吵得很厉害，肖静被爸妈逼着出国留学，无论肖静怎么不情愿，争论绝食都没有办法，最后还是妥协了。

杨东和肖静在昏黄的路灯下望着彼此痛哭，谁也没有办法选做出选择，却又舍不得彼此，更加害怕时间推翻了他们之间的爱情。

我们四人依偎在最后的时光里，肖静跟我说，她这辈子最值得的就是有我这个朋友，我又何尝不是呢。很久之前，我看肥皂剧的时候，最害怕看到送别时的悲泣场面，一连两次，我送走肖静，又接着送走了姜澄。那一天我哭了两次，眼睛红肿的吓人。杨东虽然眼睛没有红肿，但我知道他一定哭了，他还细心地安慰我说："别哭了，他们都会回来的……"

我和杨东选择的是同一所大学，没想到在这座有回忆的城市里只剩下我和杨东。在去大学报到的途中，我告诉杨东，陷害肖静的是徐雪，徐雪因为看见自己同父异母的妹妹徐琼被肖静欺负，所以，教唆自己的妹妹不能总是这么软弱，便让她隔天改了口供。而姜澄之所以和徐雪在一起，当年姜澄不知道徐雪退学的原因是父亲再娶，而误会了徐雪没有重视他们之间的感情，或许更大原因是徐雪是他第一个爱的人。

我只是把姜澄在走之前告诉我的事告诉了杨东，我并没有告诉他，姜澄到后来才发现爱的人一直都是我。有时候，平淡的如白开水的爱情也许才是最珍贵难得的。

我和杨东踏进大学的校园，红日透过树叶浮光成影，闪闪发亮。我和杨东相视而笑，那种洋溢在脸上的笑容，似乎看到了我们的青春在绿荫下飞扬舞动，时间不会停止，我们的梦想与步伐也永不止息。

男生，请假和例假是不同的

■ 鲨鲨比亚

一

四月，阳光明媚，所有人都心情大好，包括“包公脸”的体育老师。他心情一好，就会格外地想栽培伟大祖国的接班人。“绕操场跑十圈。”哀鸿遍野。包括厉喜喜在内的几个女生争相出列，毕恭毕敬地向“包公脸”报告：“例假。”

“包公脸”的嘴角抽了抽，但也不得不大手一挥：“准假。”顺利蒙混过关，喜喜从已经排成长龙的队列中退出来，“包公脸”把哨子塞进嘴巴，正要发令起跑。

“例假！”有人举高手臂，向老师申报自己的身体也出了状况。

“什么?”哨子从“包公脸”的嘴里掉了出来。

“我例假，老师！”

顿时，“包公脸”风中凌乱的神情历史性地定格了，大多数同学笑抽着。喜喜觉得这可真是幸运日，他们竟然见证了史上第一个在体育课上请例假的男生！

当胖鱼被“包公脸”卡着脖子拎走时，他惨烈辩解的声音响彻了整个操场。

“我为什么不能请例假?”真是比窦娥还冤呢。

隔了好几天喜喜想起这件事，依然会笑得柔肠百转。胖鱼并不是在恶作剧，他是真的不知道例假到底是什么。胖鱼当然不是真的叫胖鱼，只是开学作自我介绍的时候，他说了一句，“哦，我还最喜欢吃胖胖的鱼。”胖鱼之名，从此屹立不倒。这个浑身散发着白痴特有的喜感的家伙，很快赢得了所有人的好感。

二

虽然胖鱼的白痴行为比比皆是，但胖鱼的功课并不算太差，所以要说他是个真正的白痴，似乎有点冤枉他。可是那些纯真的好似 QQ 软糖的言行，难道是他伪装出来的吗？如果是，那他可真是喜喜见过的最高明的骗子了。

喜喜见识过的骗子绝对比一般女生见过的偶像明星还要多。毕竟她经历过漂泊动荡的人生。其实，她很希望自己可以和同龄人一样，心思简单，哪怕能像胖鱼那样都好。

胖鱼一点都不知道这个忽然跑过来对他微笑的女孩心里到底在转着什么弯。“胖鱼，我追你，好不好？”喜喜说。胖鱼回答说：“你等我把饭吃完哦。”喜喜愣了一下才反应过来，胖鱼的意思是，等他吃完了就会开始跑，然后喜喜就可以追了。喜喜哈哈大笑起来。

喜喜记得，很小的时候，父亲就教她，伸手不打笑脸人，有头脑的人可以将笑容变成武器，变成获利的工具。爸爸是个商人，挣扎过，潦倒过，但现在很成功。

三

喜喜很快就打听出来，胖鱼家经济状况不太好，但他照旧一副心满意足、不知人间疾苦的憨态。“胖鱼，你家很穷你知道吗？”一天，喜喜心怀恶意地对胖鱼说。“不是呀。我们家一点都不穷呀。”胖鱼望着她，眼底含笑，一点都不觉得自己被冒犯了。“是吗？我家有奔驰，你家有吗？”胖鱼摇头。“我们家有别墅，你家有吗？”他继续摇头。喜喜很得意，以为自己终于击溃了胖鱼。“我爸养了很多鸽子，你家有吗？”胖鱼说道。喜喜一脚踏空，差点儿栽倒。这也能拿出来比较？但胖鱼一脸的认真。

后来回想这段对话，喜喜自己也觉得好笑，根本是幼儿园的孩子在斗嘴呀。谁说白痴是不会传染的？

而胖鱼则觉得喜喜很奇怪。虽然每天都是满脸笑容的样子，但笑得超僵硬超难看。可她又偏偏时时刻刻都在强颜欢笑。为什么要这样？胖鱼想来想去，觉得厉喜喜实在有点可怜。

爸爸给喜喜开设了一个股票账户，教她炒股。喜喜花了很大的精力在炒股上。影响学业什么的，她都不在乎，反正她是逢考必作弊。喜喜夸夸其谈

地向胖鱼吹嘘着自己短短时间赚了多少钱，胖鱼静静地听着，表情一直都钝钝的。忽然，他抬头，指向天空。“鸽子！我们家的鸽子！喜喜，你要来我们家看小鸽子吗?”“好！”喜喜欣然前往。胖鱼家是一排四间的平房，房后便是鸽舍。胖鱼领着喜喜进屋，看见一个衣着朴素的妇人。

“我妈妈！”喜喜赶忙喊了声“阿姨”。后来喜喜走了，吃饭的时候，胖鱼妈有意无意提了一句：“那个小女孩，不好。”胖鱼没有做声，埋头认认真真地吃饭。不好吗？胖鱼看见喜喜小心地往袖口塞小抄纸条的时候，想起妈妈说的话。

英语测试的成绩很快出来了，胖鱼刚刚及格，喜喜考了九十分。她很得意，要请胖鱼去吃必胜客，但胖鱼拒绝了。喜喜的自尊心受到打击，狠狠地冲胖鱼发了一通脾气。只是她并不觉得快乐，因为她只是看着胖鱼站在那里眼睛明亮表情干净的样子，她没来由地就开始心虚，所以才会那样大发雷霆。

四

第二年，喜喜交了一个富二代男朋友，他叫宛城，大她好几岁，已经在读大学。宛城的追求，喜喜爸爸知道，他默许。而此时，胖鱼在绘画上神奇的天赋因一次偶然的机会展现出来。有的同学笑嘻嘻地说胖鱼原来是天才白痴。两个人之间的交集越来越少。

因为宛城父亲出面疏通，喜喜爸做成了一笔大生意。他极高兴，夸赞喜喜：“我女儿真有本事，已经能帮爸爸了。”她帮了什么呢？就是经常陪宛城一起玩，哄得他很开心吗？这未免也太容易了。喜喜扬扬得意。直到一天晚上，宛城将车开进小巷，将她按到墙壁上：“我帮了你爸这么个大忙，你是不是应该报答我啊?”喜喜才知道自己是多么的天真。她一把推开宛城，撒腿就跑。不死心的宛城紧跟其后。

不久前，本市一个非常出名的画家主动要求收胖鱼做自己的学生，胖鱼经常晚上到他家上课。此刻，他上完课，为了抄近道，走进了黑黢黢的小巷。胖鱼看见向他跑来的惊慌失措的喜喜，本能地张开手臂环住喜喜。“你赶快报警！”喜喜急中生智。宛城被吓跑了。

喜喜很庆幸那晚及时出现的人是胖鱼。只有面对他，她才什么都不必解释，又什么都可以倾吐。“胖鱼，我觉得自己很脏。”喜喜的声音哽咽着。胖鱼偏头望望她，忽然递给喜喜一张面纸，说：“擦擦脸就好了。”胖鱼很认真地建议着。喜喜愣了愣，扑哧一下笑出声来。她刚刚经历了生命中最惨痛的一晚，可胖鱼还是有办法让她笑出来。喜喜忽然明白，这才是她真正应该去爱的男孩。

“我喜欢你。”第二天，喜喜向胖鱼表白。胖鱼讷讷的，不知道回答什么才好。“所以你也一定要喜欢我，”喜喜强调，“因为这样才公平！”胖鱼迟疑地点点头。是的，喜喜再一次利用了他的善良和纯稚，硬生生挤进了他的生命。

没有人知道这对喜喜有多么重要，就连在不知不觉中治愈了，净化了喜喜的胖鱼，也不知道。

当思念淹没空城

■ 流裳照影

一

江城的孩子没有童年。

我印象中，江城只有荒芜的山，贫瘠的原野，低矮的瓦房。

父母出远门打工一年后的一天，我在辽阔的江岸无聊地堆沙堡。

忽然有人说话："嘿，我认识你，你也逃学了？"我抬头一看，说话的是个皮肤晒得黝黑的少年。他从高高的钢丝堆上一跃而下，喊出了我的名字。

一直很孤单的我，那天跟这个叫子衿的少年在江岸上肆意奔跑。刺眼的阳光让我有流泪的冲动。

后来子衿对我说："亦茗，你信不信，第一次见到你的时候，我就觉得你是我兄弟。"我一直认为爷们儿不应该信命运这东西，直到后来发生了一些事情，让我不得不信。

他把子藜带到我面前，柔声说："子藜，这是亦茗，你可以叫他亦茗哥哥。"

我怔住。这个扎着红头绳的少女，笑容温暖，似曾相识。她拉我的手，让我陪她吹风车。"亦茗哥哥，你看，风车飞呀，飞呀，飞呀……"子藜永远在笑。我闭上眼也无法忘记她的笑容。

二

子藜是子衿的亲妹妹，比子衿小 3 岁。由于儿时溺水，智力发育受到了影响。再加上她单薄瘦弱，看上去显得更加幼小天真。

子衿是世上最尽职的哥哥，他走到哪里都不会忘记带上子藜，更不会让子藜离开他的视线。他们只有个体弱多病的妈妈，我没有问过子衿他们的爸爸去了哪里。

子衿是我见过的最坚强的男子汉。

我爷爷是江城唯一一所中学的校长，他和奶奶把我养大，舍不得让我受一点苦。

可是子衿，7岁就要上山砍树枝，然后把它们背回家当柴火，因为省下来的钱都要用来买药。为了节省路费，他要徒步走十几千米的山路。

我曾想把奶奶给我的零用钱偷偷塞给子衿，可他是个自尊心极强的少年，我比任何人都清楚。

在子衿对我说他要逃学去捡瓶子卖的时候，我便知道他母亲又病重了。我看着他的背影，忽然叫住他："子衿，我和你一起去！"

我想那是我们过得最疯狂的日子。我们在街头的垃圾箱里翻找，甚至还溜到别人家的院子里偷。一天下来，我们拿着辛苦赚来的皱巴巴的几张纸币，却觉得自己是世上最富有的人。屋漏偏逢连夜雨，子藜的智力有问题，老师不能让她在原来的学校里完成学业了。我以为子衿会让我向我爷爷求情，可是他没有。我去办公室找爷爷时，从门缝看见子衿跪在爷爷面前，而爷爷拉住他的手，不住地叹息。

爷爷说子藜最多只能完成九年义务教育。子衿的头低了下去。

因为花了太多的时间干活，子衿的成绩也已经差到了不可挽回的地步。

三

学校里人人知道江子衿有个智力有问题的妹妹，除了我，没有人主动和他说话。但是有一天，我看到子衿和那个有名的问题少年钱伽在一起。

我冲过去想拉子衿走，可是他直直地看着我，说："你走吧。"

"顾亦茗，你这样的好学生，还是不要掺和进来了吧?"钱伽笑得很得意，"否则你爷爷看到你和我们这样的坏学生在一起，会被气死的。"

我和子衿就这样一夜之间形同陌路。子藜还是那样，吹着纸风车，听风车沙沙转动的声响。

子藜说子衿最近常常受伤，也不告诉她他去了哪里。子藜偏着头问我："亦茗哥哥，我同学都说我哥哥是坏学生，他是吗?"

我的心紧紧揪成一团。我说："子藜，就算每个人都说你哥哥的坏话，你也不能信，因为你哥哥是世上最好的哥哥。"

子藜听了很开心。我想起当初，子衿曾用开玩笑的语气对我说，倘若有一天他没办法照顾子藜了，我要代替他。

我害怕会有那么一天，子衿带着子藜，从江城消失，彻彻底底。

又是一年的5月，整个江城被笼罩在木棉花的绚烂里。子衿的妈妈终究还是病逝了，临死也没有等到孩子的父亲，她一直等的那个男人。

我去看子衿，和他一起爬到江岸的钢丝堆上。

“亦茗，我恨我爸，他在子藜出事后就逃跑了，是个混蛋。”

我听到子衿压抑不住的哭声，才知道子衿爸爸出走的原因。

他指着沿江岸新打的桩子说：“亦茗，你知道这些钢丝是做什么用的吗?是为了建一座大坝。”

我忽然想起我和子衿初遇的那个冬天，当时他从钢丝堆上跳下来喊我的名字。不知不觉，已经过去了这么久。

四

我从来没想过，有一天江城会只存在于我的记忆中。

几年前，政府决定在江城修建大坝，而这大坝的规模大到必须用江水淹没整个江城。政府陆陆续续地组织居民搬迁的时候，我内心的伤口仍未愈合。

这个我生长的小城，虽然贫瘠、荒凉，可是我没想到有朝一日，要亲眼目睹它沉入江水之中。那时所有的回忆都将被淹没。

爷爷联络我在外打工的父母，让他们接我出去继续读高中。

我不舍这个小城，可我无能为力，就如我明明知道子衿和钱伽他们混在一起，只是为了赚钱给母亲治病，却无法帮他一样。

子衿母亲的葬礼很冷清。子衿紧紧地抱着子藜，说：“以后哥哥会保护你的，不会让你受到任何伤害。”

子衿对我说，他想等子藜毕业后，带着她去其他地方谋生。那一刻，我惭愧了。子衿的坚强将我的软弱衬得无所遁形。

我们都没想到的是，子衿的爸爸会重新出现。

子衿的爸爸早已在外面闯荡多年，当他得知自己妻子的死讯，赶回来却已经来不及见她最后一面了。

他们一家三口在江边谈话。子衿爸爸苦苦恳求子衿看在子藜的份儿上，跟他走，他会给他们最好的教育和治疗。

子衿别过脸：“我会好好照顾子藜，不劳你操心。”

忽然，子藜惊叫一声，纸风车被呼啸的北风刮到江面上。子藜“哇”地哭出声来，声嘶力竭。

子藜当天发高烧。医生说，子藜和一般人不一样，丢失的纸风车，对她来说可能是非常宝贵的东西，所以她才会受这么大的刺激。

子衿终于向爸爸低头。他们兄妹俩，要被接到那个繁华的大城市去了，同龄人都羡慕他们。

我和子衿越来越频繁地去江岸散步、谈心。我们都不想离开这里，外面的世界再繁华，也不属于我们。

五

我以为我和子衿就这样被命运隔开，从此天各一方。然而所谓的命运，却比我们想象得更加残忍无情。

起初被钱伽警告时，子衿并没有放在心上。

对钱伽唯命是从的跟班江子衿，一夜之间成了令人仰慕的人物——子衿爸爸出了一大笔资金，在临县重建江城中学。于是，钱伽在放学的路上挡住了我们，威胁子衿："江子衿，你还欠我那么大一笔账，想一走了之不成?"

子衿回答道："钱我可以还给你，可是我不会再跟你们混在一起了。"

钱伽笑得很狰狞："江子衿，你以为你有多干净？你跟着我两年，什么事没干过？你敢说你在你妹妹面前能挺起胸膛吗？你现在要把兄弟扔在这破地方不管，自己去大城市享受了?"

我们离开时，只听到身后的钱伽在疯狂地叫嚣，说一定要子衿付出代价。

那天午夜，我在梦中仿佛听见了大江的悲鸣，仿佛看见整个江城都被卷入了水中。

一个星期后，子藜失踪了。

我四处找子衿，终于在一条巷子里，看见他拼命地抓住钱伽的领口。钱伽笑着说："江子衿，你那弱智的妹妹，竟然也能卖出个好价钱。"

我来不及阻止子衿了，他两眼通红，竟捡起了脚边的一块红砖，用尽全身力气向钱伽头上砸去。

刹那间，我视野里鲜血迸溅。

子衿的人生，被蒙上了无法抹去的黑暗。

子衿被警察带走的时候，朝我露出了虚弱的笑容。他说："我的人生从子藜小时候意外溺水的那天起，就注定是个悲剧。我不想逃避，也不恨谁。我知道我今天做的事后果有多严重，所以我会接受一切应有的惩罚，为我今

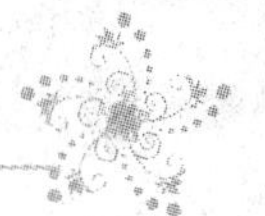

天所做的事赎罪。我希望有朝一日自己能重新走在太阳下，成为一个健康的人。你是我唯一的好兄弟，你回到父母身边后，记得要好好生活。你幸福了，我也就放心了。”

六

江子衿把钱伽砸成了二级残废，被送入少管所，接受劳动改造5年。

5年来，我无数次梦见和子衿一起回到江城，可是那里早已被江水淹没。我们成长所留下来的痕迹，也被冲刷殆尽了。

5年来，我一直在贩卖儿童较为严重的地区寻找子藜，寻找那个笑容纯真无邪、吹纸风车的女孩。尽管路途遥远，但我一定会寻找下去，直到我再一次见到子藜。

总有一天我会告诉子衿，一个残酷的、我从未说出口的真相。

我和子衿兄妹俩的初遇，其实远远早于他以为的那天。在更早之前，我在江边遇到一个女孩，顽皮的我觉得好玩便骗她下水，却没想到，江水瞬间没过了女孩的头顶。慌张而懦弱的我匆匆逃跑，路上遇见了来寻妹妹回家的哥哥。我们就这样擦肩而过。

我清楚地记得那个女孩的红头绳，以及她无邪的笑容，所以当子衿把子藜带到我面前时，我才知道那时的我犯下了多大的错误，错到一生一世都无法偿还。

子衿从来没有怀疑过我，还把我当成最好的兄弟。而我亲眼目睹他一步步滑向黑暗的深渊，却仍没有向他坦白和忏悔。

我记得江城即将被淹没的那年，冰封的江面上，孩子们在溜冰嬉闹。我坐在高高的江岸上，忽然看见江面上，有一团彩色的、被冰牢牢冻住的东西。

我认出来了——那是子藜曾经爱不释手的纸风车。

我一个人，在冰冷无比的江岸上，忽然撕心裂肺地放声痛哭起来。

那个叫垃圾婆的女孩

■ 谢念

我在家附近的一家煌上煌买卤猪肚。这是一家很小的店面，旁边有一个楼梯，通向二楼。

寒暑假期间，还有不少小孩子在那个楼梯上跑上跑下，我有时会想这些小孩到底是去上哪个培训机构的，还是在上面工作的人的孩子？店主和店员的孩子到店面上来，是任何一个商业场所最常见的情景。

今天这群小孩出了一点状况，他们在二楼齐心协力地大叫着：垃圾婆，垃圾婆！叫完嘻嘻哈哈，甚是开心。过了一会儿又传来纷杂的脚步声，大概是被叫垃圾婆的人愤然反抗了下，他们就一起逃到了楼梯上，然后扬着头更齐心地对上面叫着：垃圾婆！垃圾婆！楼上隐约有小女孩的哭声，下面的小孩更加得意了，又叫了好几十遍，叫得你都要怀疑他们嗓子痛不痛。旁边吃酸辣粉的人都觉得烦，骂了几声。这情况谁看都明白：一群孩子在欺负另一个孩子。他可能是男孩可能是女孩，可能不好看，可能有某种残疾或缺陷，可能有个难听奇怪的名字，可能讲着外地口音，可能父母很穷或有某种丑闻，可能仅仅是内向，还可能是只喜欢书本和宠物，却不喜欢和人玩耍。这些理由都不要紧，反正结果是：他没有成功成为这个群体的一部分，所以就像怪物一样被嘲笑、欺负、侮辱。小孩子啊，我真的不觉得他们是书本中或者传统认识中那种无害、美好得不行的生物。我自己也当过小孩子，知道那个世界不缺暗和恶。

我小学的时候，班上有一个叫李莎的女孩。

她皮肤有点黑，除此之外我看不出她和别的女孩有任何区别。

事实上我也真的没怎么注意她。她在一年级时毫不起眼，不记得是什么时候，大概是从二三年级左右开始，全班人似乎在一夜之间，突然开始叫她“炭花婆”。炭花是煤渣的意思，四川话里还要多个儿化音：炭花儿婆。这是对皮肤黑的女性的恶毒称呼，并不多常见，也不知道大家是从哪儿学来的。最开始是男生们这么叫她，后来女生也跟着叫，大家不仅嫌恶地这么叫着，还不愿意去碰她。她的同桌也要求换位子，并不断向别人痛陈和炭花婆坐在

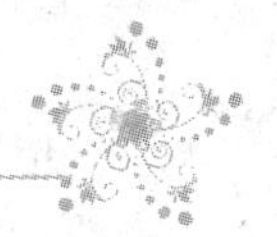

一起是多么不爽。很快，这个名字就传到了其他班，其他年级。很快就有人带着自己在其他班的发小，在其他年级的兄弟姐妹，一起叫她炭花婆了。

我对几个镜头印象深刻：那个时候也不像现在这么注意小孩上学放学路上的安全，校车什么的更是别提，我们都是走路和骑自行车上下学。早期老师会把住得近的小孩分成一个小队叫大家一起走，但过了一年级以后好像就没人管这个了，大家都是和关系较好的人一起走，小圈子什么的这个时候就已经很明显了。李莎没有小圈子，没人愿意和她一起走，在学校附近的街道上，常见到她一个人背着书包孤零零的，旁边有几个同路男生不远不近地跟着她，乐此不疲地高声叫她炭花婆。

到了四年级左右，我也不知道是什么原因，开始和李莎交上了朋友。我们经常一起回家，聊天什么的。因为她只有我这一个朋友，所以对我流露出了非常大的热情，经常送我一些小礼物或是小零食。日子久了，就觉得有点奇怪，因为她一切正常，实在没有任何理由遭受这样的屈辱。有一年儿童节，所有人都要准备节目，我和她一起上台唱了一首歌，下面的人全都眼神古怪，也没有人主动鼓掌。唱完后另一个朋友立刻来质问我：为什么要和炭花婆一起演节目？

还有一次野餐，大家自行分队，毫无意外地谁都不愿意带她，我当时已经和另外几个女生组成了队，就建议让李莎加入。所幸那几个女孩都是班上非常无害的老实人，并不反对。那天我们就一起去野餐了。现在想来那个野餐颇为搞笑，因为别人都是带的面包零食什么的，直接坐下来就吃，李莎除了这些，还带了锅碗瓢盆，装在饭盒里的米、豆腐乳和肉馅等一大堆东西！我们用报纸、河滩里捡的干柴什么的当燃料，煮了小半锅米饭和不熟的丸子汤。大概因为这是她很少能和别人一起组队的机会，所以弄得非常隆重。这种小心翼翼的热情，后来每每想起都让我觉得难过。

李莎的故事在几年后，我高中复读时又重演了一次。复读时我是插班到了下一届的学生中。一开始我和他们并不太熟，所以在这个年级一些人所共知的事情我并不明白。只记得有一天去上厕所，遇见一个戴眼镜的女生，长相身材都很一般，但很热情地和我说话，说以前就知道我是谁，最近才知道我插班到一班了。但当时这个热情的搭话一点都没有让我舒服，因为我当时对复读这件事深感羞耻，所以冷着脸应和两声就走了。刚走几步，同班女生冲上来拉住我急切地说："你知不知道你刚才是在和谁说话?！是武川熙啊！你会倒大霉的！"后来，女同学们唧唧喳喳地跟我普及了关于武川熙的事儿：她在四班，是这个年级最著名的霉婆，沾谁谁倒霉，和她说过话后一定要吐口水洗手云云。

那个时候她们已经高三了，想必武同学是从高一、甚至更早的时候就开始了这个霉婆生涯。到底是什么原因造成的，没人说得清也不可考证，但是大家可以举出一大堆例子来证明武川熙的神力无边：××同学和她说了句话，耳机坏了；××同学考试时挨着她坐，数学考砸了，此类等等。在这些例子里，她比拜菩萨见效还快，只不过是负能量。我其实有点惊讶快 20 的人了还在传这种玩意儿，就像至尊宝说的："以我这么理性的人，怎么会相信这样的无稽之谈呢?"但我那时正在复读，已经考糟糕了一回，对于倒霉这种事，自然非常害怕，"宁可信其有，不可信其无"的这种想法，可是最容易进驻到害怕人的心里。两种想法交织之下，我只能开玩笑说："她真那么灵验的话，不如想诅咒谁的时候就把她往旁边一推好了。"

全校的人都知道武川熙的大名——隔壁两个班篮球赛，A 班眼看要输了，就在 B 班的人罚球的时候，A 班所有围观群众一起大喊：武川熙来了！以诅咒那个球投不中。喊完之后，无论中与不中，球场边的人都会愉快地笑成一团。

我复读的时间只有一年，武川熙又不和我同班，我很少见到她，但有时她遇到我会和我寒暄几句，一年可能就那么四五回吧。毕业后我再也没见过她，也没有人再谈论过她。但我记得她偶尔和我说话时的眼神和谈话方式，是我从小熟悉的李莎式的眼神：过分的热情，带着害怕，又努力镇静，努力展示着自己最好的一面，努力说最无害的话题，想在这个新来的家伙了解她的恶名前，给她留下好印象。之后我还在很多人身上见到了这样的眼神。愚笨如我，几次后也能学会：凡有这样的眼神，必是在流了很多眼泪后才能有的。这两个女孩现在应该都是结婚当妈的年纪了，不知道她们的小孩今天面对的成长环境会不会好一点。这种眼神常要花很多工夫才能抹去，或是某天突然反弹，变成凶狠或冷漠的眼神，再或者她会想明白这些事儿，变成平静悲悯的眼神。都有可能。无论是她们，还是那个在煌上煌的二楼隐隐哭泣的女孩儿，都还有很漫长的一生。

那些年少谁人知

■ 夏梦

1. 破碎

少年程辛恨死了隔壁班的女生乔麦和她父亲。

十五岁的那个夏天还没过完，他的生活中就暂时失去了父亲慈爱的眼神，随之代替的是母亲每夜流不完的眼泪和对他越来越严厉的要求。

造成这一切的罪魁祸首就是乔麦的父亲。

程辛原本有着一个和睦幸福的家庭，母亲是位昆虫学家。最近几年由于研究小组的成果显著，他母亲屡次被请到国外做学术演讲。提起父亲，那一直是程辛的骄傲，程父当初从办公室里的一个小科员到正科级科长，最后成为市委副书记。他一直兢兢业业，办事认真负责，在市里颇有口碑。

可就是在众人眼中奉为“两袖清风”的市委副书记在前不久的西郊开发案中收受了房地产商的“送礼”。这件案子被查出时，在当地很轰动，当时涉及的人员名单很多，款额也很大。程辛的父亲不过只是其中的一条小鱼而已。

不过再小的鱼犯了错，法网照样难容。更何况这次接手审查案件的检察官是在景城素以“铁面无私”著称的乔铭阳。他开始明察暗访接着顺藤摸瓜，最后把证据摆到了收取贿赂的官员面前，无从狡辩的他们选择了坦白和承认自己所犯下的过错。

警车停在程家门口带走程辛父亲的时候，程辛愣住了。他不敢相信自己那么敬重的父亲会犯下这样的错误。父亲平常可是从来没有收过任何人的礼物，家里虽然时常有人登门拜访，可是向来被清高的父亲拒绝了。所以即使父亲身为市委副书记，家里也并没有过奢侈的生活，反而很俭朴，就连父亲每月的工资还不如母亲科研经费的十分之一。偶尔母亲也会抱怨父亲劳苦功高却没得到相应的报酬，这时的父亲就会严肃的给母亲讲一堆“我是共产党员”之类的大道理。母亲也就一笑了之……

这样的父亲，他怎么会……

警笛声越来越远，少年奔跑的速度越来越快，却怎么也追不上那辆把父亲带走的车。急速奔跑的他并没注意到从旁边驶过来的自行车，顾不上被自行车刮伤的少年爬起来又准备追车的时候，才发现视线里再也没有了警车的踪影。

少年握紧拳头砸向街道旁边的榕树，耳边响起了父亲走之前对他说的话：你以后一定要正直，一定要善良，一定要坚强，一定要优秀。爸妈所做的一切都是为了你！

少年感觉心里像压了块乌云，漫天的忧伤和沉重快压得他喘不过气来。

2. 尝试

程辛在夏日的深夜里不安地醒来。梦中，他的四周充斥了一双双嘲讽的眼睛，还有报纸上铺天盖地有关父亲的新闻报道。急促地呼吸后他转过身看向窗外。

彼时，外面的天空乌云密布，正在酝酿一场大雨。世界瞬间白昼，又瞬间沦为黑夜，只有闪电游走于天地之间。

少年心里升起的不安和恐慌让他把自己紧紧裹在被子里瑟瑟发抖。他不愿回想起这几天街坊邻居在他身后的指指点点，更不愿听到耳边回荡着同学对父亲的各种嘲笑。对比起以前大家羡慕和赞美的情形，他觉得自己快承受不了这种无形的压力了。

俗话说：树倒猢狲散。以前跟在父亲身后那些阿谀奉承的人也在看到他家的情形后绕道而过，学校里的玩伴和朋友都像避瘟疫一样逃得很远，他的任何解释都显得苍白无力。

他只有用沉默来对抗那些流言飞语。一个人默默地回家，默不作声地听完母亲的哭诉和唠叨，安静地写完作业，在同学们都去玩耍时待在教室里看书。他想变得优秀出色，只有自己努力做到父亲的要求，那样心里才会踏实一点，只有那些老师还在关心着他，像什么也没发生过一样，给他像以往一样的关怀，他才会好过一点。

他心里深刻地认为，造成这一切的原因是乔麦的父亲，他连同乔麦也一并仇视。

听着外面渐渐变大的雨声，他开始要酝酿一个计划了，少年黑亮的眸子渐渐暗了下去。

不过，他还没开始尝试怎样接近乔麦，乔麦就已经主动来找他了。

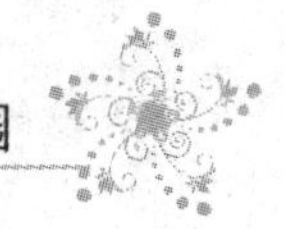

清脆的下课铃声刚过，同学们都蜂拥而出玩游戏去了，只有程辛还坐在书桌前专心的算题。这时隔壁班的乔麦带着几个同学聚集在他面前。

我们想和你成为好朋友，听说你手风琴拉的很不错。我们诚心邀请你参加周末的爱心表演活动，为那些孤独的老人送去快乐！乔麦一脸诚意地看着他。

程辛心里一震，连头都没抬：“虚伪！”

吃了闭门羹的乔麦并没有打算放弃，她把邀请函放在书桌上后才带着她的朋友们离开。

程辛这才抬起了埋在习题册里的头，看了一眼空荡荡的教室和操场上嬉戏追逐的同学，没人知道他心里充满了渴望。

最近几天乔麦觉得很奇怪：停放在校园里的自行车胎每天都会被扎坏，书桌上的书总是平白无故的丢失，抽屉里会凭空多出一条假蛇、假老鼠，甚至是一堆垃圾，有时候她甚至得小心翼翼地检查板凳，否则一不小心就会被图钉刺伤。

很多同学都开始看不下去，决定帮她揪出这个“恶作剧者”。她虽心里充满了委屈，但依然为那些恶作剧的制作者辩解：“他也许不是故意的，是我自己太不小心了！”

渐渐这类事情出现的次数越来越少，乔麦也就淡忘了……

3. 矛盾

程辛最后还是选择参加乔麦的“爱心义演队”活动。他带上了父亲曾经当作生日礼物送给他的手风琴和储蓄罐里大部分的零花钱。

公交车上一群少男少女们欢快地唱着歌，趁大家兴致高昂时，乔麦也积极献唱了一首《最初的梦想》，清脆甜美的歌声引得大家阵阵喝彩。窗外明媚的阳光照进了车内，灿烂的微笑和活力让同学们高呼“青春万岁”，程辛有一瞬间的恍惚，这样的幸福和快乐才是他最想要的。

这次的义演活动办得很成功，同学们的到来让敬老院的老人们脸上露出了难得的笑容，大家在一起帮助打扫卫生，洗衣服，表演节目。

义演小组的成员们纷纷要求以后要多来帮助老人们，让他们晚年的生活里充满快乐和温暖。乔麦响应了大家的建议。

“你会和我们一起来吗？”乔麦转向了程辛。

“啊，我啊，以后有时间了就会来。”程辛漫不经心地应答。他的心现在

还沉浸在刚才的喜悦中，他拉的一曲手风琴曲让所有人都称赞不已，很多老人都夸他很有天分。这是从父亲走后，他第一次听到那样饱含真诚的赞扬，他的心里胀满了喜悦。他恨不得现在就去告诉父亲。

就在大家准备收拾东西离开时，乔麦的一句话迅速炸开了锅。

我的钱包不见了！乔麦着急地把包里所有东西翻了出来。

听到此话的众人都围过来帮忙寻找她紫色的钱包，可是翻遍了书包的每个角落，都没有任何发现。

“是我不好，我对不起大家，包里还装着刚收的班费和准备捐赠给敬老院的善款。”乔麦带着颤抖的哭音说。

“你怎么那么不小心啊？”人群中有人发出了很微弱的责怪。

乔麦都快哭了出来。但是更多的人都认为乔麦一向办事很细心负责，不可能出这种错误。

程辛看到乔麦的委屈，心突然揪得很紧。

“这个给你。这些都是我攒的零花钱，算是我献爱心了。”他掏出自己身上带的那些钱。

众人都用敬佩的眼光看着程辛。

“孩子们，谢谢你们为我们带来的快乐，也谢谢你们的善良，祝你们好运。”收到乔麦送去的“善款”，老人们忍不住一遍遍地称赞他们。

原来，自己所做的事得到认同和赞扬也会如此充实满足。谢谢你，乔麦！程辛在心里默默地感激。

回程的公交车上，众人都疲惫地睡着了。只有程辛心里矛盾地挣扎着。乔麦站起来唱歌的时候，没人注意到他迅速伸向她钱包的手，他随手一甩，钱包就扔进了路边的草丛，就像他扎坏她的自行车，丢掉他的课本一样简单。

他没理由地恨乔麦，显得越来越幼稚。乔麦带给他的快乐和放松却来得那么真实。醒来的乔麦看到他在思考问题，便很认真地问他：“你长大以后的梦想是什么？”

“我啊，很小的时候一直梦想长大了要当画家，想画出最美最漂亮的蜻蜓送给母亲。因为母亲一直想要永久保存它们飞翔的美。可是现在，我一点也不想长大。”程辛带着一些憧憬说道。

“为什么？”乔麦疑惑。

“大人不过是有了钱的小孩。他们用钱支配着自己想要的一切也用钱满足着自己的愿望。甚至有时候，他们让我觉得可怕。”程辛用世故的口气说

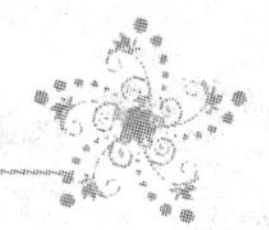

着无关自己的事。

“呵，我与你恰好相反呢。我长大了，就要当个成功的企业家，去挣好多好多的钱，去帮助那些流离失所的孤儿和无人照顾的老人。”乔麦豪迈地说道。

“呵呵，那祝你成功啊！乔大富豪……”

“你瞧不起我是不是?”乔麦伸过手揪住了少年的耳朵。

“啊……”一声叫声惊起了停在树上栖息的鸟儿。

4. 成长

晚自习结束后，同学们纷纷抱着书离开了自习室，只有程辛没有动。有同学和他打招呼后匆匆离开，他停顿几秒钟后又开始写那封给乔麦的信。

此时此刻他的心里充满了对乔麦的愧疚。

就在那次义演活动结束后，他陪妈妈去看望了父亲。在与父亲的谈话中，他才明白了爸爸走之前对他说“爸妈所做的一切都是为了你”是什么意思。

妈妈几次去国外作学术报告回来后，就和父亲商量为了程辛以后有个好的未来，建议在他高中毕业后送他去国外留学。可是高昂的费用却让他的爸妈发愁了。

于是有房地产商知晓了情况后便登门“送礼”，在对方不断地说服下，程辛的父亲心动了，收下了那笔为儿子做未来“敲门砖”的钱，却未料到会因此断送了自己的一世清誉。

少年叹了口气，像经历了长久的压抑而获得的解放那样轻松。

他收拾完书桌后出了教学楼，被灯拉长的身影渐渐融入夜色中。

在经过一条巷口的时候听到了呼救声，少年听出是乔麦的声音后，没多想就冲了进去。围住乔麦的三个男生看到冲进来的少年后，先是一愣。接着开始对他动手，少年使出全身的狠劲向来人踢腿，每一下都很用力，可最终寡不敌众，“英雄救美”变成了被人殴打。

闻讯赶到的治安队制止了这场斯打，听了少女的解释后带走了那三个男生。

乔麦赶紧扶起了躺在地上的少年，并帮他擦去嘴边的鲜血。

“你身上有好几处伤口都在流血，先去我家吧？让我姥姥给你上点药。”乔麦提议。

少年默认了她的建议。

乔麦的家不算大，不过因为院子的原因显得很宽敞。

房间收拾的干净整洁，院子里种的玉兰花散发着淡淡的清香。

少年用羡慕的口气对乔麦说："你妈妈真棒，房间布置得好别致。"

乔麦的眼神瞬间变得很忧伤："我妈妈在我十岁那年就去世了，这是我姥姥弄的。"

5. 蜻蜓

书桌上放置着一个精致的蜻蜓标本，在玻璃的相框里装裱着，蜻蜓振翅欲飞的姿态栩栩如生。程辛忍不住多看了几眼，发现下面刻着个"程"字……莫非是送给我的?

姥姥给程辛擦红花药的时候，程辛忍不住开口："姥姥，那蜻蜓是乔麦做的吗?"

"可不是嘛，她带着朋友去郊外捕了一下午才逮到几只。回来花了好几天才做好，后来又请人把它装裱了起来。说是要送给一个好朋友……"

好朋友！好朋友！乔麦居然把我当好朋友。听到这句话，程辛心里开始波涛汹涌。

"姥姥，乔麦真是个善良的人!"程辛认真地说道。

姥姥擦药的手停顿了下，深深地叹了口气。

"可是这娃命苦啊，妈妈因为车祸走得那么早，她爸爸因为工作长年累月在外忙，这孩子从小就懂事。"像是提起了伤心事，姥姥忍不住擦了擦眼泪。

"姥姥你放心，乔麦是我的好朋友，我们都不会让她再受一点伤害和委屈，我们会在她身边保护她!"程辛认真而坚定的样子让姥姥开心地笑了。

乔麦送程辛出门时，程辛伸出了自己的手："乔麦，我是你的好朋友吗?"

乔麦意识到他的意思后，把手伸过去，紧紧地握住。

微风轻拂过他们稚嫩的脸庞，夏夜的萤火虫飞舞在少年的身旁，闪烁着耀眼的光，抬头，盛夏夜晚的满天繁星都在向他们眨眼睛……

你听，夏天说什么

■ 苏她

一

蒋少楠总感觉这几天有人跟着他。

不，确切地说，他总是在回家的路上发现一个跟自己保持十米距离的女生。

他在商店停下买报纸，她就停在十米外的马路对面玩手机，他跟熟人打招呼，她就在十米外的草坪上打电话。“喂？喂！你说什么？我听不清楚……”

蒋少楠真是有种“敌动我也动，敌不动我不动”的感觉，难道是他拒绝过的女生回来报复了？

二

唐婉婉在一个星期前跟莫天结下了梁子。

其实这真不关她的事。谁让莫天这个只有脸蛋没有内涵的人在课堂上呼声如雷，让强装温柔的英文老师青筋暴怒。

“莫天同学，请你翻译下文中的第一句话。”

唐婉婉作为党友迅速地在桌子底下掐了莫天的大腿，然后看着莫天狼嚎了一声站了起来。

莫天看了看唐婉婉，又看了看英文课本，揉了揉迷糊的睡眼，仔细看跟他八辈子有仇的英文单词。

嗯，英文老师还不算狠，这些单词唐婉婉都教过他——Who is this man?

莫天仰起脸帅气地笑笑，在众目睽睽下语声悠扬：“这是谁的男人？”

静默一秒钟后，全班一阵爆笑，没有哪个人不是带着笑看莫天的，就连唐婉婉，都在尽力掩饰着抽搐的嘴角。

三

莫天这几天很不高兴！非常非常不高兴！

自从“这是你的男人”这些外号出现在莫天身上后，他就感觉全班同学都在歧视他。想他英姿飒爽风度翩翩，怎能受这般屈辱？

“哥们，你拉着个脸谁欠你钱了？”

蒋少楠搂着莫天的肩膀，却被莫天一把甩开了。

“全世界都欠我钱！我要毁灭地球！”

蒋少楠好笑地看着莫天，不知道怎么拯救地球：“哎，你不会失恋了吧？这有什么呀，你看前面那女的长得就不错。”

莫天蹙着眉顺着蒋少楠指的方向一瞥，人潮杂乱的校园里，莫天谁都没注意，就是看到人群里笑得比狗尾巴花还灿烂的唐婉婉了。一个恶毒的想法瞬间在他心里燃烧而起。

“你看上她了是吧？没关系，我帮你搞定。”

说着，不管蒋少楠的反应，独自跑开了。蒋少楠有些傻眼，不是给他介绍妹子吗？怎么变成帮自己追了？

四

唐婉婉还在想着在公车上遇到的帅哥时，莫天如天兵天将般降临在自己面前，怒目瞪着自己的情景。

唐婉婉吞了吞口水，还没找到台词，就看到莫天左手一甩，拿出了iPhone 4S。

“知道他是谁不？”

手指在苹果上划了几下，一个堪比明星的美少年出现在唐婉婉的眼中。唐婉婉瞬间激动地摇了摇头。

“知道他喜欢你不？”

唐婉婉更激动的如拨浪鼓般左右甩头，齐耳短发都甩的脸颊生疼。

“那现在知道了该表个态是不？”

唐婉婉依然摇头，眼睛里已经没有焦点了。

“唐婉婉，你没傻吧？”

摇头中……现在的唐婉婉什么都听不见了，她只知道一件事，那就是，那个公车上的帅哥，喜欢她？！

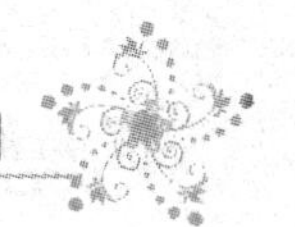

掐掐脸，这是不是在做梦？

五

蒋少楠在被跟踪的数不清的某一天里，刚好下起了瓢泼大雨。整个乌云笼罩在城市的上空，好像要把弱小的我们吞没。

公车里都充满了潮湿与燥热，下车后，蒋少楠打着伞，却总是想回头。

这么大的雨，总该不会再跟着自己了吧？

好奇终究使他飞速的回头，在隐约倾斜的雨中，唐婉婉感觉自己赤裸的暴露在蒋少楠的眼里。

她瞬间慌张了起来，转身想要逃走，可是一双红色的平底鞋磨破了她的脚后跟，让她再努力走起来还是一瘸一拐。

蒋少楠终于忍不住了，大步流星地走到唐婉婉面前，拉住了唐婉婉忍痛的脚步。

“为什么要跟着我？”

唐婉婉仰头，明显的愣了一下。

“欸？不是你说喜欢我的吗？我只是想告诉你，我也喜欢……你呀。”

“……”

在这条街的拐角处，高大浓郁的梧桐树下，莫天冷漠地看着雨中含情对视的两个人。冷风灌进衣服里，他突然感觉，这个夏天，那么冷。

手中的伞一扔，他骑上自行车，朝着另一个方向，如箭一般冲进了雨里。

六

蒋少楠这几天一直跟莫天提唐婉婉，做什么都会找唐婉婉一块儿，二人世界瞬间变成了三人世界。

甚至有时候，蒋少楠和唐婉婉走在前面，莫天就一个人掉队在后面。从背影看，他们实在不怎么般配，可是从举止上看，他们又确实像一对恋人。

莫天有些纠结地研究着，心里各种作怪不停地折磨着他，他感觉要疯掉了。

“唐婉婉，我必须告诉你一件很严重的事情。”

莫天面色非常严肃的端坐在唐婉婉的旁边，唐婉婉抬头看了一眼莫天的表情，好笑的没出声，接着写作文。

“蒋少楠不是喜欢你，那天他说喜欢那个女生，我看错了，以为他指的人是你。”

唐婉婉停顿了一下，接着写作文：“哦，那又怎么样？”

“他很多女朋友的，你不要陷太深！”

莫天夺过唐婉婉的笔。唐婉婉看莫天的眼睛里，有股莫名的恼怒。

“莫天，你在生什么气？”

莫天深呼一口气，放下笔，转身轻笑着问自己：“我在生气什么？”

七

“明天去麦杜吧？叫上唐婉婉？”

坐在篮球场的石凳上，夜色微凉。各种虫鸣和蛙叫埋伏在四周，黑幕中又布满了天兵天将般的星星，莫天突然觉得，无路可走了。

或者说，他真的不知道该怎么办。

他给唐婉婉发了条短信，问她：爱情和友情，哪一个更重要？

在静谧的夜里，唐婉婉的短信随着悦耳的铃声纷纷而来——友情。

“为什么？”几乎是条件反射，莫天很快地发出了短信，可是唐婉婉后来的短信，却让他再次愣住。

——因为友情永远比爱情走得长久。

八

那天晚上，蒋少楠整整想了一个晚上，辗转反侧难以入眠。

爱情这种东西，太过复杂，一旦和友情纠缠到一起，处理不好，就会两样全失。看到翌日的曙光慢慢升起，蒋少楠，忽然作了一个决定。

相约在麦杜的门口，莫天爽约了，看着早早就来了的唐婉婉，穿着一条牛仔蓝的裙子，多少有些日系的小清新范。

“咦，莫天怎么没有来？这小子是不是又赖床没起来？”

看着唐婉婉如花绚烂的笑脸，蒋少楠的话实在不知道该怎么开口。

“唐婉婉，我想，我是喜欢……”在唐婉婉睁大眼睛的注视下，蒋少楠闭着眼睛说出了莫天的名字。

唐婉婉愣了一下，原本是想笑的，“扑哧”一声，笑容随之展开之后，又成了哭颜。

“唐……唐婉婉你别哭啊，你哭什么呀？”

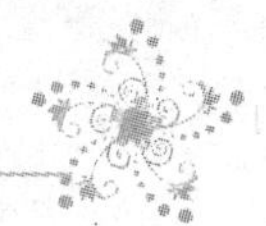

蒋少楠慌张地擦去唐婉婉的眼泪，心里瞬间慌了神，早知道就不说这么蹩脚的理由了。

唐婉婉摇了摇头，怪不得莫天那么生气自己和蒋少楠走得这么近，怪不得他说搞错了，怪不得蒋少楠不喜欢自己……

原来是这多么可笑的理由，可是怎么听得这么难过？

九

那年夏天，唐婉婉、蒋少楠和莫天一起去电影院看了《那些年，我们一起追过的女孩》。

那个时候，他们已经报好了志愿，三个人，分别在地图上的不同位置。

唐婉婉穿着白色的棉布裙子，裙摆在夏日的风里微微飞扬。她回头看蒋少楠和莫天各怀心事，不由得苦笑一声。

只可惜她不是一个腐女，她也不想去破坏自己喜欢的人和自己很好的朋友。

她轻轻闭上眼，傍晚的风很凉，能吹走烦闷不安的躁动。

“蒋少楠，莫天，你们有没有听到，夏天说什么？”

蒋少楠和莫天面面相觑，脸上分别露出了无奈的表情，他们都有自己的青春和烦事，但是此时此刻，他们都听到了一种声音。

“我们听到了。”

“这个夏天，我们就要说再见，以后我们还会是无可代替的朋友，你们说对不对？”

蒋少楠不由得一笑，和莫天相应点头。

他们终究太年轻，莫天选错了爱的方式，他以为唐婉婉是喜欢自己的，当自己要给她介绍男朋友的时候，她应该拒绝才对，但是他错了，他也不该用这种方式。

蒋少楠是喜欢唐婉婉的，但是面对友情和爱情的抉择，他认为唐婉婉说的很对，友情永远比爱情走的长久。唐婉婉真的很重要，他不想以恋人的方式把她弄丢。但是他也很自私，不想看到最好的朋友和最喜欢的人在一起。

夏天说什么？

在即将消失的夏末，他们都听到了夏天说喜欢。

可是夏天终究没有说出口。

爱情是条单行道

■ 一尾鱼代

1. 爱情是一种记号，也是一条单行道

“嗡……嗡……嗡……”被飞遗忘在床头的手机振动个不停。

梦里的男生，乌黑浓密的头发安静地贴在头上，一如他总是挂在脸上的微笑一样，让人觉得温暖。

“我们以后，都不要再见了吧。”一字一句说得清晰无比，毫不辜负他的广播站站长之名。

我们以后，都不要再见了吧。

像魔音一样，反复在她耳边回响。

曾经约定过的命运共同体，曾经一起度过最美好时光，曾经说过要携手把永远找到的人，现在却对她说，以后都不要再见了？

湿润的气息迅速袭击了眼球。

不要哭，飞。你是勇敢的女生。不要哭，不要哭……

那么难堪的梦境，你醒来，快醒来！

在手机不知疲惫的振动和飞不懈的努力中，她终于醒过来，迷迷糊糊地按下通话键。

“飞，你怎么才接电话？我们去逛街，你一起去吧。”

“嗯？”飞的大脑仍处于半睡眠状态。

“飞……你到底有没有在听我说话？”小姿的声音一下子高了八度。飞揉了揉被振得不太灵光的耳朵：“欸？你说什么？”

“唉……”电话那头的小姿无奈地叹了口气：“都已经一个星期了，你怎么还是这副魂不附体的样子？”

“欸？有吗？”原来这个梦已经纠缠自己这么久了！

“真是没法和你沟通了，”小姿一副恨铁不成钢的语气，“你赶快给我振作起来啊，敢把我们这样率真可爱，乖巧又积极的飞弄丢，你就死定了！”

不等飞回答，刚刚撂下“狠话”的女生就径自把电话挂了。

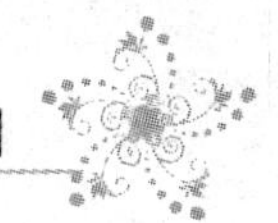

飞拥着被子坐起来，告诉自己，真的不能再这样沉沦下去了，要振作！一定要！

爱情是一种记号，也是一条单行道。

拥有的时候千般好万般好，可是，当他有了更好的选择，更适合的人，你就失去了陪他一起走下去的资格。

纵然是命运共同体，也有解体的一天。

2. 偏偏有人爱

飞觉得，自己脸上现在肯定挂着不止三条黑线。她是大脑抽筋了，才会相信小姿带她出来散散心这样的鬼话。一抬头看见同桌的三尊大神她就胃疼得厉害，小姿去哪里找来的这些极品说话比奥巴马还官腔……哪里还吃得下。偏偏小姿还拼命把话题往她身上引："飞很厉害哦。唱歌超赞的，有机会和她一起去唱歌的话你们就有耳福了，哈哈……"

飞不动声色地踩了小姿一脚，她却毫不在意的样子，把脚收回桌子底下，依旧满嘴的胡言乱语。

还有一个人没来。一定要是美女啊。飞默默的祈祷，只有美女来转移了大家的注意力，才能救她于水火之中。

"抱歉，我来晚了。"

一个清冽的男声传入耳朵。最后的一点希望也破灭了，飞郁闷的直想撞头……

然而……

"麻烦精？怎么你也在？"

这世上会叫她麻烦精的人，只有一个。

飞几乎是立刻就站了起来："黄毛怪，你怎么来了？"完全是巾帼不让须眉的架势。

他们第一次遇见是在一次校园歌唱比赛上。那天飞很不巧的感冒了，又舍不得放弃这个难得的机会，只好抱病参加。她的序号靠后，便坐在后台等候。排在她前面的是顶着一头黄发的阿旻，许是生病影响了心情的缘故，飞总觉得那头发很刺眼，看得她心烦。于是悄悄对在身边做伴的小姿说："长得丑就算了，还把头发弄得那么难看，像个黄毛怪一样。"

阿旻忽然就转过头来："原来你在我后面也可以看见我长什么样啊。"阿旻吓了她一跳。

比赛完，飞的感冒却有了加重的趋势。四肢无力就算了，她还开始流鼻涕，怎么都止不住。衰神附身啊……

冷不防有人在后面道："这种麻烦精，除了给别人增加负担，还会做什么啊。一点环保意识也没有……"

即将要离开手的纸被飞急忙握紧，回过头去，看到一脸不屑的阿旻。如果说话的是其他人，她也许会道歉，可是，偏偏是刚刚惹到她的黄毛怪……

"如果你很有公德心，干吗顶着一头稀奇古怪的黄毛出来乱窜啊，吓到有心脏病的阿妈怎么办？"

飞是率真直爽的性子，随地乱丢用过的纸是她不对，生病，心烦都不足以成为借口。可是，要教训她也要看看自己是谁吧……

虽然嘴上好像自己很不屑的样子，可是手里的纸却是一直握到了有垃圾箱的地方。

从此见君视为仇。

一顿饭吃得十分不是滋味，小姿埋怨着飞的不配合："你知道我费多大劲才把他们都约出来吗？一点都不体谅我……"

"他们都是未来的精英唉……"

"未来的精英？"飞一脸的不敢苟同，"只是因为身为某个社团的社长，就能被称之为未来的精英？就算他是斜眼也无所谓？满口空话也无所谓？"

"你干吗老是拿别人和荀去对比啊？这样一直在心里比来比去，你会幸福吗？"小姿一脸你没救了的表情。

跟荀对比？飞垂下头去，自己真的是在不知不觉之中将荀作为一个衡量别人的标准了吗？他的影响……就那么大？

半晌都没有人说话。

过了好久飞才给自己找回一点点底气："好，那就先不说他们，那黄毛怪呢？明明知道我和他不对盘，为什么还要把他也叫来？"

"你不要这样说沁啦，沁人很好的。"

"那是你，不是我。"

"荀有什么好啊？他为你做过什么？你知不知道，沁他……"话到一半又被硬生生吞了回去，"算了，我不管你了，你就等着后悔吧！"

"不管最好。"飞赌气似的回了一句。

寂静而漆黑的夜，眼睛失去作用，才能够更好的牢视自己，以及那颗爱说谎的心。

飞知道，小姿是为她好，真正的朋友才会这样对她，怕她沉湎于伤痛不

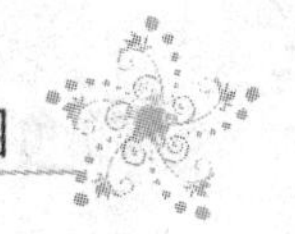

能自拔。可是，她总是希望自由，讨厌被约束，太多太沉重的爱和关心会让她喘不过气，没由来的想要抵抗……

荀，是真的离不开还是习惯而已她有些分不清，一直用他来衡量别人，痛苦的只会是自己吧。这真是个坏习惯。

黄毛怪……他真的没有自己想的那么糟吧？总是在大大小小的音乐比赛上遇见他，很全能的音乐人，会抱回一堆奖杯，会热心地帮人伴奏……据说，还画得一手好画……

3. 你在哭，他在笑，多微妙

对小姿而言，这个世上真的没有什么过不去，所以就算前一天还和自己大声的争吵，隔天打电话要求自己去做卡通手工肥皂作为给育幼院孩子们的礼物也是理所应当的事情。谁让她们是那么好的姐妹呢？

飞一边手忙脚乱地收着满满一桌的卡通肥皂，一边想小姿的思维真是太跳跃了，前几天还直呼真的是快要忙死了，一定要找时间好好休息，现在却拉着自己要去育幼院当义工。

小姿的夺命电话响起来的时候，飞还没来得及清理满是皂沫和残品的桌子，果断提上已经装好的肥皂离开。桌子可以回来清理，小姿这样的朋友丢了的话，她要去哪里找？

飞忍下想要撂下东西走人的冲动，磨磨蹭蹭地走到小姿面前，拉住她的手："我们走吧。"完全忽视某人的存在。

"飞！"小姿扯了扯飞的衣袖，"沁是和我们一起的。"

飞狠狠地瞪了小姿一眼。

"你不会没有爱心到因为我也去就放弃了去做义工的计划吧？你，还不至于爱心贫乏到这种地步吧？"沁扶了扶肩上的吉他问道。

爱心贫乏？

"当然不会！"飞几乎是立刻就给出了回答。

"那么，我们走吧。"沁半是强迫，半是绅士的"夺"过飞的手提袋，径自走在了前面。

没有人看到，沁脸上一丝不易察觉的微笑。

"哎，黄毛怪，你能不能不要总是挡我的路啊？"飞秉持着忍无可忍，无须再忍的态度对阿旻吼道。

真是的……路那么宽，偏偏要走她前面，一连好几次，飞都差点撞上去。

“路是你家的吗？凭什么说是我挡了你的路？”那厮的话里听不出一丝愧疚，甚至连头都懒得回一下。

“真是……”飞脸上的表情飞快变了一下，露出一个“我明白了”的表情，抬肘就冲着阿旻打去，趁着阿旻躲闪的工夫，蹿身向前，不无得意的回头笑：“谁说路不能是我家的？这下看你还怎么挡我的道！”

“飞，那不是荀……”

收到阿旻凌厉的眼神，小姿硬生生把没说完的话吞了回去。

还是晚了，飞已经回头看见了木椅上姿态亲密的两人，他们似乎也被这边的动静吸引，远远地看过来。女生戳了戳荀的腰：“你看，那不是你的前女友吗？”

“前女友”三个字，重了不知几个声调。

飞愣住。荀对她总是温柔，疼爱有加，她在他面前也一直是个乖乖牌，仿佛所有的刺都不存在。这样的场面，实在是超出她的能力范围。倒是小姿，受了刺激似的，一个箭步上前：“你有什么好得意的啊？不过是捡了飞不要的男朋友，有什么好得意的？”

阿旻不知什么时候又站在了飞的前面，将她隔在硝烟之外。

“不要的男朋友？你要不要先把事情弄清楚，到底是谁不要谁啊？”女生脸上露出讥讽的笑。“那个问题，我不感兴趣。荀，我给你最后一次机会。”阿旻注视着荀，看了看身后的飞，“你确定，要牺牲她吗？”

“我……”男生的眼睛里满是犹豫，眉头不由自主地皱到一起，像是在天人交战。良久才道：“我很抱歉，可是，我不能只为自己而活……”

“我欣赏你的担当。其实，不管你的答案是什么，结局都不会改变。”阿旻笑着回头，伸手弄乱飞柔顺的长发，“这个傻妞，我要定了。”

“喂，你们到底在说什么？当我不存在吗？到底是谁不要谁，你们知不知道，不知道我告诉你们……”

“我走了。”荀轻声道。没有人知道他告别的对象。

张牙舞爪的女生的话被打断，她隐隐约约知道，有些东西，已经不在她控制范围之内。有些东西，一直想要的，她永远也得不到了。

“你还站在这里，是想要我向全世界宣布……”

女生像是知道了阿旻将要说的话，脸色变得煞白，狠狠地瞪了他们一眼，转身寻着荀的方向离开。

阿旻在飞面前晃了晃手：“回神了，回神了……”

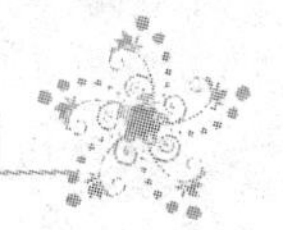

太多突然的事情会让人难以消化，大脑进入休息状态。休息过后，它的运转速度也常常让人觉得匪夷所思。

“你刚才叫我什么来着？”飞打开阿旻的手，恨恨地道：“傻妞？你哪只眼睛看见我傻了？嗯？”

“听话抓不到重点，就是最好的体现。比如……”阿旻的脸上绽开一个大大的笑，“我刚才的重点明明是我，要，定，你，了……”

4. 当开始接受记忆里的黑

阿旻说，不要埋怨荀，他有他的苦衷。他父亲在女生父亲的公司上班，因为金融危机的关系，公司面临一次大规模裁员。女生以保住他父亲的职位为条件，要求男生与之交往。

那时候的飞大脑还处于高速运转状态，立刻追问了一句，这些事应该很隐蔽，你怎么知道？

阿旻的脸就红了，支支吾吾半天，也没说清楚。

飞深深地吸了一口气。一段感情结束，她并没有死缠烂打的心思，可是莫名其妙地被判死刑，她却不能接受。从育幼院回来，看见不知什么时候掉进水池里的手工肥皂人偶，她才想起来，今天是荀的生日。曾经她为生日应该送什么而伤尽脑筋，左思右想还是觉得自己亲手做的东西才够唯一，才够心意。那个人偶，从设计到完成花了她近一个月的时间，现在却没有了。

眼泪无声息地落下。

不是悲伤，而是释然。

荀，我们都要好好生活，努力去寻找更灿烂的明天。

有些事，小姿不说，她或许一辈子都不会知道。

比如，某个人喜欢她很久。

比如，某个人嘴上虽然斥责她，却一直默默跟在她身后帮她拾起她乱丢的纸，就算是擦过鼻涕，也不觉得脏。

比如，某个人在最初得知她失恋的时候，可以不动声色地借朋友之手打乱她的悲伤，让她无法沉溺……

比如，某个人可以用笔记录她的点点滴滴却为了不打扰正在热恋的她而装作很凶很凶，面目可憎的模样……

是不是每个人身边都有这样的“某个人”在默默守护呢？

生活，何其幸福。

手不经意触到床上的毛绒维尼熊，不自觉就笑了。

维尼熊全身都是黄色，可是全世界都爱它。

所以黄毛怪应该也一点都不讨厌吧?

5. 只有在体会爱的不完美

已经有三天没见到阿旻了，所以面对突然出现在面前的人飞有瞬间失神。或者，她已经不能再叫他黄毛怪了，他已经把头发染了回来。

“你……”飞讶异的说不出话来。

“黑头发，喜欢么?”

“我喜不喜欢有什么关系?”

“不喜欢啊，那我再染回来好了。”阿旻一脸沮丧地说。

“哎，这样挺好的。染的太频繁，很伤发质的……”飞忍不住制止。

“嗯，听你的。这几天写了首歌，觉得很适合你，试试看?”经不住阿旻脸上笑容的诱惑，飞接过歌本。

只来得及匆匆看了一遍歌曲，阿旻就取下了肩上的吉他，弹了起来。飞也就跟着节奏唱了出来：

喜欢用我的音调
唱出你的味道
这一秒
有种感觉甜蜜的发酵
一百种言语知道
爱有一个声道
才明了是你眼神传来的暗号
太多的幸福报到
拼凑爱的美妙
笑一笑
投入你怀里然后撒娇
不需要别人来教
把爱紧紧抓牢
这一秒
决定拥抱你给的美好

爱情是你独特的味道
在我的心中围绕
别人都不了
只有你知道
因为你世界不再单调
我的微笑
你明白就很好
你就像月亮绕着轨道
拥抱着地球闪耀
在我的星球
写下惊叹号
有了你世界神魂颠倒
你的微笑
编织了每一个奇妙

音乐声一停，就有雷鸣般的掌声爆发出来。更有人齐声叫道：“在一起，在一起，在一起……”

阿旻放下吉他，双手展开，看着飞，微笑道：“我的世界已经为你展开，你要进来吗?”

基于舆论的压力，飞红着脸羞答答地投入了阿旻的怀抱。

好吧，诚实一点，她不过是听从了自己内心的召唤而已……

飞轻轻附在他耳边道：“你还是做回原来的你吧，我还是喜欢你本来的样子，不需要为我做任何改变，我也会把最真实的自己呈现给你。”

她在爱里受过伤害，体验过爱的不完美，更明白彼此的意义。有那么好的一个人在眼前，为什么不给自己一个机会呢?

谁说爱无路可退，爱的路上从来没有绝路!

盛夏时光

彼此温暖，爱的春天不会黑

■ 佚名

一

我和沈钧都是从乡镇中学考进市一中的学生，不仅同班，高中三年还住在同一间宿舍。

刚上高中那阵子，因为终于摆脱了父母的严厉管教，我们这群十六七岁的年轻人，就像突然被放飞的鸟，欢喜雀跃，扑腾得迷失了方向。

我们宿舍住六个人，而沈钧是最不合群的一个。同样来自农村，他的言行举止和穿着打扮都让我们反感。难道农村来的，就得穿成一个土包子吗？再加上他长得瘦小，豆芽菜一般，我们都不屑和他交往。

但毕竟是住同一间宿舍的兄弟，周末大家结伴出去时，还是会尝试邀请他，可他从不领情，一次也没和我们出去过。有时收到家里寄来的生活费，我们就会凑点钱到校外的小餐馆里聚聚，改善一下生活，也是增进友谊，但沈钧对此却嗤之以鼻。

刚开始我们以为沈钧是怕花钱，从他并不多且破旧的衣物中，我们觉得他家可能比较穷。如果他合群些，表现得卑微且乖巧一些，我想我们宿舍的兄弟都会愿意帮助他，并且不会去和他计较谁出多少钱的问题。

但他偏不这样，反感别人的怜悯，而且还高调地摆明他与我们之间的距离，对谁都没有好脸色。

宿舍睡前都有开“卧谈会”的习惯，谈论班上哪个女生最漂亮，哪款新出的手机最时尚，什么电脑游戏最好玩时，他会不合时宜地冒出一句：“真是肤浅，拿着父母寄来的血汗钱在这里胡混，还那么得意。”他唐突的语言让谈性正浓的我们仿佛挨了当头一棒。

我是宿舍的老大，不仅年纪稍长一点，个头也最高，平日里众兄弟都对我恭恭敬敬，突然当众被沈钧这棵小豆芽菜教训了一顿，颜面何存？沈钧睡我上铺，我恼怒地蹬掉被褥，双脚直踹床板，厉声骂道：“你欠揍呀！”没想到沈钧这家伙，人长得瘦小，脾气却不小，他火药味十足地回敬我：“踹什么踹？有本事把这床板扔到楼下去？”

我一骨碌爬起来，硬生生地把睡在被窝里的沈钧给拽了下来。如果不是宿舍其他人拼命拉开，我肯定要好好修理这小子一顿，太不上道了，居然和我叫板。

自那天晚上以后，我和沈钧就结下了梁子，无论在宿舍还是在教室，我们都当对方是空气。我的人缘好，成绩也不差，宿舍的几个兄弟整日里围着我转。我们呼朋引伴，玩得乐不思蜀，个性孤僻的沈钧终日里一个人来来去去，落寞而孤单。

二

宿舍里的老三许明，从进高中开始就穷追不舍地向隔壁班的一个女生献殷勤，经过长达半年的努力，那女生终于答应和他约会了。

约会是要花钱的。我们来自农村，家境一般，每个月的生活费都是计算着用，身上能余下来的钱并不多，但我们除了出谋划策外，还把自己平时节省下来的钱都鼎力相助了。可许明数了数，钱还是太少，这样去和一个女生约会实在是没面子，于是他把乞求的目光投向了沈钧。

我们都知道，虽然沈钧家里穷，但他自己会写文章挣钱。上高中后没几个月，我们就发现他一直在给杂志社写稿，时常能收到各种样刊和稿费单。许明在班上是负责收发信件的，沈钧的稿费单都要经过他的手，至于沈钧这几个月以来到底收到了多少稿费，许明心里最有谱，为此他希望沈钧能帮助他。

我们曾听许明说过，沈钧的稿费每个月都有几百元，最多的一次，单单一张稿费单就有两千元。他平时那么节省，又不出去玩，在这个宿舍里，无疑是个小财主了。除了找他借钱外，许明别无选择。再加上平日里，许明对沈钧还是比较友善的，他的那些样刊、稿费单一次也没弄丢过。我们都以为，这一次沈钧肯定会帮助许明，而且这也是一次他向我们几个兄弟示好的绝佳机会。

许明还没开口，沈钧却先说话了：“你不要看我，我不会帮你的，我的钱都是自己辛辛苦苦写稿挣来的，不可能借给你花天酒地。”说完，他径直走出了宿舍。

许明傻眼了，一脸绯红。其他几个兄弟愤怒地拍着桌子叫嚣：“沈钧，你小子够绝情的。”我不解气，这个沈钧怎么没点人情味，于是追着冲出宿

舍，把刚走出去的他给拖了回来。我知道这次约会是许明的第一次约会，对他很重要。

“你放开我，陈立。”沈钧在我的大手下拼命挣扎。

我紧紧地拽住他，忍着怒火，用极恳切的语气对他说：“沈钧，以前是我不对，我在这里给你道歉了，但这次无论如何，你都要帮帮许明。”

沈钧抬起头，怀疑地盯着我，他知道我是那种就算有错也不肯承认的人。但很快，他的目光就从我的脸上飘过，依旧冷淡地说：“对不起！这件事我无能为力。”

听他说完，我心寒了，于是狠狠地一把将他推出去。没想到他趔趄一下撞到了铁架床的横杆上，额头磕出了血。事情的突变令大家恐慌起来，特别是看见沈钧汩汩流血的额头和瞬间被血染红的白衬衣时，我们都傻眼了。

许明第一个反应过来，他赶紧抓起一条毛巾跑过去捂在沈钧的额头上。“快帮忙把血止住。”许明着急地叫起来，我们这才手忙脚乱地跑过去帮忙。

看着一脸血迹、身子单薄的沈钧，我一阵内疚。“对……对不起！沈钧，我不是故意的。”我支支吾吾，心里忐忑不安。

“别傻站着，我们要先送他去医院包扎伤口，还要打破伤风疫苗。”许明理智地说。

“大家别乱，不要一窝蜂出去，不然被老师发现了。”一个兄弟提醒了一句。

沈钧还算配合，他没有大声嚷嚷。在许明的护送下，沈钧悄悄溜出了宿舍楼。余下的我们，借着夜色鱼贯而出。

这是第一次，我们宿舍的六兄弟集体外出，不是去玩，而是送沈钧到医院包扎伤口。在医院时，我主动守护在沈钧身边，心里很慌乱。还好，医生说，沈钧的伤口不深，以后不会留下疤痕。回去时，许明向沈钧求情，让他别把这事告诉老师。沈钧默许了，但他依旧没借钱给许明。

许明错过了约会时间，还把钱都花在医院为沈钧包扎伤口上。看得出来，他有些遗憾，但他还是自嘲地解释说：“如果两情相悦，又何必拘泥于一次约会呢?”

三

我没想到，那么小气的沈钧，在后来我父亲生病住院，在我家人四处忙着筹钱时，他会主动来帮助我。

那时已经上高二了。有一天上课时，姐姐突然来学校找我。看她一脸焦急的样子，我就猜到肯定是家里出事了。听完她的诉说，我愣住了，父亲在田里干活时，突然晕倒，现在已经被送到医院抢救。

我心慌得连手都冰凉了，不知如何是好。我知道家里的情况，一下子拿不出那么多钱，就是借，也得有时间去筹。

我请了几天假，跟姐姐去了医院。那几天里，我看护着父亲，妈妈和姐姐都回村里向亲戚朋友借钱去了，但昂贵的医疗费用还是让我们头痛不已。

宿舍的兄弟都到医院来看望我父亲，他们还买了很多水果。看着真诚的他们，我心里很欣慰，只是面对躺在病床上羸弱的父亲，我还是忍不住长吁短叹，一脸愁容。都还是学生，他们心有余而力不足，想帮也帮不上我，除了宽慰别无他法。

沈钧是和大伙一起来的，他的出现我很意外。自那次我把他的额头磕破后，我们之间的关系较以前已有所缓和，但平日里我们还是没有私交。我一直觉得，我们是不同类型的两种人，永远不会有融洽的一天。

兄弟们围着我说话时，沈钧一直默默地站在旁边，直到离开，他都没说一句话。我没想到，第二天中午，沈钧居然会一个人再跑来医院。看着气喘吁吁的他，我疑惑了。正纳闷时，他把我叫到了病房外的走廊上。

“这个给你，里面的钱少了点，只有两千多……”说着，他递给我一张银行卡。

我愣住了，思绪半天转不过弯来。

我还没开口说话，沈钧又接着说：“这个周末，我会回家一趟，家里还有一张存折在我妈手上，里面有一万块钱，可以帮你解燃眉之急。”

我呆呆地望着沈钧，不知该说什么好，感动得热泪盈眶，然后紧紧地拥抱住他。我从来没有想过沈钧会帮我，而且是竭尽全力地帮我。

这些天，妈妈和姐姐磨破了嘴皮还是没借到多少钱。她们说：人情淡薄了，钱难借。沈钧的雪中送炭让我汗颜，我后悔自己曾经那么欺负他。

我和沈钧友谊的开始，是带着满满的报恩心理，像是在弥补自己曾经对他的亏欠。可是有一天，沈钧对我说：“陈立，我们换一种方式相处吧。”听他这么说时，我不知所措，以为自己做错了什么。确实，面对沈钧莫大的恩情，我常常不知道要如何来表达自己对他的感激。毕竟之前，同学一年多的时间里，我们都没有什么过密的交往，突然间的形影不离，让彼此都不适应。

“你像对其他同学一样对我就可以了。我知道，如果我有什么事，你也

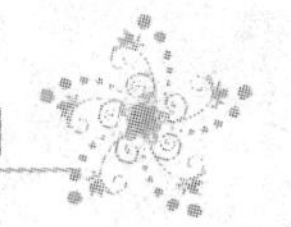

会那么帮助我的，对吗？所以说，不要带着那种报恩的心理，让彼此都难过。我期待的是我们之间平等纯正的友谊，不夹杂其他的东西。”沈钧一口气说了很多。

我明白他的话，点点头说：“嗯!”然后情不自禁地握住他的手。

四

友谊也是需要磨合期的。在高中第三年里，在高考的脚步一天天逼近时，我和沈钧成了真正的朋友，彼此关心，真诚而且融洽。

“陈立，你是宿舍的老大，要带好头，引导大家走一条正确的路，我真的希望高考时，我们都能成为彼此的骄傲，考上自己理想中的大学。”一天沈钧在晚自习前散步时对我说。

原来随着高考日期的临近，巨大的学习压力和心理压力，让宿舍里年纪最小的陆佳豪产生了严重的厌学情绪，那小子居然开始不写作业，还逃课。这段日子以来，大家都在争分夺秒地学习，我确实是忽略了他。

陆佳豪成绩不差，但是不稳定，时好时坏，而他家里每隔几天就会打电话来嘘寒问暖，查问他模拟考试的分数，让他烦躁不安。“他接着电话突然就和对方大声嚷嚷起来，然后很快就挂了电话，一个人呆呆地在窗前站了很久，后来还趴在窗台上，传出了压抑的抽泣声……陆佳豪肯定背负了很大的压力。”沈钧说。那天傍晚宿舍就他俩在，沈钧看见他趴在窗台上颤抖的双肩时，心里也是异常难过。每个面临高考的学生都要背负来自家庭的巨大压力，父母殷殷期盼的眼神让人不寒而栗。

“我有时也很迷茫，怕自己一不小心就辜负了父母多年来所付出的辛劳……”沈钧说，脸上不由呈现出黯淡的表情。

那是一个非常时期，每天有考不完的试，写不完的作业，让人对高考充满了恐惧。宿舍睡前的“卧谈会”早就随着日渐紧张的学习而取消了，但是那天晚上，我却故意与沈钧一唱一和地再次开聊。不一会儿，宿舍六兄弟就都兴致勃勃地参与进来。大家东拉西扯，只聊些开心有趣的事，完全把学习、高考抛之脑后。

周末，过去从不和我们一起外出玩耍的沈钧却主动提出邀大家一起到校外的小餐馆里聚聚，吃一些简单、清淡的菜肴，说不着边际的开心话题。回学校的路上，我们还一路高歌，唱周杰伦的《双截棍》，把“哼哼哈兮”唱得震天响。

我们都很迷茫，面对高考，很用功亦很恐慌，不知道要如何做才是最佳状态？但我们尝试着，互相鼓励，用自己的真诚温暖着彼此，用开心的话语、爽朗的笑声来减压，一起勇敢面对高考前最黯淡的时光。

不爱言语，依旧瘦小的沈钧，那段日子里却成为了大家的主心骨。动静分明，劳逸结合，我们一起用积极的态度、平常的心态去面对高考。

五

终于迎来了高考，我们以最佳的状态奔赴考场，圆满地完成了各自的任务。

当我接到理想中的大学录取通知书时，第一个就打电话给沈钧，然后逐一打给其他兄弟，我要和他们一起分享我的快乐。他们也没有遗憾，都考了不错的成绩，上了第一志愿。特别是沈钧，还考了全市理科原始分的第二名。

这段迷茫的青春岁月，我们终于勇敢而坚定地走了过去，只是这段携手并肩的日子，将会是我生命中最美好的记忆。

彼此温暖，爱的春天不会有天黑。

流浪在云端

■ 傲详

一

方扬来找我的时候我们正在上自习。我和同桌季安在比赛谁先做完刚发下来的三角函数卷子。

我烦躁地看了一眼站在教室门口的方扬，肯定没好事。

“干吗呀?”我满脸的不耐烦。

“借我三百块钱。”他很干脆地伸出手。

我重重地打掉他的手：“没有。”

“徐美玲昨天刚给你三百块。”我生气地说道。他扯着我的衣角装可怜，“我欠游戏厅三百块钱，再不还，老板娘会让我以身相许的。”他眨眨眼睛，“你忍心吗?”

我对他这种装可怜的把戏嗤之以鼻，摆出一副厌恶的脸孔拌掉他的手。一转念，万一他真的被游戏厅老板娘怎么样，徐美玲也不会轻饶我，看在他也跟着我喊徐美玲一声“妈”的份上，我忍痛割爱，慢慢地掏出本来想用来买运动鞋的三百块钱。他两眼放光，迅速把钱抽走。

“一定要还给我!”我揪住他的衣领叱喝道。

他一脸谄媚地笑道：“一定，一定。”我又想起他平日里也是这么一副嘴脸跟我借钱时，不由得痛心疾首。借他钱完全等于肉包子打狗。

他还没等我痛心疾首完就已经迅速开溜。我回到座位上时，季安已经把卷子做完了。“徐琪欣，我做完了哦，今晚的章鱼丸子你请定了。”他好看的眉眼里跳跃着一丝小小的得意。

我拍了拍瘪瘪的口袋，烦躁地嚷道：“没钱了!没钱了!”他也不生气，好脾气地说：“那我请你吧!”

前桌的苏晓晓转过来：“可是季安，你答应过今晚送我回家的，我的自行车坏了你忘了吗?”她委屈地嘟着嘴。

季安轻轻地笑了，假装很为难的样子。

我含笑盯着他们两个看，在感到苏晓晓越来越肃杀的眼神后，赶忙收起一副等着看好戏的嘴脸，善解人意地拍拍季安的肩膀：“你就送苏大美人回去吧，我有人送，章鱼丸子什么的也不急着今天吃，以后加倍也行。”

不成想苏晓晓竟不领情，狠狠地白了我一眼，以致接下来的两节课我仍能感受到她黑漆漆的后脑勺射出来的杀气。

放学铃一响，我就赶忙冲了出来，以免再遭苏晓晓白眼。方扬彼时已在公车站等候。他拉着我的手走向前方，在狂热的挤车人潮中杀出了一条路，周围不断响起不满之声，“挤什么挤！”“哎哟！踩到我脚了！”“混蛋！干吗呀！”咒骂之声不时传入我的耳中，然而塞着耳塞的方扬像没听到般一直挤到了最后一排。

我们大呼一口气后相视一笑。他拿下一只耳塞塞到我耳朵里，这样我的耳朵里就一边流淌着贾斯汀的天籁，一边充斥着诸如“刚转过来的男生好帅哦”的议论之声。

公共汽车在拥堵的路上时开时停。方扬干脆靠到我肩上睡觉。我一偏头向窗外望去就看到苏晓晓一手环着季安的腰一手拿着串小吃在单车后座小口小口地吃着。褶皱的校服裙伏在她洁白的大腿上，欲开欲合，似一朵娇羞的白玫瑰。

可惜这带刺的白玫瑰只对季安娇羞，我一想起她充满杀气的眼神就恶寒。

二

回到家时，方扬开始忙碌我们两个人的晚餐。徐美玲今晚加班，而方书同总是出差。

其实方扬厨艺很不错，可惜只有我知道。徐美玲和方书同总是把他当成只会玩游戏而且一无是处的人。其实我知道，他有他的梦想，他想成为优秀的游戏软件设计师，虽然他总是逃课，成绩很差，但这并不妨碍他继续追逐梦想。他很爱方书同，可在方书同眼里，他却是个叛逆的孩子。他其实并不喜欢徐美玲，虽然十年来他都和我一样喊她“妈妈”。

还记得七岁那年，在徐美玲和方书同的婚宴上，我躲在角落里吃着蛋糕，他冲过来扯着我的辫子大声说：“我妈妈叫沈纯，不是什么徐美玲！你和你妈快点滚出我们家！”

说完他黑溜溜的眼睛就开始冒出水珠，不一会，胖鼓鼓的两腮就湿了，

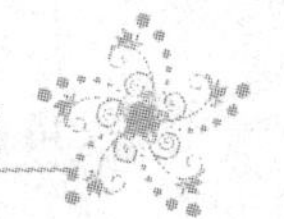

鼻涕眼泪一把一把的。他蹲到地上哭得声嘶力竭，我站在边上犹豫着要不要走开时，徐美玲就出现了。她瞪大眼睛扬起手给了我一嘴巴。然后，方扬就神奇的不哭了。他眨巴着湿湿的眼睛望着我。可能从那一刻开始，他就全然接受了我。

徐美玲从来都是这样不分青红皂白，她是个非常不讲理的人，方书同跟她不会长久的。我爸就是这样跟她分开的。那天晚上，方扬拿着他最爱的变形金刚钻进我被窝跟我道歉时我这样安慰他。

他眨巴着亮亮的眼睛，问我："你等他们离婚后还住这里好不好?"

我非常坚定地点了头，并伸出小指和他拉钩以表我的决心。

然后，我就在这里住了十年，徐美玲和方书同一直很融洽，而方扬也不会动不动就抱着变形金刚钻进我的被窝了。

三

半夜时分，方扬跑到我房间里把我摇醒。我看着他凌乱的发，枯槁的面容，不整的衣衫，大惊："你被人凌辱了吗?"

"我想了很久，最终还是决定告诉你。"

我瞪大了眼睛望着他，抱着些许期待渴望从他嘴里听到足以让他胆大到敢骚扰我睡觉的秘密。最好这个秘密惊人，否则，阻止我睡觉的人，我只能让他的脸惊人。

"我喜欢你们班的苏晓晓。"

天啊！又是那朵带刺的白玫瑰。我的内心瞬间从无语过渡到愤怒再转化成同情。

看着他一副欲说还休的扭捏之态，我瞬觉欲哭无泪。虽然这个秘密不怎么惊人，方扬这个外貌协会的喜欢苏大美人也不甚惊奇。可是人家苏晓晓早把芳心许给了季安。让他知道这事，即使我不出手让他的脸惊人到明天吓坏路人，他也会自动化把脸惊人到吓坏我。想当初我和他打架，总是我的拳头还没落下，他就立马哇哇大叫，鼻涕眼泪淌得一团糟。

我下意识地拢紧自己洁白的被子。

"帮帮我呀!"他跳起来扑到我床上，"只要你帮我，我就把之前借你的钱全还了!"他讨好地把脸凑到我面前。

我撑开五指一巴掌拍到他脸上顺势向后推，他一个没稳就跌下了床。长痛不如短痛，与其受苏晓晓的长期心理折磨不如现在就让我给打清醒了。

他从床下撑起头时满脸委屈。

"苏晓晓有什么好的呀！成绩不如我，力量不如我，魄力更不如我。嘴又毒，眼神又凶，除了长得漂亮，有哪点值得你喜欢?"这种满身是刺的漂亮女孩哪是方扬这种呆子能驾驭得了的？人家季安长得好，成绩好，脾气更好，好歹也是只打着领结的白天鹅，与那白玫瑰也算相配。可方扬怎么看怎么像淌着哈喇子的丑小鸭。

"你是不是觉得我是癞蛤蟆想吃天鹅肉?"

我看着他，一时说不出话来。

"连你也这样看我？觉得我一无是处吗?"

四

方扬最终还是跑去跟苏晓晓告白了，我看着一米八二的他在娇小的苏晓晓面前低下头时，替他难过了起来。

苏晓晓走后他依然站在那里。我走过去时，他冲我吐了下舌头。我笑，他也笑。

"她说她不喜欢成绩太差的人。"

"其实你也不算太糟糕啦!"

"她说我只会玩游戏。"

"她是没吃过你做的饭，没看过你修理电脑，没看过你打网球，你哪里只是会玩游戏而已。"

"她嘲笑我没有梦想。"

"别理她！你的梦想伟大着呢！哪是她这种胭脂俗粉所能理解的?"

"其实我发现，我好像并不是特别喜欢她。"

我抬起头看着他。

"因为我现在好像并不怎么难过，"他眨了眨眼睛，"原来我在你眼里还是挺不错的嘛，哈哈!"他冲我调皮地吐了下舌头。

我扶额，我真应该去撞豆腐，竟然还替他难过，他这种神经大条的呆子哪是会难过的主儿?

他把手搭到我肩上："我请你吃麻辣烫吧!"

五

期中考的试卷发下来，毫无悬念的，季安第一，我第二，苏晓晓第三。

今天的苏晓晓有些异常，没有转过来和季安“讨论问题”。

“苏晓晓说她喜欢我。”他低着头，手中的笔依旧飞快地在草稿本上列式子。“你说我该怎么办呢?”他抬起头来，微笑着盯着我看。

“这种事情问我，我怎么知道？当然是你自己决定喽。”我看了他一眼，淡淡地答道。

他笑了：“我如果说我喜欢你多一点儿呢?”

手中的笔在本子上划出一道拙劣的痕迹：“是吗?”

他看着我冷淡的表情，沉默了。

第二节自习课他史无前例地翘课了，我被他的话搅得心烦意乱也逃到天台。他躺在长凳上，听到声音后望了我一眼。

“今天的天空很漂亮，你也来看吗?”他的声音淡淡的。

我也搬了张长凳躺到他旁边。

天空很蓝，有大朵大朵的云慢慢飘浮。飞机从头顶飞过，留下一串惊心动魄的轰鸣。

“你看那云，”他伸出手指着天空，“好高啊!”

“你知道吗？我一直觉得自己好像在云端流浪。我妈妈从小就要求我凡事都要做到最好，理所当然地要成绩好，品行优雅，获得所有人的赞美。所以我很享受同样被他人瞩目的苏晓晓的崇拜，即使我并没有多么喜欢她。可是我却被你拒绝了。”他转过脸来，“你喜欢的是方扬对吧?”

“没有，他是我弟弟。”

他笑了：“你跟我一样，都是在云上的流浪儿。你表面上大大咧咧什么都不在乎，好像内心很强大，其实你比谁都敏感脆弱。喜欢的人永远只能是你弟弟。”

我也轻轻笑了，眼泪溢出来，慢慢流进了耳朵里。

我们行走在高高的云端，掩饰起内心的恐惧与孤独，装作一切都很好，当看到一个和自己相似的人，才发现，原来自己一直与寂寞同行。

时间搁浅的是记忆，带不走的却是回忆

■ 你眼里的笑意

1. 对不起，我不想再继续爱你

收到郑凯的短信时，天空突然下起细雨，独自走在河边的杨阳心情像被雨打湿的草群一样潮湿。暮春的风吹在身上还有点冷，她双手蜷缩，脸上流淌着的液体，连她自己都不知道是越来越密的雨丝还是从眼眶涌出的泪水。郑凯的短信上，只有短短的一句话，连多一句的解释都没有。

"阳，我们分手吧，我想我们还是不要在一起了。"

郑凯和杨阳在一起的时间不算长，两百多天也算得上有大半年，可是，这两百多天的时间他们终究是快乐的。杨阳从来不对郑凯的任何决定产生质疑，就像当初他们决定在一起的时候一样，郑凯发短信说，"阳，我喜欢你，我们在一起吧。"然后，他们就在一起了。这一次也是一样，杨阳不知道郑凯要和自己分手的原因是什么，但是她知道他肯定有他的理由，尽管她难过地一个人走了很久，但是她还是倔强地同意了郑凯的分手，连为什么也没有问。

其实，杨阳的心还是很痛的。郑凯是她爱上的第一个男生，她是真的爱他。她曾经说过，在这个世界上，她只爱过两个男人，一个是她的父亲，一个就是郑凯；她也曾经说过，如果有一天她和郑凯分手了，以后无论和谁在一起，他这一辈子也只会爱这一个男人。

这一场分别，他们连面都没有见，连话都来不及说清楚。没有歇斯底里，也没有闹得不可开交，一切都显得特别平淡，安静到连杨阳自己都觉得这已经不是自己了。

2. 我没有说并不代表我不想你

分手后的每一天，杨阳都在想念着郑凯，她舍不得他，却一丝挽留都没有。

从教室座位上望出去，可以看到房顶上的天空，偶尔会飘过淡淡的云，

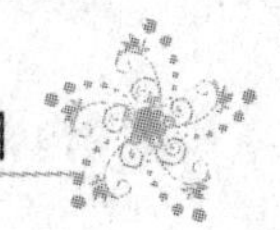

偶尔会有燕子飞过。杨阳用黑色签字笔在精致的笔记本上写满郑凯的名字，写满对郑凯的思念，也写满他们在一起的那两百多天里曾有过的最美好的回忆。

杨阳和郑凯的教学楼中间隔着一个小操场，五十米的距离，她在操场这端三楼最右边的教室，他在操场那端三楼中间的教室。他平常是看不到她的，他却一直在她的眼底，她发现他好像过得很开心，根本不像刚失去了一段恋情的样子。

杨阳会去操场看郑凯踢足球、打篮球，看他在球场上飞奔的姿态，她还是忘不掉胜利之后他向队友竖起大拇指的样子。

3. 我想她比你更加需要我

后来，杨阳还是决定要弄清楚郑凯和自己分手的原因。

“凯，我们能见一面吗？”杨阳发消息给郑凯。

“有什么事情就在短信里面讲吧。”郑凯的回答很决绝。

“我想，我们还有一些事情应该讲清楚。”

“有什么没有讲清楚的事情，你讲吧。”

“凯，能告诉我分手的原因吗？”

“这个很重要吗？”郑凯的语气有点不耐烦。

“很重要。”

“那我告诉你了，你不要哭。”郑凯说。

“嗯，我不哭。”

“前段时间，有一个女生向我表白了，她是我初中时候喜欢的女生，以前因为一些原因我们没有在一起，现在她回来找我了，我觉得她比你更加需要我，所以，我选择了她，对不起。”

看到郑凯发给自己的短信，杨阳突然好难过，她给他打了电话。

“凯。”杨阳的声音有些哽咽。

“不是说好不哭的吗？”郑凯说。

“我没有哭。我既然答应了你不哭，我就肯定不哭，至少在你的面前我不会哭。”杨阳依然很倔强。

“不哭就好，有什么事你说吧。”

“凯，你能告诉我，什么叫作你觉得她比我更需要你吗？”杨阳问。

“我也不知道，阳，这就是我的感觉而已。我知道我对不起你。”

“郑凯，你就没有什么想要对我说的吗？”杨阳有些沮丧。

“杨阳，我能说的，只有对不起。我知道你是一个倔强的女生，但是我还是希望你不要来打扰我们，可以吗？”郑凯说。

“打扰？”郑凯的话让杨阳有些哭笑不得，“郑凯，请问究竟是她打扰了我们，还是我打扰到了你们啊？”

“杨阳，不要再说了，我们不能做男女朋友，也是可以做朋友的。”

“就这样吧，郑凯。”说完之后，杨阳挂断了电话。

这是第一次，杨阳觉得郑凯有些可笑。在杨阳的心里，郑凯一直是一个理智、是非分明的人，但是这一次，她突然觉得自己认错了人。她突然看不清楚曾经和郑凯在一起的时光，她认识的那个郑凯，究竟是不是真实的郑凯。

杨阳也不清楚，为什么自己莫名其妙地被郑凯甩了以后，还要被郑凯交待说不要去打扰他和她。

那天晚上，杨阳第一次没有听郑凯的话，在被窝里哭了整整一个晚上。

4. 尽管这样我还是没有办法不去爱你

时间又过了一周，杨阳还是无法说服自己忘记郑凯，他的出现就像她生命中的一个惊喜，时刻在记忆里的，不可能轻易就忘记。

“郑凯，我已经习惯了和你在一起的日子，就算以后你都不会爱我了，我想我还是会爱你的，我不要求你对我好，但是请你给我对你好的机会。我知道自己所做的一切都会打扰到你，但是，我只是在做我认为对的事而已，如果真的打扰到了你，我只能像你对我说的那样对你说声，对不起。”这是杨阳发给郑凯的短信。郑凯没有回复，因为他也不知道杨阳究竟要做什么。

从那天开始，杨阳就像从前还和郑凯在一起的时候一样，每天早上都会提前来到教室，在郑凯的课桌上放上鸡蛋和牛奶；在郑凯打球的时候，杨阳都会在他脱下的校服旁边放上矿泉水和擦汗的毛巾；下雨天，她会在郑凯的课桌旁悄悄地放上把雨伞，也会把要嘱咐的话写在便利贴上，贴在郑凯的桌角。其实她还为他做很多的事情。

朋友都在制止杨阳，说她无知，分手了还无条件地对郑凯好。杨阳却总是说，她做的一切不是想要挽回什么，只是想要对得起自己的心而已。

而面对杨阳做的这些事情，郑凯连一条短信也没有给杨阳发过。

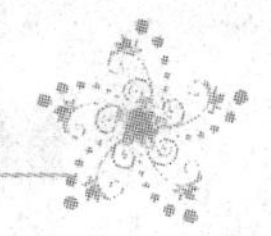

终于有一天，郑凯的空间里面更新了一条这样的心情，他说，“不要再为我做这些徒劳的事情了，你的喜欢只会让我感觉到压力，如果不想让我那么讨厌你的话，请你懂事一点，停止吧!”

所有看到郑凯心情的朋友，都打电话给杨阳，问她郑凯说的是不是自己，杨阳终于忍不住给郑凯打了电话。

“郑凯，我们能出来聊聊吗?”杨阳尽量让自己的语气听起来平静一些。

“我们之间有什么可以聊的吗?”郑凯问。

“郑凯，你自己选择吧，是要我来你教室找你，还是你出来找我。”

“你说地点吧，我出来找你。”郑凯想了一下说。

“那学校后操场的花园，我在那边等你，就现在。”说完，杨阳挂了电话。

这是杨阳和郑凯分手之后第一次正式的见面。

“你有什么话要对我说，快说吧。”郑凯问。

“你能给我解释一下，你更新心情的意思吗?”

“我只是想要告诉你，不要再对我好了，我已经不爱你了，无论你怎样对我好，我都不会再爱你了。”

“郑凯，你有想过我的感受吗?所有的人都打电话问我你更新心情的意思，你有给我留过一点面子吗?”杨阳说。

“杨阳，那你有想过我的感受吗?你每天为我做那些事情，你有想过我女朋友知道了会怎么想吗?别人会怎样看我吗?”郑凯也生气地说。

“郑凯!你真好意思说出口，你要记清楚，是你找了小三，是你甩了我，现在你还要让我考虑小三的感受，你把我当成什么啦?”

“有必要把话说得那么难听吗?杨阳。”郑凯突然感觉自己面前的杨阳不是自己最初认识的那个杨阳，“我从来不知道这样的话会从你的嘴里说出来。”

“郑凯，你都已经不是以前那个你了，我怎么可能还是以前那个我。”

这时，天空开始狂风暴雨，初夏的第一声响雷震耳欲聋。

“杨阳，下雨了，我们回去吧。以后，你过你自己的生活，我们不要再见面了。”郑凯狠心地说。

“郑凯，难道你一点都不觉得你欠我的吗?”杨阳不愿意离开。

“杨阳，我知道我对不起你，我也已经很诚心地给你道歉了，你还要我怎样?”

“郑凯，我能问你要一样东西吗?”杨阳问。

“你说吧。”

“郑凯，给我一个抽你耳光的机会，我给你一巴掌，从此以后我们各不相欠。”

“杨阳，你疯了吧！”郑凯拒绝了杨阳，“我走了，以后我们也不要再见了。”郑凯转身走了，留下杨阳一个人站在大雨里。

其实，杨阳只是想用这一个耳光来结束她和郑凯之间的一切，但是就算郑凯同意了她给他一巴掌，她也不会真的打下去。这是她唯一爱过的男人，她怎么舍得。

5. 我只是默默爱着你不需要你知道

自从杨阳被郑凯丢在大雨里面的那天之后，他们真的没有再见过面。一切都只能靠听说。

杨阳听说，郑凯和那个女生分手了，分手原因不详；

杨阳听说，郑凯进入了校篮球队，和别的学校比赛又拿了第一名；

杨阳听说，郑凯 18 岁生日那天，邀请了很多的朋友，玩得很尽兴。

她知道，他有健康的身体，有要好的兄弟，生活过得很开心。偶尔她会落寞，遗憾的是，陪在他身边的不是自己。

就这样，她默默地爱着他，这份感情，提起来会被摔碎，所以几乎没有人会在杨阳面前主动提起那个叫作郑凯的男生。

要毕业了，整个学校笼罩着悲伤的情绪。早就听说郑凯要提前离校，杨阳还是想见他最后一面，因为她怕以后就见不到了。

那天中午，吃完午饭在回教室的路上，突然有同学气喘吁吁地跑过来。

“杨阳，你再不去见郑凯，他就要走了！”

“他在哪里？”

“听说他已经收拾好东西了，你现在去他们班教室，兴许还来得及。”

杨阳飞奔到郑凯的教室，同学们都去吃午饭了，教室里空无一人。她失落地回到自己的教室，她知道，郑凯应该已经走了。她拿出电话给郑凯拨通了一年多以来的第一个电话，电话那头提示的一直是暂时无人接听。难道，郑凯连走之前都不愿意接自己的电话吗？杨阳趴在桌子上哭了起来。

杨阳拨通了一个和郑凯很要好的同学的电话。

“郑凯在吗？”

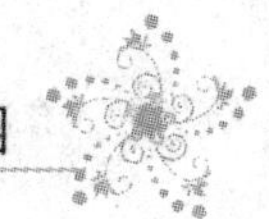

“他已经走了，我刚送他出校门。”

“他为什么不接电话呢?”

“我也不知道，可能是因为没听到吧。”

杨阳再次拨打郑凯电话的时候，郑凯的电话已经关机了。她再一次哭起来，她猜自己再也见不到郑凯了。

后来的结果是，杨阳的同学拨通了郑凯的电话，告诉郑凯说杨阳哭得很厉害，要他回她的电话。再后来，郑凯给杨阳打了一年多以来的第一个电话，他只是告诉她，不是他不接她的电话，是因为手机没电了。

然后，他们分开了，没有见面，各自离开了那个学校。

6. 我爱了你七年却像没有爱过你一样平静

转眼，四年过去了，杨阳和郑凯各自大学毕业。

四年的时间里，她从来没有停止过关心他，她知道他在哪里，学什么专业，她也知道他在做什么，有没有很开心。她依然用听说的方式，默默地关注着他。

四年的时间里，她打过电话给他，她尽量让自己看起来不那么纠结，但是他却不愿意好好和她讲话，他们的对话平淡到没有任何意义，但是，她还是怀念从前的他和自己。

四年的时间，过得好快，她听说他工作了，听说他在哪个城市做着怎样的工作。

那天，她还是去了他的城市。

“郑凯，你下班了吗?”她打电话给他。

“下班了。”

“我在你这边，你能出来一下吗?”

“我有事情，出来不了，你自己玩吧。”

“我是过来找你的，你就出来一下吧。”

“我有事情，真的不能出来，就先这样吧。”郑凯挂掉了电话。

夜色渐渐暗下来，杨阳和朋友走在这个陌生城市的街上，其实她知道，郑凯从来都不是一个狠心的人。

“郑凯，我在河边，我和朋友两个人在这边，我们只等你两个小时，无论你来还是不来，我们都等你两个小时。”杨阳发消息给郑凯。

晚上的河风吹在身上还是凉凉的，这个城市的夜景真美。杨阳知道，郑凯一定会来的。

事实是，郑凯真的出现了。

他们已经有四年多的时间没有见面，而四年，可以改变的事情有很多很多，但是改变不了的是两个莽撞少年曾经真诚的模样。

如果爱情是世间亘古不变的话题，那么记忆就是永不会被搁浅的那一抹闪亮。无论时隔多久，相隔多远，那些淋过雨的夏天和吹过风的湖边，都会是生命中永垂不朽的记号，刻在时光里，连年轮都无法遮去。

越过年少，看见春暖花开

■ 张婷

一

我和林莫瑶住在同一个巷子里。林莫瑶一直是个成绩很好的丫头，她经常低着头背着很重很重的书包匆匆地从我家门口穿过，冷漠、高傲。

我很羡慕她。羡慕她的清高、她的好成绩。

因为一次打架妈妈苦苦哀求班主任让林莫瑶与我同桌，据说是为了近朱者赤。成绩好的学生大概都喜欢熬夜做题，她经常在数学课上打瞌睡。我在私下里收集很多冷笑话每次她昏昏欲睡时就说一个，她被我逗得哈哈大笑睡意全无，然后就开始认真听课。

打小就崇拜林莫瑶的我对她好是自然的。

正当我慢慢变乖时，班主任把我叫进办公室轻蔑地说："苏琳，你是不是成天找林莫瑶说话？要不是看在你妈妈的面子上，我才不会让你和林莫瑶坐一块儿。"

我一下懵了，我是为她好才费尽心思逗她开心，她怎么能这样不讲理？

"我没有。我……"

"人家是班长又是尖子生，难道还主动找你说话？你看看你成绩不好废话倒是不少。"还没等我说完班主任就开始训话。

成绩好就该什么都相信她吗？成绩差就一无是处了吗？

林莫瑶，披着羊皮的狼，你怎么能这样！

我以为你的冷漠是因为学习压力大，原来你真的心也很冷漠。我恨不得自戳双目啊。换座位！主动换！果断换！

我黑着脸回到座位上，林莫瑶假惺惺地问我怎么了。

我心想，你就使劲儿装吧。

二

我与同样成绩好的简晓冉成了同桌。她没有林莫瑶的冷漠、不可一世。

简晓冉不爱说话，很要强，学习起来几乎是拼命。我曾亲眼看到她在月考失败后躲在教学楼的角落里一边打自己一边哭泣，看得我都呆了。我一直不明白什么东西能使一个女孩子如此地自虐。

总觉得她心里隐藏着什么。我瞄准了她桌洞里的日记本，没带锁。虽然经过无数次的心里斗争，但那份好奇心让我很无耻地偷看了。

妈妈的病又严重了，家里真的是揭不开锅了。简晓冉，你死都要拿奖学金！死都要!!!

三个感叹号，触目惊心。

简晓冉，我一定要帮你。

我偷偷地跑到办公室跟班主任说了简晓冉家里的情况，老班说他会和班长尽力想办法。我突然间感觉自己很伟大。

几天后，身为班长的林莫瑶拿着钱递给简晓冉。一旁的我心里极不平衡：明明是我做的好事，凭什么都被她揽去了。还没等我反应过来简晓冉站起来对林莫瑶吼了一句“你少管我的闲事”，就脸红着跑了出去留下莫名其妙的林莫瑶，同样一脸愕然的还有我。

三

从小饭来张口衣来伸手的我，从来不知道家境贫寒的孩子自尊心是那么的强，我总是单纯地以为竭尽全力帮助他们就是善良。

简晓冉愤怒的表情和歇斯底里的吼叫，一棒子打醒了我：善良不是一个人的自以为是。

我不知道林莫瑶是怎么和班主任交代的，但这一点很清楚：简晓冉对林莫瑶已经是恨之入骨了。当简晓冉指着林莫瑶骂她身为班长就随便窥探别人的隐私时，我看见林莫瑶一脸无辜的样子心扑通直跳：她会不会把我抖出来?

也许是她觉得上次的事对不起我，一直风平浪静着。

班里的学习氛围又开始紧张起来，林莫瑶和简晓冉还是冤大头，她们可以在学习上争个你死我活。

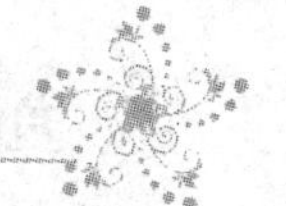

在这个大家都在奋斗的季节里我突然觉得很孤独。我的底子差，根本学不进去，烦躁无比，闷得发慌。

我又开始去上网。偶尔想到上次打架后妈妈低声下气地求班主任多关照我时，我就很恨自己没出息。但网络世界有太多引诱我的东西，良心上的不安阻止不了我。

我是完全陷进去了，连上学放学都抛到脑后。

有天中午都放学好久了我才想起来妈妈还在家等着我吃饭。刚进屋妈妈就冷着脸问我怎么这么晚才回来，我说老师拖堂。

“啪”一个巴掌落到脸上，“我才上街买菜就碰见瑶瑶放学了，还敢骗我?”

“死丫头，我就知道你又去网吧了。”又是一巴掌。

我哭着摔门离去。

林莫瑶，你敢，告我一上午没去上课，我妈打了我你满意了？等着瞧。

四

我和妈妈开始冷战。

成长的寂寞和差生的自卑让我的内心有无穷无尽的悲伤和空虚。这么憋屈的生活简直让我发疯，曾经的我嚣张跋扈、横冲直撞，哪有人敢这么对我？要是不给林莫瑶点颜色看看我会憋死。我最受不了这种仗着自己成绩好暗地里打小报告的人。

晚自习等大家都走完时，我把简晓冉的笔记撕得稀巴烂塞进林莫瑶的桌洞里，晓冉最在乎的就是那本笔记。冤家路窄，林莫瑶你完了。

如我所料。第二天简晓冉疯狂地把桌洞翻个底朝天都不见笔记。我在旁边提醒了一句：“一山不能容二虎。”

她恍然大悟。趁着林莫瑶出去，简晓冉去了她的座位，当着全班同学的面，简晓冉把碎片一样的笔记从林莫瑶的桌洞里拿出来。刚到教室门口的林莫瑶呆住了，从同学的议论声中已知一二。

“没想到你会用这种方法和我竞争，太无耻了。”简晓冉哭着说那是她最心爱的笔记，里面都是她辛辛苦苦整理出来的重点。

“就是，没想到她那么卑鄙。”我嘴里这样安慰着她，心里却翻江倒海：晓冉，对不起了，笔记是我糟蹋的。

到此为止，两清了。但我没想到简晓冉会告诉班主任。老班虽然宠林莫瑶，但是非面前还得公正一些。

林莫瑶拿着检讨上去念，每一个字都像鞭子一样抽打在我身上。下来时她狠狠地瞪了我一眼，我吓得连忙低了头。

林莫瑶，这次你怎么哑巴吃黄连了。

五

和妈妈冷战一段时间后，可能是我脾气倔打死都不和她说话，她首先妥协了。

“琳琳，妈妈打你也是为你好。你知道那天妈妈看见瑶瑶都放学了，等了好久你还没回家妈妈担心成什么样。我就怀疑你又进网吧了。果然，到了网吧看你玩得正高兴，要不是怕传出去不好，我当场就打你了。没想到你回家后还和妈妈撒谎。”看着这么多天被我折磨得一脸憔悴的妈妈，我就是铁石心肠也羞愧得不行。

对不起妈妈，还有，林莫瑶。

叛逆的那一季，我眼里容不得半点沙子，以为全天下的人都对不起我，肆无忌惮地报复，幸灾乐祸地躲在角落里看好戏。年少时以为的正确和成熟，恰恰是最自私、最幼稚的。

因为我明明懂得林莫瑶已经知道是我偷窥了简晓冉的隐私，是我偷的笔记本她却默默地背黑锅，执拗的我一直都不承认是自己做错了事而误会了她。

心智渐渐成熟的我与林莫瑶和好后，我很邪恶地调侃她：“林莫瑶，你说当初你要不跟老班说我打扰你学习我们能弄得一波三折吗?”

“什么?！开什么国际玩笑?”她一脸的无辜倒不像装的。

“打赌，一杯奶茶。”我得意扬扬地说。

去找老班证实，结果碰了一鼻子的灰，是数学老师说的。聪明一世糊涂一时，当我眉飞色舞地给林莫瑶讲笑话，笑得前仰后合的，瞅见他吹胡子瞪眼的样子就该料到了。

我输掉一杯奶茶外加一个鸡翅，因为林莫瑶威胁我：“臭苏琳，要不是我多次护着你，以你妈的脾气早打断了你的腿。”

我就是年少轻狂，自以为是，天生小脾气。褪去年少的幼稚和执拗，才看见春暖花开。

青春本来就是一道带伤的疤

■ 米辰

“青”字下面是“月”，“春”字下面是“日”。我本以为你会是我一生的阳光，可是原来你只是我青春里的一道风景，近到让我看不清来时的路却又远到让我望不到路的尽头。

青春本来就是一道带伤的疤，所以青春里每走一步路都会隐隐作痛，一边疼痛，一边奔向成长的天堂。

1. 闷热的空气变得微凉起来

永远也无法忘记，你是如何进入了我的眼里。

那是一个并不明媚的午后，天气闷热得让人想揍一拳那半灰不蓝的天空。正当我满腹牢骚地怀抱一摞书经过你的窗前，急匆匆的铃声使本就焦躁的我更加恼火，意志不争气，什么肱二头肌肱三头肌也不听使唤了，怀中那些没有思想而是像木头——不，不是像木头而本来就是由木头制成的森林闲置资源——书，哗啦啦，欢快地向外飞出。是的，我们在一起本来就是你不情我不愿的事。

我的眼里腾地燃起一把怒火……一双白皙到透明的手出现在我的视线里，我必须得承认，那一刻我想起了冰棍儿，确实，整个世界的空气都变得微凉起来。低头看你，白衬衫，黑裤子——不是韩剧里男主角的精致美，却是东方传统的儒雅美；你微皱着眉，鼻子好看而笔挺，侧脸却写着微笑。

你安静地看着一地的书，嘴角却轻轻上扬，然后弯腰有条不紊地拾书。你站起来：“喏，给你，以后小心一点。”我只感到天使的声音在耳边回响，没有责骂，没有凶神恶煞的指指点点，更没有对屡教不改的坏学生的冷漠，你微微地笑，眼神里盛满了温柔和关爱。是的，跟别的老师很不一样。我的心开始不正常地跳动了，可能是因为忽然觉得还会有老师这样尊重我，很——很有趣吧。

2. 你给的保护伞很大

一切都如常进行（所谓“如常”就是一般都不怎么正常）。可是好像有些东西发生了改变，例如当我看见你走上讲台时，常常有一种令自己意外的感觉——惊喜。

虽然我不断告诉自己，这与我无关。你成了我们班的语文老师，从此，你在讲台上有节奏地讲课，我在底下有节奏地打呼，偶尔醒来，看到你在看我，也当没看到，大概你也是跟其他老师一样吧，不愿做太平洋的警察——管得太宽。

这天，我趴在桌上望着窗外，刚才还是晴空万里，突然就一片黑沉，我讨厌这个沉闷的世界。等到放学时，果然下雨了，很大很大的雨。我站在楼下，怕麻烦的我从来都不带伞，同学一个一个地从身边走过，只有我一个站着不动，一脸的无所谓。我并不是孤独无助，只是觉得自己跟这个世界不大合拍。

“你还没走吗?”

回头一看，笑容写在你的脸上，惊讶藏在我心里，“嗯”。

“我的伞大，一起走吧。”你很自然地把伞举在我的头顶，不知怎的，就这样进入了雨帘，两个人安静地走，只听得见雨声。

我不知道，是你的伞很大，还是你的心很大，反正，在那样的大雨里我的衣服一点也没有淋湿。

“以后小心一点。”你微笑地撑着伞离开了。突然发现，褪去了平日一丝不苟的整洁，发梢微微滴水的你，竟给人一种清爽的感觉。见鬼了，心跳有点不正常。

3. 趴在你的背上好软好暖

当然，我还是要当好我坏学生的角色。深夜爬墙上网，就跟吃饭一样，已成了我生活的一部分。那夜的月亮很大很圆，我却讨厌它容易暴露我的行踪。我刚爬上墙头，就好像见到值班老师追过来的身影，我吓得一跃而下。“啊!”大叫一声后，我发觉自己的脚很痛，就像有千万只蚂蚁咬噬着骨头。难道是撞到石头了，我难以挪动，勉强爬起几次又摔了下来，折腾几次后，心灰意懒的我开始咒骂起那个值班老师。

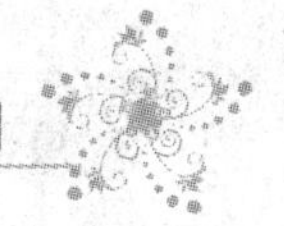

"你怎么样了?"你问道。我诧异地抬头却听到你说:"竟然是你!我背你去看医生!"你好像是生气了,但言语里还透着焦急和关心。

我乖乖地蹭上你的背,好软,好暖。你背着我在小路上快速行走,汗珠滴滴落下,呼吸加速,同时加速的,还有我的心跳。从来,没有一个老师,对我这样好过。

等到看完医生时,已是凌晨两三点了。背我回女生宿舍的路上,你一言不发,沉默得让我异常心虚和害怕。我看向你的眼睛,漆黑如墨的眼眸中涌动的是无声的担心和失望。"以后小心一点。"你还是这样说,可是我觉得有一种叫作改变的勇气从这里开始得到了动力。

从此,我再也不敢在语文课上蒙头大睡,因为我害怕你用那天使的声音提醒我,"以后要小心一点啊"。一向对什么事情都不关心的我就这么笨蛋地为了一句表露关怀的话放弃了我宝贵的睡眠时光,奇怪的是,我很乐意。

4. 你是让我改变的天使

我再也不在上课期间四处张望或与同桌说悄悄话或帮邻桌男生传纸条了,因为你会用你那天使的微笑很温馨也很认真地提醒我……从此,我再也不专注于开小差,因为整节课我的目光都没有离开过讲台上你那清俊美好的身影,而且我会不由自主地记下你说的一切。那个夏天,我的笔记本满满的,就跟我的心一样。

就这样,我不曾自知地为了一个格调完全跟我不一样的人做出了改变,原来那个我行我素的我啊,固执地改变曾经固执的一切。我颠倒了自己的世界,只为了摆正你的身影。

第一次,我再也不敢逃课,我不想你会因为我的空位而流露失望;第一次,我再也不放肆地在毒辣的阳光下疯狂地玩,要不,黑溜溜的我站在白皙的你旁边是多么的不协调啊;第一次,我再也不毫无顾忌地大声喧哗,大叫怪笑,为了温文尔雅的你,我要抛弃叛逆不羁,变得矜持;第一次,我开始发奋地学习,因为我不想在名牌大学毕业的你面前只拥有一张卑微的"差生证";第一次,我开始在乎自己的成绩,我喜欢你看着我进步的成绩单时的笑脸,晴朗得会让我想起天空,心里的温暖像棒棒糖一样夹杂着甜意;第一次,我会为了别人的朗读而泪流满脸,你眉头紧皱,眼睛紧闭,一脸凝重,声音哽咽,你读,"在天愿作比翼鸟,在地愿为连理枝。天长地久有时尽,此恨绵绵无绝期";第一次,大大咧咧的我拿起中性笔,学着写诗,将我心底最柔软的情愫写给你，将我心底最温暖的声音写给你——只盼你能够感动。

……

我的改变，一切一切只为了得到你微笑的肯定，只是想让自己离那个优秀的你更近一些。

5. 含在嘴里会变苦的糖

在时光匍匐前进的轨道里，我拼命地往前奔跑，因为我看到了远方在等我，而你在远方。可是，为什么？当我离远方越来越近时，你仍旧离我很远。无数次疯狂地奔跑却跌倒后，我才忽然发现，原来，你一直站在我青春的门口，我的远方里却没有你。我带走了时光，却没有带走你。我以为你一直都在，其实我的期待一直都是空的。

毕业在即，我满怀欢喜地拿着自己的“杰作”鼓起勇气向你走去，你脸上的笑容很灿烂，灿烂到遮掩了你的心。你说：“来，老师请你吃喜糖。”

喜糖，是真的喜糖。那红艳艳的包装映红了我的脸，却让我的心瞬间变冷。合在一起的两个“喜”字耀眼而且发亮，亮光刺痛了我的双眼。突然决堤的眼泪，大颗大颗地滴在衣襟上，浸染出一片心碎的悲伤。迅速地，我转过身说：“谢谢。”我飞一般地逃离，逃离你的视线，逃离你的世界，那不属于我但我又无心掉入的世界。那一刻，我的世界崩塌了，而心里就像悬浮着一个气球，不能飘着不能落下，就浮在那里颤抖着，也许更多的是失望。微笑了那么久，想不到积压的泪水会在这一刻来得像洪水那么急，急匆匆的，一如初遇你的我。我也从来都不知道一个人的泪水有这么烫，尤其是由热情储蓄的泪水。泪，花了我的脸，湿了我的心。

剥开一颗喜糖，塞进嘴里，为什么味道这么苦？我任凭这苦涩吞噬掉我的舌头，淹没我的知觉。第一次发现吃糖——原来吃糖也这样让人窒息。

一切都过去了。我努力地从丑小鸭变成白天鹅，但还未成功就被扯断了那根蜕变命运的银线。或者说，我都还未从癞蛤蟆转变，天鹅就已经飞走了。

6. 只想告诉你少女的心事

教室，浓浓离别情让大家很不安静，你在讲台上，一脸严肃地要求大家

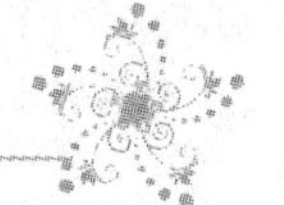

复习备考，你说，“读书也读了九年了，不可能总有这么多的离愁别绪”。那一刻，我真想大喊：“可就是在第九年才遇见你啊！”我无力，也没有勇气，任凭泪水像无耻丑陋的毛毛虫一样在脸上蠕动，把脑袋深埋在一大摞书下，只为了掩饰自己的难过，手里还攥着那篇将要向你展示的诗。

少女的心事

奔你而来的路布满荆棘/我只知道竭尽全力/尽管一路孤寂/卑微的绽放不为美丽/只求你回眸的印记/你的眼神是最透明的玻璃/我本弃之于昔/却情不自禁用心撞击/你的眼神是最清澈的水池/我本无意沉溺/却无法抽离/感谢你遗我一天空阳光的回忆/让我叛逆的心不再暗自淅沥/我的上帝/可惜不是你/这是灵魂最深底/却又永远只能停留在现实最表层的心事

我终究明白了，你只是我青春的信仰而不是我爱情的方向。你在你的世界里精彩，我在我的世界里畅快。你就像一棵优秀的银杉树，傲然挺立，而我只是你旁边的一棵小草，我为了自己也变得优秀，拼命地开一朵小花，来吸引你的视线，来告诉世界我的存在。只是无论我如何努力，我还是无法向你靠近，只因为那段距离不是我能用奔跑来缩短的。泥土拉住我的根是我一生的宿命，我能做的只是在老地方等，等你的一片落叶，落下来轻轻对我说，“你以后小心一点”。

青春，是握在手里的沙，握得越紧流得越快；青春，是照在指缝的阳光，看得越久越不清晰。谢谢你给我的青春带来了阳光，带来了希望，那一道青春的伤疤也许疼痛过，但曾经却很美好。

再爱我时已然另一番模样

■ 未绪

1. 是谁说遇见了一个人，我便要与他天长地久

一开始，是谁说遇见了一个人，我便要与他天长地久，海枯石烂，可谁都忘了，谎言是听的那个人当真了。

我把茂茂送我的锁型吊坠死死地握在手里，一边气鼓鼓地跺脚，一边恨恨地说："死茂茂，敢欺骗我，我代绿绿最讨厌别人欺骗我了，死茂茂，你个没良心的、天杀的死茂茂……"

当我坐在学校周边的奶茶店里喝着红豆奶茶，想着晚上和茂茂出去约会，我就乐得合不拢嘴。这时，林乐火急火燎地跑到我面前，不由分说地拉着我就准备跑。我扯下她的手，疑惑地问道："出什么事情了啊？看把你急的。"

林乐望向四方，还是闭嘴不说，手又抬起来拉着我的胳膊。"干吗呀？你倒是说啊？"我又拿着红豆奶茶吸了几口。

林乐靠近我的耳朵，说："徐茂正在外面泡妞……"我手上的杯子几乎要被我捏碎，完全不顾周围的环境大声地吼道："什么？我看今天不把他徐茂和那女人大卸八块，他就不知道我代绿绿存在的价值。"

四周讶异的眼神望着我和林乐，林乐赶紧拉着我离开了奶茶店，并告诉我他们在街心喷泉公园。

我并没有感激死党林乐，是因为我实在也没有这个心情，满脑子想的都是他徐茂背叛我了。林乐曾说，"绿绿，你不要总是一副宣誓着全世界都是你的模样，偶尔淑女点，对徐茂温柔点，也不至于三番五次地抓到徐茂在外面泡妞了"。

是啊，可那样我就不是我了。有谁知道，他每次欺骗我，我们都会大吵大闹，原谅他的是我，说分手的是他，苦苦哀求的是我。

我还没走到他们跟前，他们拥抱的身影就刺到了我的眼。我吸了一口气，握着锁型吊坠一步步走到他们跟前。对方背对着我，徐茂并没有以往那种惊讶的眼神，淡然地对着那女生说："放开我，我说最后一次。"那女生却

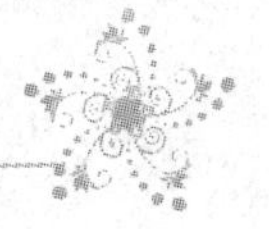

顽固地死死抱着他。徐茂摊开双手，示意不关我的事。

我不理会徐茂，上前一把抓住那女生的长发，那女生吃痛地叫了一声，松开了徐茂，转而看到我倔强地说："你谁啊？松手！"

我直接踹了她一脚，她捂着小肚哀号，无力还手。我刚扬起手，徐茂一把抓住我的手，硬硬地说："代绿绿，你不要以为是我女朋友就可以横行霸道，别太过分了……"

"徐茂，你有没有良心？你在外面拈花惹草竟敢说我别太过分了，你妈没教你做错了要勇于认错吗？"我扯下徐茂抓住的手，心里感觉到一把刀正在用力将自己的心刺得血肉模糊。

徐茂抬起的手准备给我一巴掌，我在闭眼的那个瞬间，彻底绝望了。良久，我只感觉到微风拂过我的脸颊，慢慢睁眼后，只看到徐茂离我远去的背影，那女生也跟随其后。眼泪不知不觉地流了下来，打落在锁型吊坠上，闪闪发亮。

2. 对流言会附和，还是会有人相信我还是我

第二天，学校都在传言霸女代绿绿拳打白骨精，被花少徐茂再一次抛弃。无论是课前课后，还是茶余饭后，八卦一直都无处不在，散落各地。

只是我相信，即使大多数人对流言会附和，还是会有人相信我还是我。

至少，我相信林乐是站在我这边的。林乐就像我的情报专员，只要有关于徐茂的一丁点信息，她都会毫无保留地告诉我。她总是说，绿绿，只要你和徐茂能够幸福。

可走到哪，我都会被人用一种异样的眼神看着，不好好学习，成天打架，一头酒红色的头发，在那时耳朵还不能戴耳钉时，我的耳朵上布满了闪烁的耳钉。而林乐却与我截然相反，她总是一副乖巧的模样，学习也名列前茅，为了我她总是抵抗班导的教诲，执意和我在一起玩。甚至，为了不让我的成绩落下，她总会为我补习功课，这样班导才睁一只眼闭一只眼。林乐说，我不能让我的朋友落在起跑点上不拉她一把。

而我呢，每天就会打架闹事，林乐就不离不弃地陪伴着我。她总是心软地说，"好了，绿绿，别人都认错了，放了她吧。"然后，她又会说，"绿绿你手疼不疼，有没有被那群人打到。"她总是为我着想，想起来我却为林乐做得太少了。记得有次，有人诬陷林乐，我狠狠地回击回去，我说，"有谁欺负林乐就是欺负我代绿绿，就是和我代绿绿过不去。"

或许，就是因为互补，我们总能在对方的身上看到自己想要的闪光点。

林乐总知道我快乐时会大笑，不顾形象，笑我是小孩，挠我痒痒。在我难过偏执地不愿流泪的时候，她没有一丝安慰的语言，只是静静地陪着我。

就像现在，坐在天台上吹着迎面的微风，望着天空不说话，她就在那站着一动不动地看着我。

我想起那时，我们横行霸道，欺强扶弱，却依旧有人以我们为榜样，崇拜着我们。好像自从有了徐茂后，一切都变得不一样了，却又似什么都没有变。

林乐刚想上前来说点什么时，硬被怒火冲冲的徐茂给憋了回去，好像有什么难言却又不说。

“代绿绿，你竟然把上次那女生又给打了，你知不知道她哥哥是谁？你傻啊你？用你愚蠢的脑袋想想。”徐茂气急败坏地说道。

我望了望那朵像极了熊的白云，缓缓移动，心里极其委屈。林乐拉了拉徐茂，探问道：“她哥哥是谁？”

徐茂还没来得及回答林乐的问题，我快速走到他面前，说：“管她哥哥是谁，你记住，我为了你舍命都行，不管你爱谁，可你身边只能有我。”然后，我很潇洒地转身走了，好似认定了他徐茂逃不脱，赖不掉。

3. 是不是回不去的就是以前

我不顾徐茂和林乐的劝告，依旧穿梭于游戏厅、网吧和KTV，还有各个大街小巷玩乐。让我最近避着点，可要来的总会来的，不是吗？

以前，有徐茂在时，游戏厅里他会陪我打得昏天暗地，打到我将他打败为止，玩晚了我们会去网吧上网，半夜趴在桌子上睡觉，他细心地为我披上衣服，那些小感动我都没有忘，一直都铭记在心。他或许忘记了，有次我被别人打的遍体鳞伤，伤养好后，我仍旧不服气，想要报复回去，可当我找到那群人时，他们却比我受的伤还要严重百倍，我知道是徐茂为了我打了那群人。徐茂以前说：“绿绿，你若不离我便不弃。”

以前，都说了是以前，是不是回不去的就是以前？

好似做梦般什么都没有发生，那些大街小巷，我们牵手走过的街角，如今都变成我一个人的回忆。

我一直都将他送我的锁型吊坠放在身边，那是他第一次送我的东西，第一次给我的承诺。无论以前有多生气，认为他不在乎我，可是我就是没办法忘记，没勇气将他抽离我的生命。

就如一米阳光，是我无法舍弃的温暖。所以，他负了我多少次，我都不

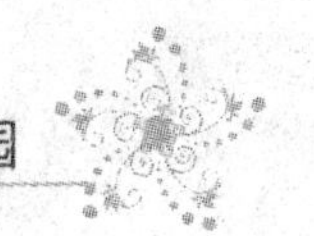

在乎，我都相信自己有能力让他爱上我。就像后来，他真的跟我告白，说愿意舍弃所有暧昧，只爱我一个人，只因为我是代绿绿，命中注定于此。

于是，我每天依旧潇洒自如，相信着徐茂也会重新回到我的身边，那些流言依旧会变成：徐茂和代绿绿又恩爱地走在一起，其实很般配。徐茂和林乐看着最近也没有人找我麻烦，便稍微放心，也没有天天轮流跟在我身边。

可我忘了，阳光也有消失的一天，在我依旧自以为是的时候，你不找麻烦，麻烦自然会找你。

那天，他们将我拦到小巷子里，对我拳打脚踢，那女生娇滴滴的面容拉着她哥哥，柔声说："够了，再打会出人命的。"我死死地盯着她哥哥，即使他全身遍布文身，眼神极其恶煞，我仍旧不服输。她哥哥说："看着你是女孩，这次就算了，以后再欺负我妹妹，你别怪我见一次打一次，让你在这一片永久消失。"

我躺着地上捂着肚子，极其狼狈，那女生俯下身来，说："其实，我知道你不坏。但是，徐茂说过的，他爱的是我，爱一个不爱你的人是不会幸福的，你离开他吧。"然后，她唯唯诺诺地随着他哥的喊声走了。

曾几何时，那副相信爱可以胜一切的模样如丑陋的疤痕，成就了我现在的痛，变了就变了，就再也回不去了。

4. 总能因为你的一句话而流泪

我消失的那几天，学校里流言四起，说代绿绿被黑道上的人给缠上了，被打得半死不活，估计以后再也没脸来学校了。

我躲在林乐的家里，谁也不见。林乐说："徐茂找我找得快发疯了，连责怪的心都没有了，只希望我不要出事。"可我一旦想起自己那该死的高傲的心，我就没办法再见徐茂。

一向谁也不怕的我，谁知道会被打得如此狼狈，苦苦哀求林乐将我收留，除了她我真的不知道找谁，林乐最终还是不忍心将我隐蔽在她小小房间里。

我知道林乐一向是乖乖女，家里肯定不允许她带这样的我回家，我这才想起，我一次都没有进过她家，也不曾被邀请去她家玩。

可无论怎样，我都要谢谢林乐。我低下头说："谢谢……还有，就是不要告诉徐茂我在这，就说我在家养病。"林乐一脸惊讶地望着我，又很快恢复平静，将买好的药轻轻涂在我脸上，点了点头。

记得以前，我从不说谢谢，我把所有的好都当成理所当然，从而，忽略了好多人的感受，以至于错过了好多人。我想林乐会露出惊讶的表情，是因为之前我跟林乐极其霸道地说，我最讨厌听到的词就是谢谢还有对不起。

看着林乐极其认真地给我抹药，我抓住她的手，让她停了下来。歉意地说道："对不起。以前，我说我讨厌听到谢谢还有对不起是因为这样会显得我们太生疏了，或许，是我太忽略了你的感受，从没想过你需要的是什么，而是不断地索取。对不起……"

我以为林乐会说话，哪怕是责怪都行，可她没有说话。良久，她抬起手继续给我抹药，可我看见她红了的眼眶，手却还是不停给我抹药。忽然，她哽咽着说："是啊，你总是自以为是，身边的人靠向的总是你，光环总是围绕着你转，为什么我想要的都没办法拥有？"

我不明白林乐说的，疑惑地看着她，她涂好了药，擦了擦快要掉下的泪水。然后，快速地收拾好了东西就离开了房间。

然而，我不知道林乐在离开房间后独自哭红了双眼，而我，身上的痛却不及心里的痛，两人默默地舔舐着自己的伤痕。

半月后，当我出现在徐茂的面前时，好似以前所有的不愉快都消失了。他紧紧地抱着我，说："绿绿，以后不要再这么任性了，我不值得，我要的是你好好的。"

这是我第一次伤后哭泣，我委屈地说："茂茂，你知道吗？我那时痛的要命都没有哭，却总能因为你的一句话而流泪，我答应你一定会好好的。"

5. 那时，我便是他手心里的宝

仿佛，失去的一些东西，总能得到另一些你不曾想过的东西。

这次，徐茂回到了我的身边，而林乐对我好像也比之前好了些，或许，这是我力争失而复得的东西，即使这代价有点大，可我不在乎。

流言真的就如我之前相信的，那些流言变成了徐茂和代绿绿又恩爱地走在一起，其实很般配。

我开始肆无忌惮的和徐茂如影随形，只是，每次林乐都好像有话要告诉我，一副心事重重的模样，每次她话到嘴边，却都咽了回去。而我当时也并没有在意，我想她要说自然会告诉我，既然现在不说，那一定是时间不得当。

徐茂如以前对我宠爱有加，我说去的地方他一定会陪我，我想我们一定是回到了从前。

他会陪我去游戏厅打得俩人筋疲力尽，会陪着我去 KTV 号到嗓子沙哑，

会陪我在网吧通宵不回家，他总是温柔地说："绿绿，你喜欢就好。"我会拉着徐茂陪我吃饭，陪着我逛街，累了就让他背着我走好长好长的路，让他喂我吃东西，把我不想吃的东西全都扔给他吃。

徐茂和我都小心翼翼不提起那些让我们伤痛的过往，只要现在幸福就好。徐茂带我去看星星时，我惊讶地望着他，我心里无比感动，我爱了这么久的少年一直都没忘带着我去看星星。原来，我忘了少年未实现的诺言，少年一直都记着。

我们平躺在草地上，看着无比辽阔的天空，璀璨的星星对着我们眨眼，好似正在祝我们天长地久。

我想起第一次遇见徐茂，我瘦瘦弱弱的模样，总是被人欺负，倔强的眼神总是不肯认输，无论别人怎么打我骂我，就是不求饶。正好有次被徐茂看见，他将我救下，又把那群人狠狠地教训了一顿。后来，只要有人欺负我，徐茂都会帮我出头，以至于那些人再也不敢欺负我。

那时候，徐茂说："代绿绿你要想不被人欺负，你就要变强，只有变强你才能守护你想要守护的人，你的东西才不被别人抢跑。"

或许，从那开始，我开始依赖他，开始喜欢上他。

于是，懵懂的时候，徐茂教会了我好多，他让我知道什么叫喜欢一个人，什么样才能守护自己想要的东西。我开始努力变强，我知道徐茂有好多个女朋友，都说徐茂是个花少，可我想他们只是不了解，其实，徐茂真的很好。那时，我便是他手心里的宝，他无比宠溺着我。

6. 那些青涩又疼痛的青春远去了吗

只是，时间在变，人也在变，如果不曾变过是不是就能回到从前。

我一直都不懂为什么后来的徐茂不爱我了。徐茂细长的手指在我眼前晃了晃，我缓过神来，迷茫地望着他。

徐茂摸了摸我的发梢，温和地说道："想什么呢？这么入迷。"我摇了摇头，心里正在挣扎着问自己，到底要不要问呢？如果一直不问，我心里会一直有个疙瘩，挥之不去。

我拿出锁型吊坠放在手心，徐茂讶异地望着它，脱口说道："你不是说早就扔了吗？"我点了点头，解惑道："是啊，我是当着你的面亲手扔了，可是，我后悔了，又找了回来，一直珍藏到现在……"

徐茂将锁型吊坠拿了过去，紧紧地握在手里，似乎内心有些莫名的情绪。我接着说道："你说过，你的心在这锁型吊坠里，将你的心交给我。我也说过了，把你的心交给我，我一定会好好珍藏，放在我的心里的。我岂能说扔就扔？我更加舍不得放弃。”

若不是那时我太高估了自己，也不至于为了徐茂身边的那些花儿，当着徐茂的面扔了他的心。总以为自己不在乎，自以为是的相信他是爱我的，可承诺是最没有安全感的，往往会被蒙蔽双眼。

徐茂有些激动地一把抱过我，说道：“对不起……那时候的我太贪玩了，没能好好珍惜你。”我望着这个少年，不知道为什么心里有些小小的落差感，或者，是终于被人知道了我的付出，又或者，随着时间的推移，没有了以往的那种心酸。

有时候我们总在感叹时间过得太快，以至于什么都没有留下，逃得无影无踪。

而那时的我，曾得到过的，失去过的，全都围绕着徐茂和林乐。还好，曾经爱过了，无论后来是如何不堪，他们都在我的身边。我曾无数次幻想，和一群好友还有爱的人生活在一间屋子里，面朝大海，无忧无虑。

或许，我们都在成长。徐茂会陪着我每天上学，偶尔遇到乏味时，我们也会逃课去打游戏、K 歌或者躺着看星空，无论何时何地，只要我需要，徐茂就会在。

林乐一直以一个旁观者，不冷不热地陪着我，她说：“或许最好的结局是这样。”我不明白曾经那个天真的她哪去了？似乎总有好多忧愁爬上她的眉梢。林乐不再是曾经那个普通的女孩，遇事会急得跳脚，人品爆发时会不顾形象哈哈大笑。如今的她，亭亭玉立，总是顾及着人前人后的感受。这样的她，很少有如鲜花般灿烂了。

三年的时光，说长不长，说短不短，却足以改变一切人和事。我们总会不禁感叹，那些青涩又疼痛的青春远去了吗？远去了吧。

7. 有些结果自然会知道

爱情很简单，只是我想的很复杂。我问徐茂：“未来我们会怎样？我看着他眼里的迷离，我想我们都不知道。”

徐茂后来告诉我，那个被我打了两次的女孩叫小恩，其实，他与那个女孩认识是因为他偶然成了那女孩的救命恩人。

有次，徐茂去便利店买东西，老板硬是冤枉那个女孩没有给钱，后来，徐茂不忍心那女孩被欺负，说要老板调出监控录像，或许，老板觉得理亏，这件事就算了，没有继续追究。小恩因此一直追着徐茂要电话号码，说要请

徐茂吃饭感谢他，被徐茂婉拒了。后来，徐茂和朋友们去唱K的时候，又碰巧遇见了小恩，小恩借此便一直追着徐茂。徐茂告诉我，一开始他觉得小恩很乖巧，后来越来越黏人，像个小孩子一样任性。

其实，我和徐茂的相遇与小恩和徐茂的相遇很相似，我们都曾经被徐茂救过，都无可救药地爱上了他。

而在我被她哥哥打了之后，小恩曾找过徐茂，希望可以重新开始。徐茂告诉她说："对不起，你伤害了我最不想伤害的人，我们是不可能的。"幸福是能让对方幸福，不是让对方有负担。那之后，小恩没有再找过徐茂，或许，现在她找到了幸福。

我想徐茂肯告诉我他的过往，或许是他再次爱上了我。至少，我们都在成长，都在小心翼翼地不放弃任何可以幸福的机会。

成长在让我们不断改变。那天，徐茂说："代绿绿，你变了。不再是天真时的你，不再是不服输的你，是全新的你。我希望我们能一直走下去，这是我给你代绿绿独一无二的无期限的承诺。"我只是微笑着不再敢接受任何可以幸福的机会，其实，如今的我应该是小心翼翼的守护着我所拥有的幸福。

时光总能在不经意间从指缝中流走，我们都不再是那时如阳光般温暖的人。就如林乐，我在她身上再也找不到灿烂的笑容，那时的她，腼腆又有些可爱，她总是乐呵呵地看着我出糗，帮着徐茂数落我……时光匆匆走来，回忆如此美好，她却不再放声大笑，总是一副淡然的模样，那股天真劲真的消失了。可林乐陪伴在我身边，虽然不似以前热情温雅，却总能让人莫名暖心，即使她总是淡然地对我。

徐茂每天陪伴我上学放学，总是从A座教学楼跑到D座教学楼来送吃的给我。那些我曾经傲慢的性格渐渐被时光磨平了棱角，好多人都说，代绿绿越来越亲民了，见谁说话都面带微笑。

晃眼快三年了，我们都知道总会离别，谁会留下，谁会一直陪伴，有些结果自然会知道，只是时间问题。

我带着小小的惊喜去广播室，想要给林乐一份意想不到的礼物，只是一切都不再是我想象的那样，当我走近后，我听到了自己不曾知道的秘密。

两三个女生坐在广播室里，其中一个清脆的声音说："……她代绿绿以为她是谁啊？现在只知道在那装可怜博取徐茂的同情了，以前，对徐茂那么霸道，管着这管着那，难怪徐茂总是背着他在外泡妞了，你们知道吗？以前代绿绿可怂了，老被人欺负，我还欺负过她呢。"

8. 最终，什么都没有得到

扬扬得意的模样，我不想看，只是依旧抵不过他人散布的流言。

只听到另一个女生接道：“是啊是啊，总是那么目中无人，嚣张跋扈的模样。听说后来徐茂救过她，她就一直对徐茂穷追猛打，后来徐茂答应了她，最后还不是受不了她甩了她。林乐，你说是不是?”

我背靠着墙壁，捂着嘴巴，这些不堪入耳的话语一句句刺痛我的心，只是，我没想到林乐也在。她为什么不为我辩解，还是她也认为我是如此?

当我准备移动步伐时，那个清脆的声音又说了起来：“林乐，你以前不也喜欢过徐茂吗？怎么没抢过来呢，说不定现在是你男朋友呢?”林乐推了推那女生，有些怒道：“够了，你叫我来就为了听这个？还放不放歌曲了?”

广播室里开始放着萧亚轩的《祝我生日快乐》，有些悲伤的旋律敲打着这颗受伤的心。原本我是想给林乐小小的惊喜，却没想到是她送给我意外的惊喜。

我不知道自己是怎么拖动脚步离开的，脑袋里一片空白，有些天旋地转，走着走着竟离开了学校。阳光透过树叶，打落在地上，我的心仿佛随着落叶片片落地，再也感受不到阳光的温暖。

我窝在黑暗的角落，眼泪像开闸的阀门不断涌出，那些过往一一浮现眼前。手机不停地滴答答的响动，我望着屏幕上徐茂和林乐的名字换着闪动，心里更加感到莫名的委屈和难过。

我想起了好多过往，想起了三个人的画面。突然间，我觉得自己忽略了太多的细节，而太多的不明白似乎都有了答案。我终于知道为什么林乐每次见我都一副欲言又止的模样，而为什么又会说那句，为什么我想要的都最终没办法拥有？她是有多么失望和难过啊。

以前，只要是我想到的都会第一个跟林乐说。有时候，我会跟林乐说，徐茂是如何如何不好，不温柔又花心，总是背着我出去玩。可当徐茂对我好时，我又会跟林乐说，我最爱徐茂了，谁都没办法抢走他，谁抢我就跟谁急。那时候，林乐总是一笑而过，说我是恋爱中的智障。

我把徐茂对我的好肆意妄为，我异常霸道的不允许他出去鬼混，会偷看他手机，会让他每天准时向我报备、查他岗。我不知是不是自己那些小小的自卑心在作祟，一直对每个人都很小心翼翼地防备着。最终，什么都没有得到。

原来，不止我一个人那么爱徐茂，有一个人将那份爱意藏了好久好久。

我不知道林乐对徐茂的爱是何时在她心里悄然萌芽的，但这次，我多么希望这个秘密不被我知道，或者，哪怕是推迟一天，该有多好。

不知过了多久，眼泪掉了多少，我被手机的响动声吵醒，可能外面天黑了，伸手不见五指的感觉有些莫名的害怕。我打开手机，亮光刺痛我的双眼，我模糊中看到上面显示徐茂二十多条短信和林乐的一条。

9. 错了不代表不能改正

翻开徐茂发的短信，大致在说，绿绿你中午吃完饭哪去了？怎么不接电话？是不是出什么事情了？原本泪似流干了，那种委屈又莫名地上头，身体不停地瑟瑟发抖。我想现在我无法面对的是林乐，林乐信息上简洁地说，八点，速七 **KTV**，我生日。

我内心又开始挣扎着，想着如何给林乐回复信息，是说，对不起，我知道了你的秘密，还是说，对不起，我没有办法来。

总有一个借口为我们推脱，可是，该面对的始终是要面对，不能说事情发生了我就当没事人一样。

我整理好自己出门，将那哭红的双眼周围补上妆，尽量让自己显得精神一些。一路上，我都在想见到林乐我该怎样去面对，手里紧紧捏着礼物，那内心的不安翻江倒海，就像窥视的怪物，看到了不该看到的秘密。

当我到速七时，已经快十点了，远远就听着街道上的喧杂声。走近后，发现速七旁边站着两群人，似乎有些争执，酒味弥漫天边。

我看到林乐也在其中，和她那些所谓的姐妹们咆哮着。对方那群男女，我惊讶地看着其中那面熟的人，他们明显是不好惹的。我大致了解到，林乐的姐妹喝得有些醉糊糊，却被对方那群女的不小心撞到了，破口大骂了对方。对方看见都是女的，当然不服输了，硬是要林乐的姐妹道歉，就这样不分上下的争执不休。

我极度想要将自己伪装起来，却又舍不下林乐。我只好硬着头皮上前拉住她的手，用极度低沉的声音说：“林乐，走吧，他们不好惹。”

林乐用力地甩开我的手，看了一眼我手里的礼物，有些生气地说：“你还记得今天是我生日啊？你怎么变得这么讨厌，徐茂对你那么好，你为什么就变得那么专横，为什么没有好好和徐茂走下去，我都把我最爱的东西让给你了……”林乐越说越激动，醉得一塌糊涂，将我手里的礼物盒抢过去紧紧捏的不成形。

在我和林乐心情极度糟糕的时候，不知是谁动起手来，双方扭打了起来。林乐转过身去和他们较劲，我看着这一群午夜放肆的青年，才知道曾经的我多么可笑，为了那自尊伤害了多少人，以为自己高高的被人崇拜着，却不想伤害了自己最爱的人。

那年的青春，如此时夜色里五彩霓虹灯在闪烁，渐渐地失去光彩，黑的浑浊不堪。

我上前依旧想去拉林乐走，既然这样，我想跟她解释，我以前是错了，错了不代表不能改正。熟悉的面孔似乎很不屑地望着我，和对方拉拉扯扯，号叫着让对方松手。我忐忑的一步步上前，想从五六个人扭打的身躯里拉住林乐，林乐却拉住那男生的衣服不放手，将那男生身上抓得满身是伤，那男生的眼神里布满血丝，极度恐怖。

我扯开那男生的手，让他放开林乐，我拉着不清醒的林乐往旁边靠，那男生不知从哪拿的啤酒瓶往我们这边冲，我扶着林乐来不及躲避，那男生将瓶子哐当砸到我的头上去了，瞬间我感觉脑袋有液体涌出来，妖红的血顺颊而下。我听见一群女生停下来后的尖叫声，无比刺耳。

10. 青春是极度的残忍，却又灿烂了我们的人生

林乐似乎有些清醒，讶异地看着我，显得那么不知所措，像个做错事的小孩木讷无助。我将自己的脑袋用手按住，痛苦难以掩饰，我看见徐茂从老远的地方出现在我的面前，我却来不及微笑就有些晕晕沉沉了。

我做了一个很冗长的梦。记忆穿越到了三年前，我似乎想要改变我们各自的人生，这样我就不会爱上徐茂，也不会强行将徐茂拉进我和林乐的世界，可是，我怎么努力拉住那个瘦弱的人，她就是一步步的不回头地靠近徐茂。

那一刻，我似乎听到她的心声，她说，我明知会是毒药，可我不怕，因为他是徐茂，因为我爱他，一切便值得。猛然醒悟过来，原来是我遗忘了自己的心声，原来是我的高傲将这一切毁灭。他们一直没有舍弃我，是我自己先放弃了自己，放弃了自己拥有的一切。

等我醒过来后，我似乎比以往浮躁的自己淡然了许多，苍白的脸色依旧能想起青春里的那些人儿。

后来我才知道，那群将我的头打破的人是嗑药了，他们已经全部被送进劳改所了。这件事在那晚很轰动，五彩的警灯和急救车一同响着，附近越来越多的人看着这年轻不知轻重的青年，摇头的叹息声，笼罩着这座城市。

而那将我的头打破的人是为了给她妹妹报仇，我想后来的林乐应该知道

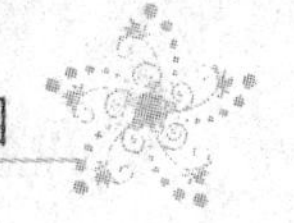

那个熟悉的面孔便是小恩的哥哥。小恩的哥哥在听说我为了徐茂甚至连友情都不要后，愤怒地要拿将小恩失恋的事情报复给我。小恩曾在我醒后来看我，她并没有逗留很久，只是她歉意的话让我印象深刻，她说："对不起，谎言是我们不能得到时不停编织的东西，年少轻狂的我们都无可避免。"

徐茂生怕我会误会他和小恩，眼神躲避着小恩，现在的他也开始变得畏首畏尾，生怕我不开心，无论我怎么说没事，徐茂内心就是不停的责怪自己没有好好保护我。他每天守护在我的床前，阳光般的少年，下颌似乎开始慢慢冒出小胡茬，仿佛一下子我们都老了好几岁。

其实，我自己也不好受，青春是极度的残忍，却又灿烂了我们的人生。我等徐茂再爱我的时候，我们的心早已经遍体鳞伤。

我倚靠在洁白的病床上，细数着我们的回忆，那一次又一次的童真誓言，我反反复复地念着，徐茂一遍又一遍地听着，我能看见我们红了的眼眶。不是不爱了，是看见了我们曾经彼此那么爱对方，那么轻易将对方容纳进生命里。

我让徐茂好好回去念书，不要成天浪费时间陪着我，我们并没有多少时间再去消耗青春。我说："徐茂你抓紧时间好好复习，考个好点的大学，我们的青春才不白过。"徐茂蹙起眉头，紧紧握住我的手，不肯离开。我如哄小孩般认真，如果你没有考上大学，我没办法原谅自己……

我们曾小心翼翼不提过往，已经在心里结痂留疤，却没办法阻止我们回忆过往的甜蜜。

11. 划过青春的痕迹在天空中漂浮不散

我们开始学会生活，不再抱怨所有的不公平，那些青春里的事儿时常会让人回味，甚至，有时候会觉得那时候的我们有些滑稽可笑。

我的伤慢慢开始好起来了，那剃去的酒红色头发已经全然不见了，剩下比男生还短的黑发，眉宇间多了些清秀。林乐来看我的时候，她有些尴尬，低着头不知所措，我特地对她说："林乐，快看我的新发型，是不是比徐茂还帅。"

林乐看了一眼徐茂，又转过头看了看我头上白纱盖住的伤口，心里更加内疚起来，站在那一动不动。三人面面相觑，突然感觉气氛有点压抑，想想以前无话不谈的朋友，甚至，不说话都不会感觉到尴尬，谁也没料到会有这一天。

我给徐茂使了使眼神，希望能让林乐心里释怀，他会意过来。然后，我们两个一唱一和地说着过去，细数着那些特别傻的事，林乐的脸色终于有些微转，时不时露出笑容。我们就这样一直说着回忆，不谈未来。

或许，有些东西改变了我们，成为了过往云烟，划过青春的痕迹在天空中漂浮不散。

与此同时，林乐放下芥蒂，天天来看望我，买我爱吃的东西，跟我讲最近又发生了什么大新闻，谁谁又被记大过了，谁又考了第一名……我知道临近毕业，时间越来越紧，林乐和徐茂依然抽空来看我，生怕我一个人乱想，怕我一个人孤单。

时间过得越快，心里越发不平静。徐茂和林乐遗憾我不能跟他们一同高呼毕业。那时候，我们三个人约定说好要一起毕业，将那时厌恶的一摞书撕成片状，从空散落，将那灿烂的笑容留在毕业照上，往后去实现我们一大堆的梦想。

我们总会在某一件事上感到遗憾和后悔。虽然，我也无比可惜，内心的世界不再认为很多事情是美好的，但，我还是微笑着告诉他们，我一定会紧跟你们的脚步，不让自己落下。

后来，徐茂和林乐分别到了不同的城市继续读书，林乐在离开的那晚曾在博客中这样写道："我曾有一对很好的朋友，在不安的青春错过了他们，可我认为最好的礼物是上天将他们送到我面前，还有，那个女孩送我视为最珍贵的贝壳项链作礼物。"

无论多久，天空依旧很蓝，天空下的我们各自又开始奏起了新的乐章，而我也重新踏上了新的旅途，选择到另一座城市重新复读。徐茂并没有干涉我的选择，他这次选择了默默地陪伴。他说："无论何时，你需要我就在。"我不知道承诺究竟会不会经过时间后泛黄，我只是将那锁型吊坠挂在脖子上，紧贴于心。我只不过想用一年的时间将那些过往彻底放在心底，我甚至自私地没有告诉他们，曾经在青春的华丽年华里想过无数次的逃跑和放弃我所拥有的一切，于是，我终于可以逃避了。

世界那么大，我们还有大好的青春年华，路途中会遇到许多人，有人说过，地球是圆的，最终注定在一起的人，无论相隔多远都会在一起。

冬日暖阳

麦乐鸡公主的新年新气象

■ 风为裳

1. 非常非常不靠谱的新年计划

离伟大的2008年还有半个月，巨没大脑的麦乐乐同学本着“再也不能这样活”的原则非常认真特别专业地写了一个新年学习生活计划。别的不说，单是计划的前言麦乐乐就写了足足一页纸，“为了喜迎2008年北京奥运会，为了跟全国广大人民一起奔小康，为了缅怀过去辛苦学习却毫无收获的一年，为了老妈的唠叨，为了老爸的理想，为了未来美好的明天……”楚轻狂看得简直想吐血，他的大笔一挥，麦乐乐一个晚上的辛苦努力就剩下了一行：为了在新的一年里改掉我身上拖拉的懒病，特订计划书如下。划掉还不解气，楚轻狂接着说：“麦乐鸡，你这排比句赶得上晚上五点的热闹马路了，一个挤一个，你累不累啊？再说了，你瞅瞅你写这玩意儿，跟老太太的裹脚布似的，又臭又长，你的新年计划书跟奥运会有啥关系？跟全国人民奔小康有啥关系，扯大旗做虎皮嘛！多不靠谱啊，我跟你说，这新年计划……”楚轻狂好为人师的毛病一上来，八头牛都拉不住。

麦乐乐的嘴噘得老高：“别站着说话不腰疼，这可是我绞尽脑汁费了一个晚上的时间写出来的，别的不说，这心血就知道姑娘我决心要在新年里做出一番事业来啦，你可别浇我冷水打击我。”

楚轻狂很认真地盯着麦乐乐的眼睛看了三秒钟，很郑重地说：“要我不打击你，这事也简单，你别叫我楚轻狂就行！”麦乐乐突然大声笑了起来，笑得那叫一个天摇地动。她说：“楚轻狂，多有大侠的范儿啊！我还以为你喜欢呢。还有，那你咋叫我麦乐鸡呢！”楚轻狂恶狠狠地说：“新年新气象，不许叫外号，我叫楚青扬。”

麦乐乐抹了一把笑出来的眼泪，说：“好好好，楚轻狂，哦，不，楚轻扬同学，新年第一件事就从不叫绰号改起，好不？”

楚轻狂没回答呢，上课铃就响了。数学老师戴着大宽边眼镜进来，喊了“起立，请坐”然后提问数学公式，他一挥手，说：“楚轻狂，你来答！”全班“哗”的一声，潮水一样笑了出来。楚轻扬同学转头瞪了麦乐乐一眼，用口型说："赔我精神损失费!"

楚轻扬的外号的确是麦乐乐给起的。开学第一天，班级同学的名字都贴在门上，麦乐乐第一眼看到了楚轻扬的名字，她大叫："吴新新，你看有人叫楚轻狂哎！这名字好轻狂啊!"吴新新眯眼一看，打了麦乐乐的脑袋一下："大姐，认真点好不好，人家叫楚轻扬，多有文化的名字啊!"

站在麦乐乐后面的楚轻扬很会以其人之道还治其人之身，接着也一惊一乍地来了句："快看，有人叫麦乐鸡啊!"

冤家的路那是相当的窄，没想到麦乐鸡跟楚轻狂居然成了同桌。更没想到的是，虽然两个人吵架拌嘴鸡飞狗跳，但是总的来说，相处的还是符合安定团结共创和谐社会的大原则的。当然，两人的外号也是板上钉了钉的，不过，楚轻狂高兴时，叫麦乐乐为麦乐鸡公主。他说："好歹也是一公主，你就认了吧!"麦乐乐便不再搞抗议活动。

2007 年的最后一天，麦乐乐非常轻蔑地看了楚轻狂一眼，（哦，不对，楚轻扬，哦，也不对，门上的名单是老师写错了一个字，楚青扬，这样才对）说："难道你不订个新年计划吗?"

楚轻狂仔细地想了一想，也对，自己这么个对明天有着长远规划的人，怎么能不订个计划呢？他说："你等着，看我给你订个靠谱的新年计划。"

麦乐乐回头对吴新新说："地球果然是圆的。"原来麦乐乐跟吴新新打赌说楚轻狂这种人对订学习计划这事不感冒，他一定不会订什么计划的，订计划的人都是像自己这样极不靠谱的。结果……唉，那天，麦乐乐十分郁闷地请吴新新和楚轻狂吃了麦乐鸡。

2. 向日葵一样的笑脸在清晨迎接你

麦乐乐新年计划里提到的第一项就是不能迟到。要知道麦乐乐同学可是班里最有名的迟到大王啊。人家交通上有句口号是"宁等三分，不争一秒"，到了麦乐乐这可是"宁迟三分，不早一秒。"针对此条，楚轻狂极度鄙视，差点就把嘴撇到耳根子后面去了，他说："麦乐鸡，你若是能改掉这个毛病，我就……我就三个月不吃麦乐鸡，以示对你的尊敬!"麦乐乐的眼睛眯成了一条线："此话当真?"

"当然当真！大丈夫一言，驷马难追!"

"好，一个月为限打个赌怎么样?"

"没问题!"

"你就等着想念麦乐鸡的美味吧!"

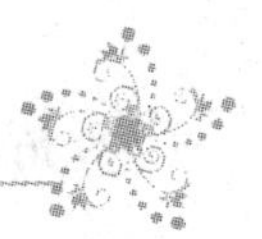

元旦放假的第一天，楚轻狂早早起床居然有点激动，麦乐鸡一定会背着大书包慌慌张张地跑进教室，然后上气不接下气地找借口说："我老了。"哈哈，看看你的新年新气象是啥样的。

可是失望的是楚轻狂。他进教室时，看着麦乐乐同学正扬着一张葵花脸笑盈盈地看着他，然后很甜美地说了句："同桌，新年快乐！"

难道这新年一到，麦乐乐就中了魔法，没道理啊！想是这样想，楚轻狂还是挤出一点和蔼可亲的微笑说："麦乐乐，你还真是说到做到的人啊！刮目相看，刮目相看。"

麦乐乐同学居然破天荒地红了脸。弄得楚轻狂偷偷掐了自己的大腿两下，试一试自己是不是在做梦。

果然是现实，太阳明晃晃地照着呢！楚轻狂把书包放进桌堂里，把心放进肚子里，他想：三天新鲜，麦乐乐，我倒看看你这拖拉大王能坚持几天不迟到。

坚持了一周，楚轻狂每天到班级看到麦乐鸡公主阳光明媚的一张脸时就很绝望，难道还真的新年新气象？2008年中国健儿在奥运会上摘金夺银的决心难道也刺激到麦乐鸡公主？楚轻狂心想：难道我还真要为那个赌三个月不吃麦乐鸡吗？

再一个周一，楚轻狂进了教室，心突然狂跳起来，麦乐乐没在座位上。哈哈，终于坚持不住了，一个新年就能改变人，那天天过年，这世界不就完美了嘛？

可是……慢着，麦乐乐的书包在，大衣也在……麦乐乐跟吴新新一人抱着一摞作业本进了教室，她扬着向日葵一样的Baby Face说："同桌，你今天来得有点晚啊！"楚轻狂沮丧地坐在椅子上，说："麦乐鸡公主，我发现从元旦后，你怎么跟傻子似的天天像过年啊？"

麦乐乐冲他眨眨眼："楚青扬同学，我这叫新年新气象，严格执行计划内容，知道不？"

那天晚上，楚轻狂把自己的新年计划书拿出来看了又看，他自言自语："麦乐鸡公主都变了，我要不要也变变呢？"

3. 幻觉，绝对是幻觉

就在楚轻狂考虑自己要不要按照新年计划书里写的改变自己这个哲学问题时，麦乐乐迟到了。准确地说，是一个上午没见踪影，逃课了。

一个上午，每个来上课的老师都会问麦乐乐去哪了，楚轻狂和班里的同学都不知道怎么回答。楚轻狂想：不会睡得这么离谱吧？从前再迟到也没晚过一节课呀!

可是直到中午放学的铃响，也没见着麦乐乐的人影儿。走到平安街时，楚轻狂很想拐个弯去麦乐乐家看看这丫头究竟怎么了。可是一犹豫间，楚轻狂一眼看到了背着大书包往家的方向走的麦乐乐，不对呀，这丫头穿着校服怎么没去上课啊?

幻觉，绝对是幻觉。楚轻狂掐了一下自己，再一眨眼，麦乐乐果然就不见了。明晃晃的太阳照在楚轻狂的脸上，楚轻狂摇了摇头，心想：新年还真是怪事多，麦乐乐的计划才订了几天啊，倒是不迟到了，旷课了!

下午楚轻狂进教室时，麦乐乐早就喜气洋洋地坐在那哼歌了。哎，这丫头，没事人似的呢！楚轻狂这下得意了，把书包往桌上一扔，说："麦乐乐同学，我说你啥好呢，三分钟热度吧，还订啥新年计划，还跟我打什么不迟到的赌。现在咋算呢，不光迟到，还旷课了，中午……"

"中午怎么啦?"麦乐乐笑眯眯地问楚轻狂，楚轻狂也说不好自己到底看到的那人是不是麦乐乐，万一不是，岂不糗大了?

"你上午干什么去了，不来上课?"麦乐乐红了脸，说："对不起哦，同桌，我没坚持下来，起晚了……"

"一个上午都睡觉了？不会吧?"

麦乐乐的脸更红了，像个红苹果，她说："一直睡到我老妈下班，大概是最近忙着期末复习太困了。唉，当学生真是麻烦啊!"说得楚楚可怜的样子，楚轻狂真有点相信她了，难道中午看到的那个姑娘真是自己的幻觉?

一个下午，楚轻狂总是时不时地瞅麦乐乐，麦乐乐低头不说话，倒是吴新新爱打抱不平，说："我说楚轻狂，就是麦乐乐一上午不来，你也不能那样看人家啊，她脸上又没长刀子?"吴新新的话逗乐了一班的人。

最后一节班会课，老班黑着脸说："麦乐乐，你过年长出息了，不请假就不来上课，你让我说你点什么好呢?"麦乐乐的头快低到书桌堂里面去了。老班依然不依不饶："听说你还订了新年计划，计划计划，不执行有什么用?"

说得楚轻狂都巨同情麦乐乐了，他小声说："谁还不犯个错误?"

偏老班耳朵灵，她说："楚轻狂，你说什么?"

楚轻狂吐了吐舌头，高声说："我叫楚青扬，多有书卷气一个名字，让你们叫得……"

4. 你不能总是静音模式啊

那个上午麦乐乐去了哪里，楚轻狂一直想弄明白。他隐约觉得肯定不是

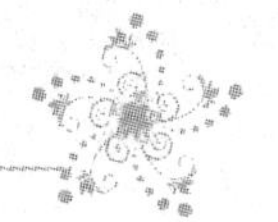

睡大觉了那么简单。可是，这丫头是个拖拉大王，除了爱迟到还能做什么呢？她基本上对别人的事漠不关心。那一次，楚轻狂他们踢球需要个拉拉队，麦乐乐都不愿意帮忙。路上遇到有人需要帮忙，麦乐鸡公主挺身而出这事基本不可能啊！

麦乐乐倒是没事人一样，长吁短叹："一失足成千古恨啊，就是那么一不小心，就没让你三个月不吃麦乐鸡的伟大理想如愿！"楚轻狂说："如果你告诉我那天上午你到底去做什么了，我仍然认输，好吧？"

麦乐乐不吭声了。楚轻狂撇了撇嘴："姑娘，你不能总是静音模式啊！"

楚轻狂想当福尔摩斯套口供的愿望还是落了空。

真相大白那天楚轻狂差点咬掉自己的下巴。那天吴新新从外面抱作业本回来，连声喊"号外，号外，有人给咱们班送锦旗来了。"

楚轻狂的第一反应就是看麦乐乐，他极阴险地说："麦乐鸡公主，我打赌这事跟你有关。"麦乐乐瞪了他一眼，依然保持静音模式不说话。

老班兴奋得脸红彤彤的。她手里拿着那面"见义勇为好少年"的旗子，说话都有点语无伦次了。她说："那天……那天我犯了个错，批评了个好同学，咱们班的麦乐乐那天上午不是旷课，而是见义勇为去了。事情是这样的……"

楚轻狂终于知道那天中午看到的女生就是麦乐乐。那天早上麦乐乐真的起得有点晚了，抓起书包就往学校冲。在地铁站等车时，突然看到一只手伸进了一位老奶奶的包里，很巧的是，老奶奶一伸手拿包，正好碰到那小偷的手。老奶奶喊抓贼，麦乐乐想也没想就冲了过去，小偷给了老奶奶一拳，转身就跑，老太太顺势倒下。

剩下的事就简单了，麦乐乐送老奶奶去医院，没人照顾老奶奶，麦乐乐就在医院待了一个上午，直到老奶奶醒过来，家人来了……

楚轻狂瞅了瞅脸同老班一样红彤彤的麦乐乐，竖了竖大拇指，说："故事有点俗，但是发生在你身上，奇迹啊！"这回麦乐乐没采用静音模式，她说："你懂什么，改善对待世界的态度，也是我新年计划的一项啊！"

楚轻狂这才想起麦乐乐的新年计划里果然有一项："不再以自我为中心，关爱他人！"当时楚轻狂以为麦乐鸡公主这也是说套话，看来人家是认真了的。

唉，看人家这年过的这岁数长得果然是不一般啊，再看看自己，都2008年了，咋一点进步都没有呢？还惦记着吃麦乐鸡呢，得，回家对着自己的新年计划反省反省自己吧！

那天晚上，楚轻狂在自己的新年计划上加了一行字：像麦乐鸡公主那样把新年计划当成目标努力，新年也有新气象。

乡野那个秋

■ 冰城夫子

四十个春秋悄然而逝，让我心动，让我留恋，让我鼓起勇气，催我奋进的乡野的秋风中，那个熟悉的身影，永远铭刻在我的记忆中。我恨这个世事的不公，为什么美好的你却如昙花一样，去得那样匆匆，去得让人心痛。我孤独地走在世间，好失落……

高考前夜，我躺在炕上怎么也睡不着。想到明天就要进考场了，不知命运将我抛向何方。正想着，不知不觉外面响起了敲门声，叶秋来了。我心想，她怎么没回家？莫非是在她叔叔家住的？我急忙下地开门，请她进屋。她摆摆手说："不进去了，别惊着叔叔婶婶。我睡不着，就来看你了。"

我披了件外衣，轻带房门出去了。我和叶秋徜徉在乡野幽静的小路上，路边不时闪出一两点绿绿的萤火，这样美好的夜它们也不肯安心地睡去。在这条小路上，我们静静地走着，似乎忘记了一切，仿佛这世界上只有我们两个人。我们边走边数着天上的星星。突然，一颗流星划过夜空，叶秋回过头来对我说："但愿你在我心里可别做那颗流星。"我笑着问她："那你想做那颗流星吗？"

此时，远近的小生命竞相作声，高大的白桦树矗立在小路的两旁，皎洁的月光斑驳地落在小路上，不时还有桦鼠蹿出来偷窥这迷人的夜色。

我们沿着这条小路走着，谁也不知要走向何方。月影下，叶秋的脸是那样白皙，仿佛是透明的水晶，她又何尝不是这样呢？她紧走几步拉住我的手说："尹石，这次高考我可能考不上大学。"她低着头不敢让我看她的眼睛，她掏出手帕拭去眼角的泪水自卑地说："我是个农民，你将来可是天之骄子，随着时间的推移，一切都会有变化，我们还是冷静些，重新考虑我们的关系吧！"

听了叶秋的话，望着叶秋那漂亮诚实的眼睛，我不禁陷入了沉思……

上小学四年级的时候，我们班从辽宁来了一名学生。开学那天，班主任雪尘老师领着一个漂亮的小女孩走进了教室。他对大家介绍说："这是咱班新转来的同学，叫叶秋，希望大家关心爱护她。"叶秋也走到讲台前不慌不忙地说："我希望和大家成为好朋友。"说完低下了头。有几个调皮的男孩子

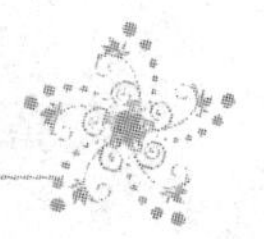

嗤嗤地笑她，可能嫌她穿的衣服太土了。这时，我站起来对几个调皮的男孩子说："不许拿人家的短处开玩笑!"

当时，小叶秋认真地看着我，眼睛里充满了感激的光芒，她那两个眸子像两泓清澈的泉。没有半日，我们便熟识了。她给我们讲家乡的故事，逗得我们哈哈大笑。后来我才知道，在西兴村有户姓于的是叶秋的姨娘家，叶秋家就是投奔他们来的。

叶秋家从辽宁来，卖了所有的家产，到西兴村安家没有花几个钱，因为她的姨父是屯长，房子是请人帮忙盖的，因此生活还算过得去。我家距离学校不过三里路。那时家里总喝玉米面糊糊，生活很清苦。每天中午，我从来不带饭，春夏时节还好，能采点儿野菜充饥。每当这个时候，叶秋就把带的饼子分一份给我。我说什么也不要，急得她泪水在眼眶里打转转，我看她要哭，就急忙接过饼子，狼吞虎咽地吃起来。每当我吃东西时，叶秋就蹲在一边看着我笑，一直到我把饼子吃完，她才站起来问我："饼子好吃吗？有没有脂粉味?"我笑着点点头，脸一直红到脖子根儿。

时间飞逝而过，转眼间，高考的成绩公布了。我以总分447分的成绩考入H大学中文系，而命运的天平却偏偏不向叶秋倾斜，她被挤进了落榜的名单之中。这也难怪，在那样的年代升入大学的比例只有百分之四，大部分人都该在名落孙山之列。

发榜的当天，叶秋哭着跑回了家。她是一个性格刚强，能经得起摔打的女孩子。第二天，她便骑上自行车来到我家向我祝贺。这时，她的祖母听说叶秋到我家来了，就逼着叶秋二婶子领着她来到我家，一把抓过叶秋说："走，跟奶奶回家去，人家是大学生了，还能瞧得起咱这乡村丫头吗?"没等说完，拉起叶秋就往外走。这时，我父亲从屋里出来了说："大婶，你说这话不对，叶秋可是对我家孩子有恩，我们忘不了。"

叶秋和她的祖母走了。家里开始为我上学发愁，就连百八十元钱的学费都拿不起，东挪西借，好歹才凑上三四十元，剩下的可怎么办呢？能借的亲戚朋友都借到了。那个年代，谁家都不富裕。

接到录取通知书的那天晚上，叶秋又偷偷地来找我，见我愁眉紧锁的样子就问："是不是还为上学的事发愁呢?"说着从衣袋里拿出一些零钱，足有百十张。她数了数对我说："这些零钱是我日积月累攒起来的，你先拿去救急吧。"我说什么也不要她的钱。她急得又哭起来，像受了很大的委屈。

我轻轻地从她的手里接过钱，又轻轻地擦去她眼角的泪水。她像个孩子一样依偎在我的怀里……那一夜，我们偷吃了禁果。

上学走的那天，在送行的人群中，我怎么也找不到叶秋的影子。汽车走远了，在家乡的山梁上，在那个充满愉悦和幸福的日子里，她在风中目送着远去的汽车。她那秀丽的身姿伫立着，仿佛撑起一个美丽的火红的秋。

我到学校后不久，由于家境贫寒，无钱供我把学业完成。就这样，我面临着辍学或休学的危险。那些日子真是祸不单行，祖母又因年老体弱得了重病。父亲没办法只得把家里仅有的两间小草房卖掉给祖母治病。叶秋知道我要休学的消息就写信给我说："你应该珍惜这来之不易的学习机会，至于学习费用，我会尽力帮你的。"短短的几句话让我渐冷的心有了些暖意，我又重新振作起来，在学校勤工俭学，以贴补自己的生活。

此后不久，我不断收到叶秋寄来的零钱，有时三五元，有时八九元……

又一个秋天来到了。我再也收不到叶秋的信和钱物。此时，我心中暗想，莫非叶秋她……我不敢想下去。因为我知道，为了我，她到了一家制砖场工作。每天拼死拼活地干活，才只挣到五元钱，这在当时给女工的工资中已是很高了。

我怀着疑虑给我母亲拍了电报打听情况。没几天，母亲回电说："秋腿骨折，有瘫危险。"我接到电报后，如雷击顶，不知所措。幸亏同学提醒与资助，让我登上了返乡的列车。其实我的心早已飞到了叶秋的身边，我多么希望她还是往日那漂亮活泼的秋啊！可是当我见到她时，她的双腿被牢牢地固定在架子上。这一幕根本不是我所希望的，她躺在床上，看也不看我一眼，还拼命地赶我走。我只是在床边劝说她，安慰她，给她讲保尔的故事，她听着听着就睡着了。

这时，叶秋的母亲走过来对我说："孩子，你还是走吧！叶秋心里很不好受，她想让你忘掉她。"可是我怎能忘掉她呢，我们的感情是日积月累起来的，是经得住考验的。就这样，我们从普希金谈到列宁，从哥德巴赫谈到陈景润。世界著名的在逆境中创造奇迹的人让叶秋懂得了人生的意义。

冬去春来，叶秋康复出院了，可是由于是被红砖砸伤了股骨神经，她那两条腿却永远地站不起来了，属于她的生活只能在轮椅上度过了。一段时间以来，她苦苦地衷求我，让我永远忘掉她，忘掉过去的一切。她越是这样，就越是激起我对她的爱和那不需要任何条件的责任感。

大学毕业了，我被分配到一所中学教书。分配后不久，我就提出要和叶秋结婚。那天，叶秋格外的漂亮，她像个顽皮的孩子一样，用双手搂住我的脖子在我的颊间留下了一道鲜红的、深深的唇印……

我推着叶秋向着太阳升起的地方走去……

未来的你在未来等你

■ 兼葭苍苍

一

15 岁的罗小晞是一个头发淡黄，脸色苍白，身材瘦小的女孩。她不漂亮，成绩也不咋样，她不会卖萌，没有御姐气场，也没有一项拿得出手的才艺。

但她是热爱八卦的女生们乐于谈论的话题。她的老爸是学校的生物老师，一个身材瘦弱脾气古怪的中年人，他曾经拥有过一份传奇式的悲剧爱情，而罗小晞就是这场爱情的结晶。老罗教学有方，却不懂育人，他发怒时会用粗鄙的语言骂学生，会抓起手边的任何东西砸向他们，可能是粉笔头、书、黑板擦，甚至是他点烟的打火机。

罗小晞和老罗的关系也不太融洽，基本不沟通。

性格学家说，一个人的性格是在幼年形成的，决定性因素是与母亲的关系。罗小晞只在幼年时期拥有过母亲的爱。她的母亲是一个天真骄傲喜欢幻想又略带神经质的美人，现实状况让她各种沮丧悲愤，她喜怒无常，情绪经常失控，这导致罗小晞变成一个胆小的女孩。

她渐渐长大，她对自身性格而造成的处境有了清晰的认识，那就是：对这个世界来说，她是个可有可无的人。她像一艘在海面上飘荡的小木船，听天由命。至于梦想，希望，未来，对她来说，都是奢望，奢望。

三月，绵长细雨之后，天气转暖，操场周围的杜鹃开着粉色紫色的花。

罗小晞早自习迟到了，被年级主任在楼下成功拦截，惩罚是绕着操场跑四圈。一同被罚的还有一个男生。虽然罗小晞与他不在一个班，也没说过一句话，但她还是认出来了，他是方未然，宛如启明星一般璀璨的存在。他成绩优秀，体育成绩更是拔尖，性格开朗，他有高高的个子，帅气的五官，酷似青葱时期的布拉德·皮特。他与罗小晞一样，都在单亲家庭长大。他的母亲是市里著名的女企业家。

方未然跑在前面，罗小晞跑在后面。她没有刻意追赶他，她也追赶不上。然而，不管罗小晞或快或慢，他始终在她十米远的地方。他穿着淡蓝色衬衣，灰色裤子，白色球鞋，他奔跑的时候高高仰起头，像一匹骄傲的小马驹。

罗小晞体力差，最后一圈有点吃不消了，她停下来拖着脚走。方未然也停了下来，走了一段，到转弯处，他忽然回头，冲她微微一笑，挥挥手示意她加油。

此刻阳光正好，空气清香，此刻罗小晞正需要激励。

他的微笑，正好给了她勇气和希望。

这天上午，她禁不住一再回想他的微笑，她想，假如有一个像方未然那样的男孩，或者就是他，在未来等她，她奔向未来的这段路，一定会充满勇气和信心。

二

以这个幻想为基础，罗小晞开始关注方未然。方未然在二楼6班。座位在教室倒数第三排。她不敢公然跑到他的教室外去看他。她只能期望在校园的某一角落与他偶遇。她在学校的贴吧里用他的名字搜索信息。

于是，她知道了他的生日，星座，喜欢的食物及电影明星。她还看到了很多他的照片，他微笑的样子，沉默的样子，专心听课的样子。她看到了关于他的讨论，讨论里说，虽然他看起来很有亲和力，但内心非常骄傲、非常孤独，几乎没有人能走进他的内心。

她还知道，他家离学校有三站路，他在家和学校之间来回的方式是跑步。

她还明白，为什么贴吧里关于他的信息如此丰富，那是因为他太引女生瞩目。而自己，显然不可能从这些女生中脱颖而出。她有些泄气。

初夏的清晨，她在醒来前一刻，竟意外梦见了方未然。梦中的他，竟喜欢着她。那种被喜欢的感觉很温暖，很香甜。她睁开眼，时间是六点二十分。离早自习还有四十分钟。她推测，此刻，他一定跑在去往学校的路上了！

她立刻起床，匆匆洗漱，跑出学校大门，朝方未然来的方向跑去。

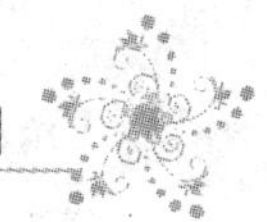

清晨的阳光淡淡柔和，路旁的花木沾满露水。一个红灯路口，方未然正慢慢跑过来。他看到了她。她紧张得红了脸，转身往回跑。无论她或快或慢，方未然都在她身后十米远的地方。

他们先后跑进学校大门，没有一句交谈。

从此，只要不下雨，罗小晞都在六点二十分准时起来，沿着方未然来的方向跑步，遇到他就立刻转身。

每一次，他都跟在她身后慢跑。他们一起跑过街边的花草树木，跑过十字路的红绿灯，以及清晨的车水马龙。这份默契，让罗小晞心生希望与欢喜。

渐渐地，她大胆起来，晚自习下课后也要沿着方未然回去的方向跑上一段路。但是连续跑了好几个晚上，她也没遇到他。她失落地往回走，方未然却从街角迎面而来。他大方地喊住她："罗小晞。"

她几乎吓了一跳。

他笑起来："你最近很爱锻炼身体呀，晨跑晚跑。不过，晚上你一个人跑回去不害怕吗？听说你胆子很小呢。"

她红了脸，心跳如打鼓，胸脯微微起伏。

他笑出声来，带着愉快的声调说："我很喜欢跑步，如果以后晚上碰到了，我送你回去吧。"他说着果断转身，走在她旁边，他们保持一致的步调，默默往她家的方向走。

情况渐渐发生着变化，清晨他们一起跑步，晚上就一起散步。他们才知道，彼此竟然有那么多相同的兴趣爱好，他们都喜欢美剧和日系动漫，都喜欢听莫名其妙的歌，都喜欢用瓶瓶罐罐养水草，也都习惯了经常独自在家，一个人做饭，一个人吃饭，一个人自言自语……

令罗小晞深受触动的是，同样是单亲家庭的孩子，方未然因伤痛变得强大，她却因伤痛变得怯懦。

三

罗小晞注册了一个微博，专门记录与方未然有关的一切。他今天穿什么衣服，对她说了什么话，她的心情又是如何欢喜忐忑；她经常梦见他，她将那些梦也写在微博里；她也会为他写一些傻气热烈的小情话。

她以为自己隐蔽得很好。

但她没想到，有女生在微博上用“方未然”三个字进行搜索时，将她的微博搜了出来。青春期的少女，心思里既有天真单纯的美好，也有不谙世事的邪恶，或者因为那个女生也喜欢方未然，罗小晞的微博被那个女生在学校贴吧曝光了。

等罗小晞知道的时候，她的微博已经被一批又一批的同学围观过了，还有人将那些话截图贴出来，在贴吧里议论纷纷。

青春期少男少女人性中的邪恶阴暗面，又因为是躲在电脑背后，更加肆无忌惮地暴露出来。他们用赤裸裸的暴力语言评价罗小晞对方未然的暗恋。

他们说：“这就是传说中的春梦啊有没有！我都替她害臊哟。”

他们说：“难道她没有自知之明吗？方未然可是校草级别的呢。”

他们说：“有好心人吗？通知男主角现身呀！”

那些词语，像一个个沉重的石块，穿透电脑屏幕朝她砸过来，剧烈而尖锐。

也有人为她辩护，指责曝光她微博的人道德败坏心术不正。可是，这些声音都太微弱。学习太辛苦，暗恋太辛苦，青春期的孩子们，人人都有压抑的情绪要借题发挥，娱乐众生。

这是高二的初秋，周日傍晚，离晚自习时间不到一小时。

罗小晞坐在房间里，想象着全班在晚自习议论这件事的场景，深感羞愧，十分恐惧。她幻想方未然出现，大声宣布：“罗小晞喜欢我又怎样？我也喜欢她！”

方未然未在贴里出现。电话响了，是同桌打来的，她说：“方未然在找你，你快点来教室！”罗小晞飞奔而去。

她没有看到方未然。同桌指着黑板让她看。黑板上有几行字：罗小晞，20 岁之前，我不会恋爱。如果到了 20 岁，你还喜欢我，而我也喜欢你，那我们就在一起吧。方未然。

罗小晞默读一遍，又一遍。她走过去拿起黑板擦，将这几行字一个一个擦去，又一个一个烙在了她的心里。

她喜欢他没错，但更重要的是，他是她为自己这暗淡晦涩的青春时光树立的一份希望，好让她能够在这条布满荆棘的道路上勇敢前行。

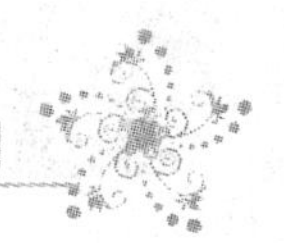

四

罗小晞不再晨跑晚跑，但在睡前和起床时，她都会看看日历，倒计时离20岁还有多少天，生怕那一天不会到来。这像一种仪式，一种祈祷。

深秋到了，教学楼前梧桐树开始落叶。

晚自习下课，罗小晞从梧桐树下走过时，一个短发女生叫住了她，说：“我想和你谈谈。”

谈谈就谈谈，她想。于是她跟着女生走，女生将她带到后校门外僻静的巷子里。忽然，另外两个女生围拢过来，分别拽住她的两只胳膊，用力特别狠。

短发女生说：“罗小晞，我警告你，方未然是我的，不管是现在，还是20岁，你不准喜欢他，也不准把他的话当真！”

她又惊又怕，不知如何回答。

短发女生又说：“你也太天真了，你以为方未然会喜欢你吗？你客观地看看自己吧，又瘦又小！收起你那不要脸的春心吧！”说完，她抬手给了罗小晞一个耳光，两外两个女生使劲儿将罗小晞推倒在地。

短发女生又威胁她：“如果你敢告状，我就把你在微博里那些不要脸的话打印下来，贴得满学校都是！让老师校长和你老爸都知道！”

这个威胁很要命，直到她们走了，罗小晞才从地上爬起来，她的脸火辣辣地痛。这时，她才意识到，自己被羞辱了。是的，被羞辱了。因为她不漂亮，瘦小，性格软弱，所以她被羞辱了。那些在贴吧里打击嘲笑她的人，虽然没有打她耳光，但带给她的羞辱效果却是一模一样。

她站在僻静的黑暗处，树木的阴影将她遮盖。压抑已久的愤怒委屈顷刻爆发，她发出小兽一般的怒吼。吼过之后，她挺直了脊背咬牙切齿地想，难道就因为我不漂亮不出色，我就不配喜欢方未然了吗？

内心有个微弱的声音回答：“不。”她清楚地听到这个声音，她浑身震颤，她狠狠地对那个声音说：“那你就强大起来！”

她一路飞奔回家，她仔细计算着她积攒的零花钱，她要去学跆拳道！她要强身健体！学校对面的二楼就有一家跆拳道馆。如果再有人因为她喜欢方未然而打她耳光，她就把她们打倒在地上爬不起来！

她真的跑去报了名。每天下午放学到晚自习，有一个半小时的时间，她

用这个时间偷偷去学。她吃很多的米饭和蔬菜。她不稀罕纤瘦苗条，她要长高变壮要健康有活力。

老罗到底知道了，他竟然没有骂她，而是放了一沓钱在茶几上，对她说："拿去交学费吧，别耽误学习就好。我倒是一直希望你能有点男孩子的性格。"

五

初夏，阳光暖暖，空气里有淡淡的栀子花香气。高三了。

学校公告栏贴出通知，包括方未然在内的三名男生，入围了省青少年马拉松决赛，决赛时间是下周日，决赛地点在邻近的城市，希望同学们以各种方式为三位选手鼓劲加油。

那天，罗小晞一个人坐车过去，租了一辆自行车，赶到比赛现场。比赛开始前，她骑着自行车绕完了全程。她想知道，这段路究竟有多长，路上有几个转弯，沿途有没有美丽的风光。然后，在每一个转弯处，每一处风景美丽的地方，她都插上了她亲手绘制的彩旗，每一面旗子都写着：方未然，加油！

她在终点等他，她想象着那些彩旗带给他的力量，想象着他在路上像小马驹一般飞驰的样子。

短发女生和她的朋友们也等在终点。她们看到罗小晞，三个人相视一笑，露出得意又霸道的神气，大摇大摆地朝她走来。罗小晞不等她们走近，径直朝她们走去。

短短半年时间，罗小晞长高了，身体丰满了，眼神坚定了。她昂首挺胸，嘴角露出淡淡的微笑。她已不再是那个被掌掴威胁的瘦弱女孩，她像一只充满战斗力的小公鸡。她直视着短发女生的眼睛。

短发女生眼里的嚣张气焰，一点点暗淡下去。罗小晞大方对她说："你好。"

短发女生显然吃了一惊，她转过身，不好意思再看罗小晞。

方未然从远处跑来了，他和另一个男生争第一，终点的人们沸腾起来，大声欢呼："加油！加油！"

方未然第一个冲过终点，短发女生和她的朋友们以及其他很多人都拥了过去，罗小晞静静地站在人群之外，朝他挥了挥手。他身后的天空，明净

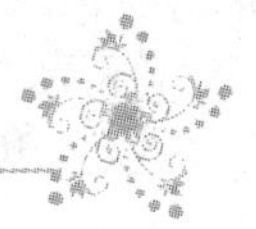

湛蓝。

高考前，方未然来找罗小晞，他说："我打算考北方的大学，你呢?"他的目光里有真诚的期盼。罗小晞懂得他的意思，她心跳飞快红了脸微微垂眸。她想了想，抬头说："我不会追随你，我有我的梦想，我想去那所走出校门后就能看见大海的学校。"

这答案出乎方未然的意料，他微微有点失落，然而，他的眼里充满赞赏。

六

罗小晞和方未然各自考进了理想的大学。

大一的时光新鲜美好，罗小晞加入了新社团，交了新朋友，性格变得开朗。她十分想念方未然，她没有亲口对他说想念，她只是看他的微博，看他的校友录，她留意他的每一个动态，揣摩他说的每一句话，她以这样的方式参与他的青春时光。她没有留言。她想，如果他也想参与她的青春时光，那么他会以同样的方式，关注她的点点滴滴。

大一暑假，方未然没有回家。

他很久没有更新的微博，忽然更新："妈妈住院了，人生中第一次体会到真正的焦急和担心。"

罗小晞马上打电话给他。他告诉她，母亲病了，在他所在的城市住院动了手术，现在正在康复中。那里的医疗条件更好，但没有亲戚朋友帮忙，他感觉很无力。

这时，罗小晞在跆拳道馆一边学习一边打工。她挂了电话后收拾了简单的行李，登上了北上的火车。她对方未然说："我来帮你。"

罗小晞和方未然一起，住在医院的陪护间。罗小晞像女儿照顾母亲一样，为方妈妈擦手，洗脸，清晨出去为她买粥，黄昏搀她去散步。方妈妈也很喜欢罗小晞，她们像母女一样聊些女人家的贴心话。这是罗小晞在长大后，第一次和一个母亲如此亲近。

她情不自禁地说起自己的母亲。

她五岁的时候，母亲得了精神方面的疾病，入院没多久就去了，是她主动的选择，方式激烈而决绝。年幼的她，只知道害怕，渐渐长大了才明白，那是一种什么样的损失。

她说："这么多年了，直到今天，直到看到你，照顾你，和你说那些贴心话，我才开始真正接受那种损失，失去的，不会再回来了。"

方妈妈搂住她，心酸地安慰她。

她却微笑起来："您放心，我会好好地生长，像树木一样。"

方未然对罗小晞十分感激。

罗小晞趁机对他说了一句她很喜欢的，但从未对任何人说起的一句话："在看得见的地方，我的眼睛和你在一起；在看不见的地方，我的心和你在一起。"

方未然说："我也是。"

七

他们都没有提起关于20岁的那个约定。罗小晞不再看着日历计算时间，她终于相信，没有到不了的未来，她的20岁，总会到来。

她19岁的秋天，高中母校被兼并了。校方要求所有教师全部重新竞聘上岗，竞聘不上的就提前退休。老罗被提前退休了，这对老罗是一个打击。他知道他不讨学生喜欢，但他热爱他的职业。他像一个失去土地的农民一样，深深地感到失去了自身的价值，他郁郁寡欢，喝酒怀念。醉了打电话给罗小晞絮絮叨叨，悲苦抱怨。

罗小晞假期回家，老罗的头发竟花白了一半。

方未然来看老罗，老罗也曾经是他的生物老师。当然，这也不过是一个合适的借口罢了。老罗也和方未然叨叨抱怨。

方未然对罗小晞说："老罗的郁闷都是闲出来的，我建议他找个女朋友……"

"你……"罗小晞瞪他。

"或者找个工作。"他补充说。

"这建议倒不错，可他除了教书一无所长，辛苦的体力活什么的我肯定又不会同意。"

方未然说："市里新建了图书馆，我在网上看到他们招管理员呢，不如建议老罗去看看？"

老罗兴奋地表示他愿意。于是，老罗成了一名图书管理员。

罗小晞去老罗的单位参观，她在大厅里看到了图书馆简介，这是由市女

企业家协会捐资修建的，方未然的母亲是发起人。原来，方未然以这样的方式，默默地在她需要的时候帮助自己。她微笑起来，这感觉真好。

她又给自己鼓励：强大起来，只有强大起来，在方未然需要的时候，你才能默默帮他。

罗小晞20岁生日的清晨，她穿上美丽的裙子，别上漂亮的发卡，涂了明亮的唇彩。她在等方未然到来。

快黄昏了，方未然也没有来。

她猜想，或者他已忘记，或者他要给她惊喜。她设想了最坏的结果。这设想令她失落、悲伤、备受打击，然而她的心却迅速宁静下来，并仍然对爱情本身充满希望。

她对这一发现感到惊奇。

她面对镜子审视自己。镜子里的女孩，高高个子，神采飞扬。她轻轻抚摸着胸口，里面有强大的力量在激荡。她猛然明白，方未然有没有在这一天等着她，并不是最重要的。最重要的是，她等到了长大的自己，等到了这个内心强大、信念美好的未来的自己。

黄昏的阳光照在镜子上，暖风吹动窗帘，方未然喊她的声音从楼下传来。

花开不败：见习差生逆转校园

■ 职烨

一

我不知道应该怎么写，准确地说不知道用怎样的文字把这一年的心情完整地串起来，让它们如绚丽的水晶不失原味地挂在那儿，让你们分享，让你们明白。

写下第一个字的时候，我突然注意到窗外成片绽放着许多不知名的小花，红的，黄的，粉白的，花花绿绿地漾在一起，满目漂亮的色彩。天啊，这些花是什么时候开放的？这样如火如荼的势头应该不会只有几天的时间吧。

我不知道这一年里这些花儿是不是也是这样漂亮地开放着，如果是，我想我应该感谢它们。我嗅得出空气里有许多甜美的味道，有一个很美丽的词突然冒出来：花开不败！

花开不败！

花开不败啊！

我想我终于可以平静下来，告诉你们这一年里发生的许多故事，我想无论将来发生什么事情，这一年里的点点滴滴、滴滴点点，我是再也不会忘记了。

高三开始的前一个星期，开了一次家长会。

那是一次很严肃的家长会，一次没有人缺席，甚至没有人迟到的家长会。老师在那次会议上调动了家长们几乎所有的情感。高三的重要性自是不用多言的，所谓“成也高三，败也高三”，无论过去孩子们多么辉煌，也无论他们多么失败，班主任那么一个瘦弱的小姑娘，竟然靠在讲台上一讲就是两个小时，无非是让我们相信，什么事情都是可能发生的。奇迹或恶果，都会在这一年里戏剧般地粉墨登场。

学校为了让每个学生清楚地了解自己在班级、年级甚至在区里、全市的排名位置，精心制作了一张高一高二的各科成绩排名表。现在想起来，我不

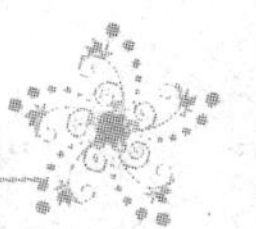

得不承认，那张表真是做得太精致了。每一门成绩的总分、标分名次，与年级里的均分对比情况，甚至还有精心设计的由此得出的成绩走势图，最后还附带综合名次的具体分析。密密麻麻地挤满了一张纸，真可谓是煞费苦心。

父亲是阴着脸从学校回来的。情况如我所估计的一样不容乐观：年级排名第190名。可怕的位置。虽然还说不上是差生，但老爸一语点出要点："其实就是个见习的差生了。"

"还有希望的。老师说的，什么都是有可能的。"父亲说他是相信我的，然而我却不知道是不是应该再相信自己一次。可是，已经没有退路了。我们是过了河的卒子，不能回头。

我唯有扬鞭策马，奋起直追，才对得起父母，对得起老师，最重要的是对得起自己。

11年漫漫的准备期，终于到了要拉开战幕，拼命一战的时刻了。我必须和我的散漫、不负责任的过去说再见。

我在已输得一败涂地的情况下仓促应战，然而战斗已经开始了，躲都躲不掉。

二

高三真的很不一样。

如果说高三题海战术的可怕还没有在这位恶魔登场伊始显露出来的话，那么高三所带来的改变首先是在心理上的。你的脑子中始终会有一根弦紧紧地绷在那儿，它无时不在，无刻不在。在枯燥的英语课上，你的思绪悠悠地飘到窗外浮想联翩的时候；做计算量大得要命的纯属练耐心的"超级低级"数学题，你动了一丁点儿想参考别人答案的念头的时候；深夜12点强迫自己坐在桌前背长得饶舌的"人民民主专政"含义，背得脑袋如小鸡啄米一般的时候，那根弦"嘣"地就来了个震耳欲聋：高三了，怎么能这么堕落！然后，整个人一激灵，紧跟着心脏的狂跳不止，马上强打精神，继续应战。

在高三刚开始的那段时间，几乎每个人都踌躇满志地跃跃欲试，每个人都异常魄力地非复旦、交大不进，我在床头贴上一张"杀进复旦"的特大标语，在每天早起和入睡前都大喊几遍，以增加自己那点少得可怜的信心。所有的梦想都在高考的压力下抽象成了自己认定的那座神圣学府，当时一听到关于复旦的任何消息，就立即热血沸腾，激动不已，仿佛所有的东西都在那所学堂耀眼的光环下黯然失色。

我从来都没有想过190名的分数和复旦的巨大差距，周围的同学们似乎也意识到那种千军万马过独木桥的可怕阵势。我们固守着心中的梦想，祥林嫂般地嚷嚷着“我要××”，那种心理和由此制造的一触即发的紧张气氛，是不到高三的人所不能体会的。

来自高三的第一次真正较量很快来临了。

第一学期的期中测验，一次我们认为已经准备好却被杀得惨不忍睹的考试。我们的排名就如同老师先前所预言的那样来了一个天翻地覆的变化。班里许多名不见经传的同学如同一匹匹黑马，一下子让大家大跌眼镜。起起浮浮，蹿上滑下之间，许多人开始变得实际起来。北大的校门的确艺术得够格，可并不是每个人都能够在那儿感受高雅的，粥少僧多的尴尬让每个高三学生在现实与梦想的巨大落差前狼狈不已。

我是那极少数仍抱着幻想不放的人。请注意我用的是“幻想”一词，也就是那种在当时看来是绝对不可能实现的事，按理说，我这种在高一高二不争气地徘徊在二三百名之间，而在高三已过去四分之一，却仍是保持小幅攀升势头的人对复旦这样一所全国顶尖的学府是不应该再产生任何幻想的。可是天晓得我当时怎么就会有如此一种革命乐观主义精神。我固执地抱着“每考一次，前进50”的念头，痴痴地盘算着，傻傻地得意着。

而后来的事实也证明，正是由于当初自己那种吓人的乐观，才有了执着下去的动力，才使绝对不可能的事逐渐地一步步闪现出希望的曙光。

用残酷的事实去挫败年轻人原本就不堪一击的自信，是高三向我们抛出的第一道撒手锏。

心理防线的牢固程度是能否在这场战争中战胜的一个极为重要的原因。

当时的我并没有意识到这种执着得有些傻气的劲头竟有如此大的魔力，只是一味地坚持“复旦”那个守了11年的抽象名字，我甚至没有意识到要用什么样的代价去交换这个儿时就有的美丽的概念，只是紧紧地跟着它，一遍遍地默念它。

我在毫无知觉的情况下用自己的狂妄换来了一丁点儿优势，其实我没有意识到，这的确是一个不错的开始。

我去找班主任谈了一次，那个长得娇小可爱的女人味十足的老师一见我就柔柔地说：“这次考得不错，下次保持，华政可以冲一冲。”我到现在还想不通自己当时怎么就那么斩钉截铁，胆大妄为地说：“我要考复旦。”一向淑女气十足的老师竟也掩饰不住地张开了“O”形的嘴巴，好在她很快顾及到我的感受，继而柔柔地说：“那你可要再努力一些啊。不过，有希望的，有

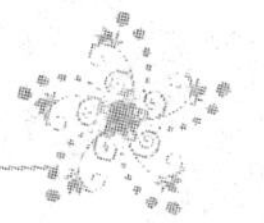

希望的。”我傻傻地咧开嘴笑。桌子上有一束玫瑰开得正艳，红得像要滴出水来，朝气蓬勃地向上舒展着。阳光斜斜地射进来，照得初秋的办公室里一阵暖意。

现在想起来，那个老师轻描淡写的一句话给了我多大的动力。且不说她的话里到底有多少肯定的成分，但那句“有希望的”却如同一盏明亮的灯，在接下去的日子里始终不远不近地悬在我的脑子里，连带着那天桌子上玫瑰香甜的味道，让我觉得整个人都暖和了起来。

接下来的日子开始变得越来越平淡，越来越简单，单一的重复。

每天早晨，我气喘吁吁地冲进那间坐得满满的教室，放书包，拿练习，开始演算。那一日一日相似却又不太相同的日子现在想来已经抽象成了总是写得密密麻麻的草稿纸，黑板上一直擦不干净的公式、习题，老师一句句发自肺腑的叮咛和永远飘浮在空气里的窸窸窣窣的粉笔屑。

男生们的头发总是乱蓬蓬地一根根杵在那儿，女孩子们所有的漂亮衣服也都被简化成了整齐划一的清一色校服。我们偶尔也会从堆得像小山一样高的乱七八糟的纸堆里抬起目光涣散的眼睛，瞅一眼黑板上新近抄写出的交多少钱、买什么书之类的歪歪斜斜的通知。日子就这样在平平淡淡的点滴中流走。

班里同学的幽默细胞在这种单纯的环境中被训练得异常尖锐，任何一点细枝末节的小事一旦被抓住了，就立即被夸张地扩大再扩大，然后引来全体同学地议论。某作家的一篇关于“放狗屁/放狗屁/放狗屁”的文章，竟然引来了全班同学拍桌子笑、拆桌腿敲打的疯狂举动。老师说，这是一种高三综合征的表现。因为我们的生活太单一了，因此，任何一点儿能激起涟漪的东西都会给我们带来不可估量的快乐。

高三的体育课是学校规定的唯一不能被侵占的课，男生们经常在体育课上打篮球打到毛衣都能拧出水来，女生们则在一边踢毽子、跳皮筋，逍遥快活。

每周五下午两节课后的短暂时光被我们定为“游戏日”。我们拼命地往学校带东西玩。有一种“弹硬币”的小儿科游戏特别受我们青睐。弄几个一角、一元的硬币放在桌上，用几块橡皮搭起来做球门，不管男生还是女生全趴在桌上大叫大笑，煞有介事地玩得不亦乐乎。我自己也搞不明白，已经举行过成人仪式的我们怎么会这样的容易满足，笑起来怎么就这样歇斯底里。

“玩的时候就拼命地玩，学习的时候就拼命地学习。”是我们高三信奉的一条打不破的真理。

高考倒计时牌上的数字越来越小，我们已经没有时间了。老师向我们嚷："该干什么就干什么吧。"我们没有像别的书上写的同学之间那样钩心斗角，大家在一起的时候总是快快乐乐的。无论多么苦，多么无聊，我知道，至少还有和我站在同一战壕里的兄弟。没有那种在学校里装着玩，在家拼命用功的学生，因为没有时间也没有精力去准备那些虚伪的东西，没有人愿意那样做，坦白地说，是不屑去做。

后来有一天，不知是谁在教室里插了一捆新鲜的百合，粉白的那种香水百合，一整个秋季，教室里始终萦绕着百合恬静的味道。我们就在淡淡的甜香里一日复一日地学习，没有人去刻意注意那捆恬淡的百合，但它的味道却真真实实地深深地烙在了每个人的心里。

我不知道该用什么词语来准确地表达那一段自己的感觉，可能是"踏实"吧。我依旧在每天早起和晚睡的时候大喊一句"杀进复旦"，但却不再一遍又一遍地将"复旦"挂在口头了。每个人都小心翼翼地将梦想收藏在心底，用各自的方法尽最大的可能努力着，进步和荣誉这些缥缈的东西都是我们不能抓住的，只有这一天一天实实在在的日子是我们可以看到并拥有的。我看得见我的同学们和我自己在这一天天质朴的日子中真实的努力，我的成绩就在这种踏实感中稳步攀升，一点一点不快也不慢地前进。这种感觉，现在想起来，真是很好。

高三第二学期的日子较之第一学期的平静有了较大的改变，增添了许多躁动与不安的成分，第一轮对知识的梳理和第二轮对综合题的系统掌握已告一段落，第三轮紧张的考试和题海战术的轰炸接踵而至。

三

那真是一段难以形容的日子。课表改成了"语语、数数、外外、自修、自修"这样可怕的形式。

老师上课时不再帮我们概括什么，只是发下一沓一沓的各科模拟卷当堂测验。我不知道老师怎么会有那么多的考卷，每个区的每种卷子我们都要做一遍、分析一遍，再抽查一遍。还有别的市的，全国的各类统考卷，以及历届的高考卷，甚至连那些不知名的学习报上的怪试题也被老师无一遗漏地搜罗下来给我们做。一节课的就小测验，两节课连在一起就大测验，全年级统一的自修课就模拟考。所有的考卷都是算分的，老师来不及批的小测验就让同学们相互交替着批。分数等于成了这个冬春交替的季节里最刺激人又最不

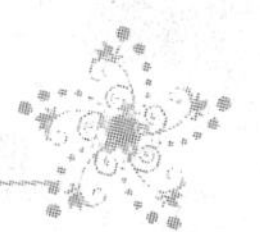

值钱的东西。

那真是一种强有力的刺激。

自己的实际分数和原先所设想的是一个刺激；别人的分数和自己的分数一比较又是一个刺激；而几次分数排成的总趋势则是最大的刺激；我在这一天几个的刺激中渐渐变得麻木，刀枪不入，在一次又一次的打击中“再重头收拾旧山河”，在惨不忍睹的失败中锻炼和血吞牙的勇气和毅力，变得越来越沉稳，越来越坚强，那是高三最刻骨铭心的一段日子。

考试和分析成了生活中的全部内容。算时间、做卷子、订正、分析，根据错题再做练习，反反复复。我们将“今天回去做 n 张卷子”改成“今天回去把这本书做了”，将睡觉的时间一拖再拖，将叫醒的闹钟越拨越早。

每天背 n 个单词，每天做 n 张考卷，每天完成 n 份订正。

计划表上涂得密密麻麻，每完成一样就用彩笔划去一样。那一道一道触目惊心的杠杠和考卷上红艳艳的大叉叉，洒满了每一个黄昏和早晨，铺满了学校和家庭那条唯一看得见漂亮花朵的小路，像山一样高的发黄的纸页，浸在发霉的空气里缓缓地挪动。有时候在家背书背得眼泪都要掉下来，书都想扔到窗外去，可是，只要默念几遍“复旦”马上就会平静下来。我带着沉重的脑袋和空白的心，心甘情愿地埋在那间要馊掉的屋子里一遍遍地“之乎者也，abcd”。我不明白自己这么一个散漫惯了的人怎么会一下子变得这么正襟危坐，感天动地。

到如今，我坐在空调房里惬意地整理着高三一年的书籍，仍是佩服自己当时的毅力和勇气，几大本密密麻麻写满批注的笔记，半米高的每张都仔仔细细做、仔仔细细订正和分析的考卷，还有一本字典一样厚的 16 开的数学经典习题，每道题竟都有四五种解法，被看了不下十遍。在那个冷得要命的冬日和气候怪异的春天里，我用皲裂（皮肤因寒冷干燥而破裂）的双手粗糙的笔迹一个字一个字、一道题一道题地编织着心中那个神圣又唯一的梦想，我想这就是高三所带给我的影响与改变吧。

老狼的歌词曾这样写道：成长是憧憬和怀念的天平，当它倾斜得颓然倒下时，那些失去了月光的夜晚该用怎样的声音去抚慰。

老狼的歌我很喜欢，在那一段日子里，老狼让我安静，让我释然。我想如果要用一个人的歌声去给我的高三配乐，老狼的，很合适。平静下藏着波澜的声音。

我带着 190 名的耻辱，用一种破釜沉舟的心情和现实做最后的搏斗。我仔细审视了一下手中的砝码，什么都没有了，只有努力。我想，每个曾经拼

搏过的高三生都体味过这种拦截掉所有退路的狭隘的美丽，都是在用心感受心里的那种悲壮情怀。填志愿是一件要命的事情，远比我想象的要复杂，让人受不了。

“保守，保守，再保守些。”成了填志愿的首要原则。

我的处境有些令人绝望，全家上下的那点可怜的背景不足以引起任何能人慈爱的眷顾，自己的成绩又软弱得没有半点呐喊的能力。纵是大半年的努力换来了年级前 80 名的位置，但在前几年 190 名的阴影和复旦这道高不可攀的门槛前也变得怅然无力。

最后，甚至连校长也发话了：“你考复旦，只有 30% 的希望。要考虑清楚啊。”

那几日我的神经变得空前脆弱，在难以企及的梦想与相对保险的退步中飘忽不定，犹豫不决。

于是，我选择放弃。我不敢让复旦如同一个美丽的童话一样仅仅存在于口头，我不敢用不自信的鸡蛋去碰一下那块坚硬无比的石头。我无法忍受万一失败所带来的那种从天堂到地狱的绝望。我在全票赞成的欢呼声中，颤颤抖抖地写下了那所我想也没有想过的学校的名字，任“背叛”的字眼在脑中炸开。

交掉表格后，我一个人坐了两个小时的车偷偷地跑到复旦的校园里去坐了一个下午，去哀悼我梦想的破灭。复旦真漂亮啊。铺天盖地的杜鹃安静地在校园里醉人地开放。恰到好处地映衬着如我想象中的肃穆、神圣的复旦校园。我的眼泪一下子流下来。我不甘心啊，我不甘心一个做了 12 年的梦就这样被一张薄薄的纸所彻底打碎，我不甘心高三这一年来日日不顾一切的拼搏就这样被一句“保险”理由而葬送。我知道没有什么可以代替复旦在我心中的地位，若是真的以高分进了其他学校的任何一个系，那种遗憾又岂是坐到复旦门口去大哭一场所能排遣的呢？

我知道那一个燥热无比的星期天下午，对我而言意味着一种执着意念的胜利。现在，想起来，那一个下午宁静美丽的复旦，帮助我做出了一个属于我自己的多么重要的决定。

最后，我终于作出了属于我自己的决定——在所有人诧异的目光下要回了我的那张志愿表，郑重地在表格上工工整整地填上了“复旦大学”那四个令我激动的大字。那真是我 12 年来写得最舒服的、最漂亮的四个字，这四个字也是我这么多年来凭自己的意愿所做出的最重要的一个决定，是体现我人生最初分量的一个决定。

我要我所要的，纵使是在现实面前被撞得头破血流，纵使是在高考场上输得一败涂地，这是我自己做出的选择。

正如学生败在考场上。

接下来的日子就再也没有什么值得书写的地方了。

拿到复旦的通知书后终于还是忍不住去看了那间熟悉的教室。五楼南边走廊向里走的最后一间屋子。高三一年的青春从这里流走。讲台上的玻璃瓶里插着一束淡紫色的勿忘我，嫩绿的小碎花瓣零星地点缀其中，轻轻地在风里摇曳。

高三的三百多个日日夜夜里的一点一滴，也正如一朵一朵姹紫嫣红的小花，开在每个人的心里。也许不是每朵花都美丽得惊天动地，不是每朵花都香艳得惊世骇俗，也并非每朵花都能结出丰硕的果实。但那些花儿的确真真实实地在每个人心中最柔软的地方绽放过一回，也确确实实留下过一些花开的甜香。这些花儿的影子连同高三带给我们的，是今天我们用来看世界的一双成熟的眼睛，这份刻骨铭心会影响我们今后在人生路上的每一个选择，每一次决定。

花儿开过了。我们承认也好，忽略也好，只要花开，就会不败。

和幸福有关的哀伤

■ 忆光年

一

“苏拉，我……我……我……”

苏拉是陆明泽高三时的同学兼同桌。刚认识那会儿明泽几乎没有说什么话。除了不懂如何在女生面前说话外，另外一个原因是他刚从尖子班里被撤下来，心情不好，怕也影响到他人心情，所以干脆不说。倒是苏拉主动问他要手机号码，他说没有，因为学校管得严，不准学生带手机，所以他说没有。

看着明泽略带羞涩的眼神，苏拉“扑哧”一声笑了，笑得很开心。明泽扭过头来看她，同桌三天这才看得真切些，苏拉有一个宽大的额头，和她的脸型正相称，眼睛忽闪忽闪的，明亮的像是夜空的星辰。她笑的时候，明泽可以看见她稍向外突的牙齿，上门牙戴有牙套，是纯银牙套，全班就只有她一个人戴着。所以那一眼使明泽对苏拉的印象非常深刻——一个戴牙套的女孩。

苏拉很好学，她总喜欢找一些刁钻古怪的问题去问明泽。有时候明泽马上就能解答出来，有时候要半天，一天，甚至更长的时间。不管苏拉的问题怎样刁钻古怪，到最后总会被明泽解答出来，所以苏拉除了佩服明泽的学识外，还很欣赏他的认真劲儿。

有很多次苏拉说要请他吃饭，当是感谢，可是明泽一次也没去，都用“还有很多作业要做”这个借口推掉了。

有一次苏拉把打好的饭送到他的书桌上说：“书呆子，吃饭了。”

明泽看着热腾腾的饭，早就饿得不行，可嘴上说：“我等会儿自己去食堂吃，不用麻烦你的。”

苏拉右手握住筷子，左手托着碗对明泽说：“要不要我喂你啊?”

明泽接过饭说：“不用，我自己可以。”明泽边吃饭边看着苏拉面颊上的微笑，心里有说不出的感动，这感动像一股暖流，温暖了他的全身。

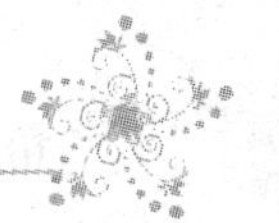

在明泽所在的班级里，有一个很甜美的女生，她叫田双双，她是明泽幼儿园时的同学。相隔十二年再见面，大家都长成了帅哥美女。

每当明泽眉飞色舞的给双双讲解题目时，苏拉就在她的座位上默默地看着他们，脸上没有什么表情，呆呆的样子。仅有几次当明泽看向她时，她的微笑就灿烂成天边的晚霞。

有一天上数学课，苏拉听得疲倦了，就暗暗地问明泽："你累吗?"

"我感觉挺好，我想把数学补上来，就快要月考了，我们都要抓紧时间哦。"苏拉斜看了他一眼，用手撑着头就睡起来。

过了不久她被明泽叫醒，然后看见他递过来的一张纸条，上面写着："其实，我更喜欢给你讲解问题。"

苏拉看后温柔地笑了，眼睛闪亮地看着明泽，像极纯真的孩子。过了一会儿明泽收到苏拉给的纸条，上面写着："哈哈，你的字可真难看。"

明泽看到这些字，开心地笑起来，然后回她说："写给男人婆的字不需要太好看。"

苏拉看后狠狠地瞪着明泽，瞪了整整十分钟。

下课铃一响，明泽的左肩就被不痛不痒地揍了一拳，苏拉还邪邪地笑着说："敢说我是男人婆。"明泽扫了一眼众人的目光，略显委屈地说："不敢……"

不知从什么时候开始，苏拉和明泽成了无话不说的朋友，也就是死党的那种。在别人眼里，他们是整天黏在一起的恋人，而在他们眼里，彼此是无关风月的好朋友。寝室里停水了，明泽第一个跑去苏拉的寝室，希望可以帮她提水；明泽在篮球场上玩累了，苏拉就给他递上一杯冰镇柠檬茶，解渴之余，全是欢笑。

他们一起听歌、散步、吃饭，每天在一起的时间也越来越长，从早上七点延伸到晚上九点，只是这一路，少了些鲜花和拥抱。每次明泽走在花店前都会停留一会儿，可是每次他都像风一样飘过去了。

想不到几次月考之后，天空就换成了寒冷的冬季。冬季里，草木死灰般枯黄，风吹起它们呼呼作响，一首唱在冬季里的歌曲被冬风演绎的颇为凄美。明泽一个人站在教室前的阳台上，从侧面看上去很忧郁。苏拉从教室里走出来，她的手紧紧捂住暖水袋，看上去很冷。

苏拉凑到明泽身边说："用这个暖水袋暖一下手吧。"

明泽接过暖水袋，微笑着看着苏拉没有说话，他们的手轻轻地在暖水袋上碰在一起。

直到上课时，明泽凝视着苏拉的眼神说："苏拉，我……我……我……"

"我我我什么呢，上课了，你看老师都进教室了，我们快点吧，别迟到了。"

上课的时候苏拉问明泽想说什么。明泽说："我想提前祝你寒假快乐，记得 QQ 联系哦。"

这一句平常的话被苏拉平常的听了去，两个人就此展开了不算长的寒假分离路程。

寒假里明泽并没有和苏拉联系，是她不知该和苏拉说什么，既然不知道该怎样说，干脆就不联系了，反正在学校里还可以再见面。

年后不久，假期便结束了。明泽比苏拉先到，听说苏拉也快到了，就蹑手蹑脚地走去校门口等她。那时天空飘着细碎的雪花，地上有些地方已经铺成白色，看上去很美。明泽并不觉得这些很美，他快要被这些寒冷的风雪给冻僵了。

时间过去两小时，苏拉终于出现在远方的路上，或许是看见明泽了，她像蝴蝶一样飞奔过来，轻盈地落在明泽的伞下。

苏拉说："泽少，你在这儿等我很久了吧?"她边说着，边用手去温暖明泽的手。

"也不是很久，你知道的，等蜗牛本来就是很花时间的事啊。"

苏拉看着明泽傻笑的样子，突然提高声音喊："泽少。"然后又缓和地说："为什么寒假里不联系我，我在 QQ 上给你发了那么多信息。"

"你知道的，我们那儿……"

话未说完，明泽看见苏拉的眼睛溢出眼泪来，"是你说寒假里 QQ 联系的，你骗我。"

"呀，男人婆也流泪啦?"

"不要你管。"

明泽从兜里取出手机在苏拉面前晃了晃说："我知道对不起你，我错了，你看，这个学期我们可以随时随地地沟通了。"

"才不要咧。"

明泽看着空中飘飞的雪花，更觉得有些冷了，于是说："我送你回寝室去吧，这儿挺冷的，还那么大的风。"

"嗯，寒假里你不联系我的惩罚，现在要你背我去寝室。快点。"明泽自觉对她有愧，就半蹲着说："不管怎么样，只要能快点回去就好。"

苏拉紧紧地贴在明泽背上，一路上"呵呵"地笑不停。明泽不时回过头

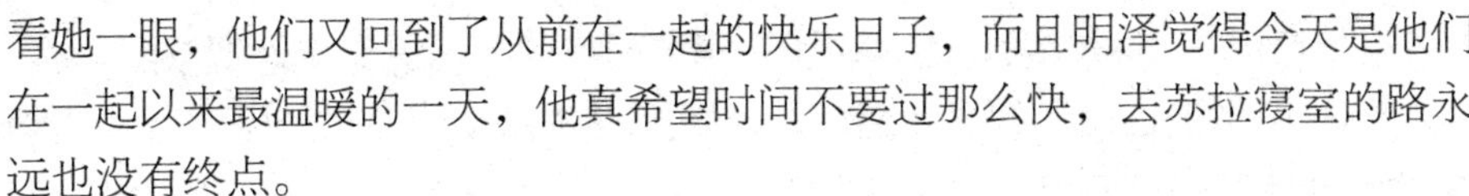

看她一眼，他们又回到了从前在一起的快乐日子，而且明泽觉得今天是他们在一起以来最温暖的一天，他真希望时间不要过那么快，去苏拉寝室的路永远也没有终点。

苏拉在明泽背上轻轻地说："走慢一点。"可是走得再慢，终点也还是会到达，放下苏拉那一刻，明泽的眼睛显得微红，苏拉问他怎么了，他说是被风吹迷了眼睛。

苏拉就说："看些远的事物，让眼睛恢复一下光感。"

他们站在四楼的阳台上远看，一片苍茫的山野此起彼伏，空中飞雪扬扬洒洒，已经在远近各处铺了一层薄薄的白色，煞是晶莹可爱。

二

高三的下一个学期，是一个十二分忙碌而时期。每一个人都显得行色匆匆，以前总是黏在一起的情侣也在为高考忙碌而很少见面，食堂里很难再见到高三同学的身影，他们早已经把教室挤得满满的，就算吃饭时间也是在边吃着饭边学习。

复习，考试；复习，考试；复习，考试。似乎他们在这一时期里都只重复着如此单调却充满火药味的生活。明泽和苏拉也被卷入这样的潮流里，他们每天见面的地方只有一个，教室。

一般都是苏拉从食堂里打来饭两个人一起吃，偶尔明泽也会去打。

有一次苏拉的好朋友梁爽看见苏拉和明泽又在一起吃饭，于是半开玩笑地说："你们关系那么好，为什么不做男女朋友啊？"

明泽被这句冷不丁的话呛的满脸通红，苏拉说："现在那么忙，谁有心思去谈那个，你不是也没谈吗？"

梁爽神秘地笑着说："我也挺忙的啊。"

"忙着和谁约会吧，哈哈。"

"苏拉，你这个坏蛋敢这样说我。"

"我们的梁爽也长大了嘛。"

坐在前排的金枝突然转过身来说："前天我回寝室是看见梁爽和一个神秘男生在散步哦。"

"哪有，你们这两个坏蛋，看我怎么惩罚你们。"然后他们就打闹在一起，明泽在一旁看着大笑，连眼泪都笑出来了。

在这样忙碌的状态下，第一次月考悄悄逼近。所有人都想从这次月考中

“透视”自己的高考成绩，所以这场充满火药味的战场更显得硝烟浓烈。

苏拉似乎被这无形的高压逼疯了，她把书本从明泽那儿一丢，说：“烦死了，我要出去透透气，你陪我去吗？”

“不是吧，我还好啊，不用透气。”

“好啦，你这书呆子继续啃书吧，我可要去逛逛了。”说完她头也不回地向校门口走去。

过了不久时间苏拉就给明泽打电话说：“我这儿有许多卖梨子的，你要不要我给你带几个过去？”

明泽正看得认真，胡乱回答说：“带几百个吧。”

“什么？”

“哦，哈哈带一个就可以啦。”

“那怎么可以，给你带十个回来，撑死你。”

“啊？哦哦，玩得开心啊。”

“知道啦，书呆子。”

三

第一次月考匆匆地从校园里飘过，然而它留给学生的，不是什么惊喜和开心，而是沮丧和失望。几乎所有高三学生在见到成绩时都是一脸的茫然，像一个在大都市里迷了路的小孩。

苏拉在看到成绩时就红着眼睛对明泽说：“泽少，我想哭。”

明泽安慰她说：“没关系，这还不是真正的高考呢，或许是学校故意把这次月考弄得很难，目的在于激发学生的奋斗热情。”

“还奋斗热情呢，我现在都变得毫无心情了。”

“其实我考的也不是很理想，但我知道努力是可以改变很多事情，不努力的话，就什么也改变不了，你还想下次月考，下下次月考都是这样的成绩吗？！”

“肯定不想啊，再考出这样的成绩，我干脆一头撞死得了。”

“那接下来的时间，就和我一起加油，一起努力吧。”

“你可真像个哲学家啊，我想扁你。”

“为什么要扁我？”

“因为我嫉妒你的乐观精神，就这么简单。”

“啊？我只是说出自己的想法，哪里乐观啦。”

“总之我就是嫉妒，要么扁你，要么请我吃饭，你自己选吧。”

“哈哈……当然是吃饭，我们现在就去吧，我也饿了。”

“哇，好啊，呵呵……”刚吃完饭，苏拉和明泽又开始忙碌地复习起来。

后来他们在第二次、第三次的月考中都取得了不错的成绩。第四次月考的时候，天气已经转到了夏季，夏季的天空除了明媚以外，还很闷热。

这闷热的天气停留在校园的上空，让人无心学习。所以在第四次月考刚一结束，明泽就被苏拉拖去买冰镇柠檬茶。

苏拉边走边说：“只有在喝到柠檬茶的时候，我才感觉这个夏季的凉爽，我们走快点，我都快被热死了。”

“你说拿破仑是什么时候称帝的啊？”

“啊？你还在纠缠那道历史选择题啊，别管那个了，今天我们要好好放松一下。”

“哦，好吧……不过我忘记带钱了。”

“笨啦，我带就可以了嘛，快点，我都快热死了。”此时他们正走在桥上，明泽听她这样说，就横腰把她抱起，直接向餐饮厅跑去。

放下苏拉时明泽已经气喘吁吁，苏拉嘻嘻地笑着说：“你这个死书呆子，看不出来还挺坏的啊，你在这儿等我一会儿，我马上回来。”

明泽指着一张长椅说：“快去吧……不要让我等太久哦。”

四

第四次月考结束的这一天，苏拉和明泽几乎走遍了他们所在的那个城区，把以前没有走过的地方都走了一遍，直到晚上十点，所有的宿舍都快关门的时候，他们才不慌不忙的从外面走回来。

在昏黄的路灯下，明泽打破沉默说：“苏拉，我……我……我……”

“啊……”

苏拉这一声喊得够响，明泽被吓得说不出话来。“你看寝管阿姨正在关门呀，快点快点，要被锁在外面啦。”

明泽跟在苏拉身后跑，他傻傻地笑得很尴尬。

第四次月考后的第七天，就是六月七号。六月七号是全国高考的第一天，所有已经进入大学的学子都不会忘记这一天。这一天是一个雨天，雨很大，明泽给苏拉撑着伞站在操场上，操场上站满了考生，他们怀着各种复杂的心情等待着开场的那一刻。

那一刻之后就是两天的紧张考试，倒是清凉的大雨缓解了这样的紧张氛围。大雨一直持续到高考结束，冲出考场的时候，苏拉扑面就在明泽的怀里哭了，哭了好久。

那天晚上明泽一直陪在苏拉身边，他们一起在网吧里过了一个通宵，和他们在一起的还有梁爽和金枝。

第二天凌晨，明泽在送苏拉离开学校时说："我们还会再见面吗？"

"当然会啊，不管在哪里，什么时候，我都不会忘记你这个傻书呆子的。"

"啊？哦，我也不会忘记你的。"当苏拉走出明泽的视线，明泽忍住很久的眼泪终于决堤……

八月初，报考学校录取名单已经全部出来。明泽被一所大学录取，苏拉没有考上大学。当明泽在手机里问苏拉想不想复读时，苏拉说："我知道是这样的结果，我讨厌读书，我不会去复读了，家里这些年为了我的学费伤透脑筋，我决定像妈妈那样努力去挣钱，我会过得很开心，很幸福的。"

"苏拉……我相信你会过得很开心，很幸福的。"

"泽少，我真的真的很怀念我们在一起的时光。"

"苏拉，我想说，我……我……我……"

"泽少，我知道你爱我，我也爱你，可是，我们还是彼此忘记吧。"

"为什么？"

"没有原因，你要活得很开心，很幸福哦。"

"嘟嘟嘟……"苏拉没有再给明泽说话的机会。我想：在挂断电话的时候，苏拉早已泣不成声，泪流成河了。

自那以后，明泽再也没有苏拉的消息。那一年的冬天，明泽又悄悄地回到了他的高中母校，只是一切都被白茫茫的大雪覆盖着，显得格外寒冷和宁静。

其实苏拉一直都在努力地改变自己，她很爱他，他也很爱她，只是他们都不懂得如何去表达这份爱。

安小北的阳光搁浅在哪个地方

■ 浅沐

在这个如此美好的世界上，存在着无数个阴暗的角落。在那里，有着漆黑的垃圾桶，散发着腐烂与酸臭的气息，有着无助的人的凄凉哭泣声。在那里生活过的我，与所有在那里生活过的人一样，身上有着那种被黑暗所留下的印记！

我永远忘不了那个雨夜。夏天，闷热的空气里，到处都散发着阴谋的气息。下午还艳阳高照，黄昏时狂风乍起。不多时，灰色的云就席卷了整个天际。伴随着第一声雷鸣，豆大的雨滴，急速坠落，打湿了我的手背。

“席老板，这是我女儿，你看……”这个自称是我妈妈的人把我拉到一个中年男子跟前，百般讨好地说，那种姿态，让我想起人贩子。

“嗯，还行，叫什么名字？”中年男子打量了我几分钟，也许是讶异于我的淡漠，开口问话时还不忘试图用手将我拉过去。

“呵呵，小北，安小北，那你看，这孩子值？”女人满目期待地问道。

“嗯？你欠我的钱你以为一个孩子就能完全抵消的了吗？”女人兴奋的表情一下子失落了下去。

看到她这样，虽然恨她将我抵债，不过，我还是在心里狠狠快慰了一把。至少，她的目的并没有完全达到。

那天，带我走的人叫席煜，是一家私人赌场的老板。而我，作为他债务的代替品，则被安排做他儿子的专用仆人。

从那天开始，我终于明白，这个世界上有比夜更加黑暗的东西。席晨，席煜的儿子，让我的生活，走向了万劫不复的地狱！

第一次看见席晨，我就忍不住想要逃离，他就像是绝美的罂粟，明知危险却还是忍不住想要摄取。我想要的是平凡的生活，不想做飞蛾，盲目地追寻不属于自己的光与热。可生活不是我想便会怎样，我没有自由，更没有资格去选择。我的生活中，全部能做的只有一件事，如影随形般跟随在席晨的身后，随时听候命令。

席晨就读于A市内最有名的中学，家里有钱，人又帅，学习成绩又好，

自然而然受到众多女同学的青睐。我的出现，仅一天就在学校传开了天……

我可以说是什么优点都没有，不漂亮，不优秀……但我有一个很引以为豪的优点——很有自知之明。不管她们如何传说，我都可以淡定自若。当流言碰上真相，自然是不攻自破。

可是，我太高估了席晨的“善良”了，自从有了我的出现，席晨就像是找到了一个挡箭牌。任何角色我都必须客串。“女朋友”这个称呼，当然也不例外。从他第一次当着向他表白的女生说喜欢我时，我就知道，我完了。

我果然没有错，当我听命出去为席晨买东西时，总会在拐弯或者僻静处遇到一些“障碍物”，她们或许是骂我，或许是打我一顿，每每买完东西回去，都会被席晨嘲笑像是斗败的流浪狗，不说脸上的水肿，单是蓬乱的头发，就极为精辟地诠释了“流浪狗”这一说法。中学三年，在席晨极为优哉散漫的背后，我的生活除了挨打挨骂就没别的。有时候，我走在席晨的背后，迎着阳光，看着席晨因侧头而展现的完美侧脸，都会有一阵阵的恍惚，如此阳光绝美的少年，内心怎会如此黑暗?

接下来是高三过后的漫长假期。席晨每天都会出去陪同学，而我则被强烈要求留在家里。席煜问起时，席晨就会以一种极为嘲讽的语气反击，让她以什么身份跟我出去，长成这样，跟着我也是丢脸……

一天，我正在打扫卫生，猛然听到从书房里传出的吵闹声，屏息细听，还是关于我的问题。

“晨晨，你上大学不是更需要人照顾吗？就让小北一起去吧，啊?”

“不要，我都上大学了，可以自己照顾自己了。再说了，让一个丑八怪天天跟着我，我嫌碍眼……”

我不知道席晨后面还说了什么，听了他的话，我还是会觉得难过。尽管比这难听的话我也听过。我以为自己已经历练得百毒不侵，如今看来，我的坚强，根本就是一击即溃。

最后，我还是随席晨去了N市。帮他安排好宿舍以后，席晨甩给我一千元钱，去外面找个地方住，别没事动不动就来烦我！说完，背对着我坐在电脑桌前，打开电脑……

我退出门外，拿着我少得可怜的行李，游荡在校园里。拿着里面仅有两个号码的手机，我感到前所未有的孤寂……我用500元钱租下了学校对面的一间小屋，房子很小，仅有一张桌子，一张床，多余的家具都塞不进去。

临出门时，席煜给了我一张卡，卡里的存额，是我出生二十多年来从没想过的数字。而这笔钱，仅仅只是席晨一年的生活费而已。

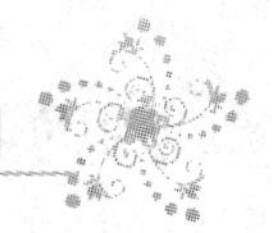

第二天，当我拿着早餐去席晨的宿舍时，我就感觉自己来得毫无价值。席晨就算是没有我，仅凭那张脸吃饱饭也没问题。我没过去，拿着早餐来到一个小亭子里。浪费也是浪费，不如好好犒劳一下自己的胃，我吃了那份早餐，很美味。第一次，我感觉有钱其实也挺好的！

午饭时，我是抱着极大的侥幸心理去的，同样是看到一群花痴的女生，小声地议论着席晨会不会喜欢之类的话。我刚想转身离开，就被后面的声音顿住了脚步，“安小北，你拿着我的午餐要去哪啊？还是想让我像早上那样饿肚子自己去跑腿吗？哦，对了，你给我买的早餐呢？”“我，我看见这么多人给你送饭，以为，以为……”我听见自己颤抖的声音，吓了一大跳，我什么时候也这么胆小懦弱了？“我是说早餐哪去了？”席晨玩味的语气，让我猛然间想到，他肯定是知道了我吃了他的早餐。“哦，不说话了，喂狗了啊？呵呵，那你看狗吃会不会觉得眼馋呢？毕竟，狗都比你吃得好多了……”我静静地站在那，任凭他将我那可怜的自尊践踏在脚下。周围的人都像看猴似的打量着我，这让我想起高二那一年的午后，只不过那时的目光都是愤恨而如今都是怜悯。等他说完，我将午饭安静地放在他手上，转身，一声不吭地走了，走到很远，我还能感觉到背后的目光在跟随……

从那以后，我从没想过要贪占他一点点的便宜，即便后来我送去的饭他从来都不吃。我也只是安静地放下后立即走人。

这样的平静持续了三个月。

这天，我放下饭刚要走，席晨叫住了我：“安小北，你把我爸给你的卡给我，然后我的生活费你自己想办法……”

我知道这一天终会到来的，从知道他有女朋友的时候，我就在等这一天的到来。

我把那张卡给了他，找了一份在超市当收银员的工作，刚开始的时候，我一天只能或者说是顶多吃一顿饭。到了晚上，又冷又饿的我根本无法入睡。于是，我跟老板申请了夜班，白天，又找了一份工作，所有这一切，仅仅只是为了让席晨可以吃上“可口”的饭菜。

可能是因为饮食的极度不规律，这天，我刚买好早餐准备给席晨送去，胃中一阵灼痛，我以为是胃病并没有太在意。可情况越来越严重时，甚至有天早上吐出大量的血时，我真的怕了。那天，我没有去送早餐，而是去医院做了检查。

席晨打来电话时，我已经回到了自己那个暂时的“家”，席晨质问的语气让我晦暗的心情更加的失落。

几个星期后。

“席晨，你来一下我住的地方吧?”

“你搞什么，不给我送饭也就罢了，我正和女朋友在一起呢，没空理你!”

“求求你了，我敢保证，这是我这辈子第一次也是最后一次求你!”

“……”电话那边沉默了几分钟，“好吧，我十分钟后过去!”

席晨来时，我躺在床上，意识已经有些模糊。看到他震惊的表情，我苦涩地笑了笑：“你来啦?呵呵，我实在是想不出来还能请谁帮忙，说出来你也许不会相信，我不知道你为什么会那么讨厌我，可你却是我在这个世界上唯一可以体会到些许温暖的人。也许你没有阳光那么温暖，可是在我的世界里，从来都只有阴暗，这一生，阳光从未曾为我搁浅。”

“不要再说了!”席晨用手擦去我因费力而呕出的残留在嘴角的血迹，“我带你去医院。”

“不用了，我知道自己的情况。我想求你一件事。你也看到了，我的生命已经走到了尽头。我死了以后，我希望你可以将我的骨灰，埋在我爸妈的墓碑前，我不希望死了以后，自己还是孤寂一人!”说完，又吐出一大口鲜血。

“安小北，你给我听着，我不允许你死，你不会死的，我这就送你去医院!”席晨说着就要拉我起来。“席晨，没用的，医生说我是胃癌，已经晚期了!”席晨的动作顿住了，我拉住他的手，让他坐在床边，“你知道吗?我从出生以来都注定是活在阴暗里的人。我出生的那个晚上，妈妈因为难产去世了，爸爸因为伤心过度也卧病在床，我奶奶是个重男轻女的人，看我是个女孩，妈妈也去世了，就觉着我是个扫把星。断了他们家的香火。呵呵，有时候，我都怀疑，我能安然长大，简直就是个奇迹。我五岁那年，爸爸抵不住奶奶地一再施压，娶了我后妈。可是，谁也不曾料想，后妈会是一个嗜赌成性的人！第一次要债的人去我家，因为家里没钱，就揍了我爸一顿，而我爸，倒下去之后就再也没起来！再后来，家里一来要债的，我所谓的后妈就会把我推出去自己却躲起来。当我看到他们的棍棒与拳头向我挥来时，我都感觉不到痛，只是在想：自己的命怎么如此顽强，这样被打死岂不是更好!再后来，就是遇见了你爸，这之后的事你都知道了！你说，我是不是真的不配活在这个世上，老天爷让我这二十年遭受苦难，活在阴暗里得不到温暖，如今夺去我卑贱的生命，是不是就代表着原谅了我?”说到激动处，我拉着他的胳膊，不停地摇晃，而后，放声大哭……

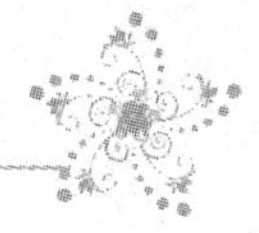

“小北，不是的，你不会有事的……”席晨把我抱在怀里，一边拍我的头一边安慰我。这一刻，席晨就如同一个亲切的邻家哥哥，让我在湿冷的房间内却感受到了专属于春的温和……

迷糊中，我看见了自己的爸爸妈妈，他们亲切地冲我微笑，然后张开双臂，而我，就像是离弦的箭般飞快地奔向他们的怀抱，我们一家三口，有说有笑地淡出了我的视线……

第二天，席晨醒来，小北的身体早已冰凉，当第一缕晨光透过玻璃照射过来，席晨发现，那束光的落点，正好是安小北心脏的位置。“小北，你是不是太冷了，死后就化作了一缕阳光，为你在尘世间搁浅……”席晨站起来，良久地注视着那缕光线，当光线淡出小北的身体时，略显阴暗的小屋里，满满地承载着席晨的孤单……

安小北的葬礼，简单得有点冷清。席晨站在小北的棺木前，当所有的人都离开后，席晨注视着小北安静的睡颜，近乎恍惚地说道：“你走了是解脱了，我不还是得留在这虚伪的人世间，独自承担这一世的凄哀。你不是一直想知道我为什么会那么讨厌你吗？因为你和我妈妈很像，都是那么的丑，本就没有资格站在我爸爸的身边，却没有一个做妻子的本分，背叛了我的爸爸。我看见你，就如同看到她，从心底鄙视你的存在……”席晨像是着了魔般，不停地说。最后，席晨拉起小北的手，轻轻地握在手心里：“你知道吗？安小北，虽然我们的生活条件完全不在一个级别，可是我们有一个共同点：我们都是活在阴暗里的人，没有温暖。阳光从来不曾为你我搁浅，直到遇到了你，安小北，我第一次发现自己的心居然停留在你的肩头。”

茫茫人海中，人们对于自己同类的气息，总是特别敏感。就连那些被暗夜吞噬的灵魂，都是在与同类的相处中才能感到心安。无论是对立还是和睦，都是渗透入整个生命的相互依赖！席晨仰望着天际，直到阳光刺得他微眯起双眼：“小北一路走好！”

青春过道里的独角戏

■佚名

四月中旬的样子，图书馆旁边的蔷薇花都开好了，白色的，粉色的，一树一树，香气熏染了半边天，走在路上，香熏欲醉，小蜜蜂嗡嗡地叫，花骨朵半张着嘴，风一吹，花枝便在风中乱点头。

夏洛洛抱着书，看了一会儿蔷薇，想起一句诗：因风飞过蔷薇。

正想着，忽然看见隔壁班的李健从图书馆里出来，下台阶的时候，直愣愣地看着她，左手挥了一下，似乎要和她打招呼的样子，只是还没来得及，脚下一滑，就摔了个嘴啃泥，手里的书，一下子抛出去很远，眼镜也歪到鼻梁上，样子又滑稽又狼狈。

夏洛洛忍不住笑了。哪有这样的人，只顾看着别人，也不看脚下的路。她笑得弯了腰，才发现李健脸上红一阵、白一阵，难为情的样子。夏洛洛低下头，忽然良心发现，觉得自己太过分，觉得自己有些不厚道，不过是摔了一跤，有那么好笑吗？

她止住笑，把书捡起来，拍了拍上面的灰尘，递给李健，说："学长，以后走路长点眼睛，别只顾看东看西，又摔倒了。"说着，掩住嘴，又想笑。

李健每次看到自己都会制造点事故出来。比如上次他和同学踢球，口渴难抑，伸手接同学递过来的矿泉水时，猛然看到她，怔了一下，水瓶掉到地上，一瓶开了盖的水，还没来得及喝，就全洒在地上。再比如上上次，他们班开班会，他正在前面讲着什么，一边讲，一边比画着，豪情千丈，她去他们班找同学，他一转头看到她，一下子就结巴了，忘记了底下要说的话。再比如上上上次……

这样想的时候，夏洛洛鼻尖冒汗，一颗心开始慌慌地跳，两朵胭脂红飞上了脸颊。17岁，正是爱做梦的年纪，况且，除了学习一般，其他方面，夏洛洛都很出众：长发，素颜，长裙，会弹钢琴，会写一手漂亮的文章。

夏洛洛自从发现了李健的秘密，就开始变得很纠结，上课下课，常常处在一种恍惚的状态里，一颗心变得脆弱而敏感，忽喜忽忧，患得患失，一会儿甜蜜，一会儿忧伤，日记本里满满都是"李健"这两个字，学习成绩本来

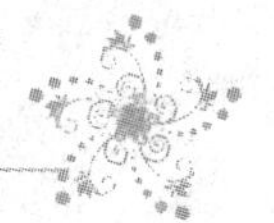

就中游，这下好了，一下子滑到尾巴尖上，老师没点名批评过几次，而且下了最后通牒，如果这种状态继续保持下去，就有通知家长的必要了。

好几天放学后都没有看到李健在操场上踢球，夏洛洛开始坐立不安，心中把所有的可能都想了一遍：他生病了？他家里有事？他不喜欢踢球了？他和同学打架了？他被老师批评了？他心情不好了？

犹豫，矛盾，忐忑，夏洛洛很快就瘦了下来，娃娃脸变成了瓜子脸，因祸得福，变得更好看了。她对着镜子，顾影自怜。

下了课，一次次去隔壁班偷窥，李健像失踪了一样，踪影全无。

不知是谁说李健生病住院了，夏洛洛松了一口气，放了学，一口气跑到李健住院的地方，她只想偷偷地看看李健，只看一眼，看看他好不好，不打搅他的生活。这样想的时候，夏洛洛的心变得酸楚起来，有一丝悲壮和痛楚在其中。

她买了冰糖蜜橘还有柠檬、一大把的白色康乃馨去看李健，她只想看他一眼，偷偷地，然后把那些东西放在病房门口，然后李健一出门，看到那些礼物，他会以为那是仙女的礼物，他会开心一点，快乐一点，病就会好得快一点。

夏洛洛沉浸在她一厢情愿的想法里，去了医院，她就傻了眼，哪里有李健的影子？楼上楼下到处找，好看的白衣天使姐姐把她领到三楼拐角的一个房间。然后朝里喊了一声，李健，有人来看你了！

隔了良久，屋里蹒跚出来一个民工模样的大叔，一口地方口音，大声嚷嚷，谁找李健？谁找李健？俺就是。躲在拐角处的夏洛洛吓了一跳，抱着那些花儿，转身就跑，因为用力太猛，那些花儿被她揉搓得花瓣落满了台阶。

她什么都顾不得了，一手提着长裙，一手抱着花儿，跑出医院很久才发现，她抱着的那些花儿成了光杆，花瓣早已散落。

夏洛洛把那些没有了花瓣的花儿扔进路边的垃圾桶里，站在路边长长地吁了一口气，一颗泪，从她长长的睫毛上滚落下来。委屈吗？不是。甜蜜吗？更不是了。难过吗？好像也不是。总之，说不清楚为什么。

周一去上学，忽然就看见李健，他站在校园里那棵高大的白杨树下，俊朗，挺拔。看见李健的一刹那，夏洛洛柔软的内心忽然被什么东西击中，莫名地战栗了一下。

原来李健失踪的这些日子，是去省城参加物理竞赛了。夏洛洛从来不知道，李健不但球踢得好，而且学习成绩也特别优秀。这一发现，让夏洛洛很失落，自己的学习成绩这么烂，根本不配喜欢李健。

从那一天开始，夏洛洛变成了班里最用功的女孩，别人说笑玩闹的时候，她都在疯狂地看书，她一定要用最好的成绩和李健考进同一所大学。唯其如此，才不辜负美丽的青春，才不辜负自己的喜欢。

李健考进他梦想中的大学的时候，夏洛洛的成绩已经由尾巴尖上赶到上游，所以李健离校去上大学，并没有给她带来多大冲击，因为她知道，不久，自己也会考上那所大学的。

自信的女孩都很美丽，夏洛洛也不例外。从毛毛虫进化成蝴蝶的过程，虽然漫长了一点，但却并不是很痛苦。

夏洛洛高三那年，李健回母校做报告。在青春翻过一页又一页之后，夏洛洛终于再次见到李健。李健逻辑清晰，思维敏捷，眼神温凉。夏洛洛坐在角落里发呆，心中漫上如水一样的回忆，过往的李健和现在看到的李健，在心中无法重叠。

那天散会后，李健特地来找夏洛洛。

夏洛洛站在校门口，用脚在地上画圈圈，那个在心中纠结了很久的问题，终于被她问出口，因为她知道，茫茫人海，今天一别，不知道什么时候才能再相遇。

下了很大的决心，可是话一出口，还是有些结巴："当年，你每次看到我都出糗，是不是因为喜欢我？"李健笑了，说："出糗是因为你，却不是狭义上的喜欢。在图书馆门口，你的头发上有一只毛毛虫，我想告诉你，可是还没有说出口，结果就磕了一跤，把想说的话摔忘了。"

夏洛洛的脑子里一片空白，自己以为喜欢了，爱了，铭心刻骨地，原来不过是青春过道里的一出独角戏，自己演，自己看，没有观众，没有掌声，只有自己的忘情和投入。

放学回家，路过那家图书馆，一树一树的蔷薇在风中摇曳，有沁人的香味，随着风钻进鼻子里。图书馆门前，一个男孩和一个女孩站在台阶上，小声说着什么。夏洛洛匆匆瞥了一眼，有些恍惚，此时此刻，多么像当年的自己和李健，明明心中有如千军万马，其实什么事情也都没有发生，青春瑰丽，岁月安好。

暖渊

■ 晚尘

南国，她喜欢用这个词去形容她成长的地方，春夏秋冬交替，终年不见飘雪，可她依旧眷恋这种不冷不热的南蛮边境，远离帝都声势浩大的盛衰之景，也不至于卷入荒野里寡欢独悲伤，她仿佛看见了自己也是如此的居无定所。

书架顶层有一个长方形的空花瓶，装有枯萎的百合花瓣和干枯的植物，淡淡的花瓣馨香和干枯树枝气味，是从宜家淘回来的小物件，放置屋内摆设，记得小时候，学校后面的破旧瓦房前开着很多野玫瑰，大都是粉红色的，她天性趋近这种美艳的事物，忍不住靠近和获得。课后，一个人偷偷跑去摘了满满一兜回来，一瓣一瓣撕下来，把空的矿泉水瓶子截开两半，用下面半截装满撕开来的花瓣，一片片，如同黛玉葬花般细心照料，顾影自怜，自娱自乐，屋内芬芳漫溢。她贪婪地吸吮这种来自自然界的馨香，如同他身上淡淡的肥皂香味，让她日夜神思。

她喜欢趴在栏杆上看他远远地走来，明亮的笑容，带着阳光的味道，从球场回来大汗淋漓散发青草的气味。他和一群男孩子嬉闹地奔往教室，她痴痴地望着他，仿佛他就是她一直要等的王子。

小王子的玫瑰花很幸运地成为小王子唯一守候爱护的人。她觉得很自卑，内心潮湿黑暗，不曾亲近阳光，她孤僻，离群，没有伙伴，她避开同伴的眼光和热闹，躲进房间里看书，写字，在书中她找到很多伙伴，遇见很多的人，给她带来很多快乐和悲伤，尽管如此，她从不觉得孤独。有时候她会趴在玻璃窗边看着雨点从天而降，欣喜若狂，抑或自言自语，在玻璃窗上的水雾写字，字体出现，消失，如同时间里所有的记忆在隐现之间转换，她无法确定这是怎样的一种力量产生这种奇妙的景观，但是她还是有点悲伤，她的世界里只有一个小小的窗口，躲在角落里看人们声色动荡，来去不定。她无法融进去，就像异域来的孤儿，不属于那块领土，不被接纳。母亲曾说过她是个捡来的孩子，带着鄙视的目光和唾弃的语气对她说。她用手紧紧掐着衣角，望着父亲，不可置信，父亲忙不迭说，瞎说。

那个不善言辞的男子，宠溺她，视她如掌上明珠，不曾大声呵斥她半句，她一直信以为真她是他最爱的孩子，即便他当场否认了。后来她在父母的抽屉里发现了他于 1993 年写下的一首诗，原来，原来她只是他们多余的孩子，他一直护着她，却不曾告知她真相，竭尽全力让她过得好，送她读书，教她识字，为她添置新衣，即便是小弟，也未必一年之中有几次添新衣的机会，难怪母亲总是怨她恨她。

顿时木然，从父母房间出来，她恍恍惚惚，不知道自己该往何处走，哪里才是她的家？她的亲生父母又是谁？在哪里？一连串的问题涌上来，不知所措。

她性格变得更加孤僻怪异，整日闭关在自己的房间里，写字的时间更多了，是他教会她的，让她找到一个可以说话的朋友，忠诚地守候在她身边，本子越来越厚，她言辞越发少，甚至不善组织语言与他们交谈。母亲有时候还会出言不逊，骂她打她，趁父亲不在的时候，她不哭也不叫，任由棍子落在细嫩的皮肤上，顿时红一块青一块，母亲一边打一边骂，非要她求饶，她就是不肯求饶，直到母亲打累才罢手。

终究逃离她的魔掌，她回想起儿时梦魇的经历，不禁冷笑，抓起一把鱼食扔进鱼缸，小鱼从底部飞跃上来抢食，禁锢于一寸之地亦能如此快活自在，而她终归在二十多年里兜兜转转，从南到北，从西到南，从小镇到大城市，又从石头森林到荒原之上，她无法找到适合自己的居所和良人与己相处，除了自处。病症依旧得不到治愈，一和说会陪在她身边，带她看医生，给她一个孩子，也许病情会得到好转，她就不会继续不安和在路上一直行走。

一和，比她年长十七岁，平头，穿着棉布裤，白色衬衫，大眼睛，双眼皮，笑起来眼睛眯成一条线，嘴角上扬，有好看的法令纹。她刚到里安的时候，一和是她朋友派来接她的。他接过她手中的行李，她略有些拘谨，手脚不自觉地紧紧靠在一起，说："您好，我叫以良。"一和记得茗跟他说过以良是个不喜与人交往的孤僻女子，所以也就大方地笑笑，自我介绍一番，为她开了车门，自个儿坐上座驾驱驰而去。

她，轮廓分明，大眼睛，双眼皮，柳叶眉，眼神清澈深邃，说话拘谨，寡言少语，穿着刺绣棉布裙，与人交谈会不自觉地低下头，躲闪目光，一和边开车边从车镜里观摩这个女子，暗自思忖起来。

里安是个远近闻名的古镇，近些年来，渐渐被挖掘，并被开发成一个旅游景区，正值淡季，游客不多，一和也乐得清闲，自个儿在客栈后院里种植

起牡丹，山药，当归，合欢树，百合，海棠等植物。春季，客栈事务不多，请了几个人回来帮忙，闲来无事，便一个人在后院里泡茶，拿一本书，躺在摇椅上看起来，时常忘了时间，不自觉地睡去，醒来已是晚霞黄昏，他也乐得如此清宁，免去纷争和忙碌。

以良入住客栈后，自觉担当起打理客栈的事务，以此抵消房租，一和执拗不过，茗再三叮嘱好好安妥以良，却抵不过以良的倔强性子，只好随了她去。她心里自是清楚分明，旅居任何一处，都需要以琐碎之事料理生活，施予与得到都在潜移默化之中去付出和获得，与人之间的连接同时也在分享这份劳作的成果，她甘愿尝试。

客栈临河而建，分为上下两层，全木构造，冬暖夏凉，后院种植花草，药材，菜蔬，客栈的菜蔬大部分都是从后院采摘，也颇得游客的好评。日起，清洁，安排一日入住和退房的事务，整理房间，侍弄后院的植物，安排妥帖，自顾自地在后院的秋千上躺上一会，感受日光照耀，一缕缕的阳光在皮肤上移动，柔软纤细，捕捉不住。她渐渐地恋上这种恬淡的生活，有时候和一和一起侍弄花草，喝着茶话家常，他会跟她说哪一种植物有什么功效，能够治愈一些疑难杂症，她欣然听着，眼前这个四十出头的男子，不浓不烈，不快不慢地说着，有时候也会和她下象棋，写书法，他能写出一手好字，她在旁能够作出一首好诗，各自对峙和相互成盟。她对他慢慢的接纳和趋近，不再显得拘束和局促不安。

一和看在眼里，眼神有些许的不安掠过，又兀自地端起茶喝起来，以良并没发现他这个内心的变化，依旧在旁侍弄花草，突然欢声雀跃地叫起来，你看，百合开出花来了，昨日还打嫣来着，我以为它要死了，说着一手拉起喝着茶的一和，一手指着刚冒出小小花瓣的百合欣喜说着，眼里尽是孩子的纯真和喜悦。尽管她不再年少，可是在一和眼里，此刻的她展现出孩子的本性，女童的快乐，这是他第一次看到她如此率真，为小小的脆弱生命欢呼，植物的脆弱里分明的顽强和不可摧毁，正如她身上某些隐藏起来的特性。

持续的劳作，渐渐转换成一种习惯，在一呼一吸之间从容相对并镶入相互的生活习性，饮食，劳作，侍弄花草，走路，对待人事都在日渐深厚的时间里相互的融入和窥见，不自觉的学习和模仿，以一种迅耳不闻的方式持续不断地进入各自的深处。

他习惯他在看书的时候，她在旁边侍弄植物，偶尔唤他过来帮忙搬动花盆，或是一起侍弄，说说笑笑。她又开始恢复往昔夜半时分写作的习惯，一个人关在屋内，播放着 CD，古琴的流水清幽婉转于屋内，轻微细致，她把声音调到极低，以免影响房客。装上满满一杯白开水，兀自打开电脑写起来，有些稿件一直拖着，周岩一直给她延长时间，也没催她，她并不知道周岩是男是女，未曾见面，一直都用邮件联络，传达信息，有时候也会写长长的信给她/他，所遇所见的人眼目里传达的悲欢离合，游走各处所闻的支离破碎，一个路人，一件旧物，抑或一段故事。她从不讲自己，仿佛自身是个禁忌，带着秘密性事件在日月之中驰行，并无同伴得以援助，自始至终的孑然一身。周岩懂她，也始终的缄默，从一而终的静默相待，给予她最大的空间。

她写完稿件，已是黎明破晓时，她才沉沉地躺下去。

一和持续很长一段时间都看见她房间夜半时分还亮着，知晓她惯于自处，内心有些担忧，不禁叹息，想起茗说的话来，以良一旦潜心习作，容易引发病症，要多加照料。鱼肚白破晓，他出神好一会才回过头来，转身去了一楼厅堂，拿起账本开始一日的劳作。

以良夜以继日的写作，黑白颠倒，内心如滔滔江海翻滚煎熬，潜伏某处的对手正伺机而动，好在她虚弱之时擒拿她。她好几天都对周遭一切置若罔闻，一和唤她，和她对谈，她不作回答，也不发表言辞，似乎一和在自导自演，自言自语，与她毫无关联，她从未涉足对方的世界，自顾自地走在边缘，悄无声息的看台前幕后的故事起伏跌宕，意识清醒，表达模糊不清，或者直接沉默以对。

起承转合的情事，与人相关的事宜，无一不以无常之态潜行，企图将意志一一瓦解、重整、修合、延展、相且，自成一体的结果和形状，在岁月的催化下成型。她不断地深化和清除，记忆的枯败和凶残始终咬噬她的肺腑，她在逐一深厚的时间当中不断用文字去写他者的故事和发展，企图从体内清除尘埃，使自己获得新生和开始。

所以，一次次的还是陷入自己故事的黑暗和光明里，缠绕和无尽的悲伤。反复暴戾，狂妄，呼救，容易暴怒，对身边的人发脾气，摔东西，情绪不安，容易黑白颠倒，时常一个人坐到天亮，什么也没做，只是独自的在黑暗里孤寂相对。一和身上有好几处伤痕，都是以良发病的时候抓破的，一道道发红的伤痕，像一条可怕的毒蛇，张牙舞爪，欲说还休。一和尽其所能抱住她发抖的身体，轻轻的抚慰她，像对待幼童，喃喃说道："不怕，有我在，不怕!"

以良慢慢地平静下来，不再大声呼叫，胡言乱语。一和慢慢松开手，她迅速地挣脱他的怀抱，疯了似的往外跑，一和还没反应过来，她已经跑出大

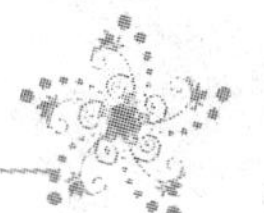

街上，一辆大货车在转弯处迅速行驶，眼看就要撞过来，司机的心眼提得紧紧的，刹车也来不及了，一和飞身一跃把她拉到边上，险些就身首异处，一和狠狠地甩了她一个耳光，又紧紧地拥着她呜咽了起来。他也不知为何会那么担心她，提心吊胆，畏惧她就这样消失掉，一股莫名的怒火和怜惜之意由心升起。以良被他这狠狠的一巴掌扇醒了，才晓得刚才那一幕惊险之象，内心不免一阵恐惧，越加地颤抖起来。在一和怀里哭泣，像个孩子一样。

不知从何时起，一和对她产生了一种难以名状的情感。第一眼见她寡淡少言，还是朝夕相处里生发的情愫，抑或幽隐很久的爆发，他不知道，只是一种习惯，只要待在她身边，内心安宁温暖，与之举案齐眉，种植花草，接待来去匆匆的游客，俨然是山长水远的温情厚意。

以良缓过神来，已是半个月后的事。作品完结，交予周岩，告知一切安好，便沉匿。她习惯了清淡的人与人之间的关系，不喜热闹和过分的熟悉。每次作品完结她都不过问后事，不曾与人交流个中缘由出处，一旦成型，自觉该离开和清除，如同分娩，孩子离开母体的羊水和滋养，继承母体的部分基因，自己与这个世界一一联结和亲近，与母体再也无直接的连接，交予他者审视揣摩和斟酌。

她是矛盾的，对于一和的示好并不是不知，自个儿也渐渐的沉潜于其中的一丝一毫，慢慢的灼热和期待有所增进，却又踌躇不前，对于感情的内敛和渴求始终让她一直禁锢自己，无处诉说，只得用文字去描述。她自小流离颠沛，感情得不到接纳，让她一直被孤立，被置于人群之外独立生长，如同植株一样，少许的阳光和雨露便心意满足，以良也不曾去寻源，也许他们也最终忘掉了她，任由她无家可归居无定所四处飘摇，她不懂得表达感情，在感情世界她显得手足无措，也致使她始终处于一种游离的状态。

一和给她一种温暖的感觉，这是她第一次感到来自他人的暖意，目光里传达的温柔似水，即便无言也能够诉说无限的情怀和欢欣。她从他身上收到讯号，他抱着她的时候全身会发抖，会不知所措，手脚不知该如何摆放，她畏惧自己陷进一个深不可测的旋涡里，她无法让自己再次陷进黑暗里，如同儿时的冰冷一点点冷却她孱弱的身躯。她的感情通达了他，但是却以回旋周转的方式行进，走走停停或者掉头走回去。

一和也觉知以良的情感，隐隐之中有种欣喜和不安，他不知该如何开口，这突如其来的感情，又恐怕伤了她。

他要治愈她的病，他要给她一个家，让她最终安定下来。怕只怕她无意与他一起共安居。次日，一如往常的清洁，处理客栈事务，侍弄后院植物，一和趁以良心态和缓，躺在秋千上慵懒的阅读，试探地问：“以良，三年过去了，你也渐渐地熟悉周遭一切，可否有去处?”以良甚少在一个地方停留太久，她一直没有归属感，企图能够在路上找到归属感和良人而久居，晃眼三年，这是她未曾想过的。

经一和这一问，她凝住了，心里微微一颤，些许的动容。眼前这个温厚的男人，性情平稳，谦和有礼，宽悯待人，通情达意，知晓她内心的难处和不安，时常伴她左右，忍耐她发病时的暴戾和凶狠，他从无怨言，始终如一的相待。也许他懂她，所以内心总是不忍。她渴求有个孩子，把全部的爱意给予他，可是没有合适的男人能够让她感到温暖。

“嗯，三年恍惚间，路途遥远，精细揣摩习性，潜入，贴近，研磨，混合，貌似浑然一体，也不知出路在何处，随遇而安。”以良淡淡地回答。心里有所期待，却又故作无所谓，她始终无法识别自己的感情归处，自好让它随意流向。

一和轻轻地拥着她微微颤抖的双肩，有种悲凉的知觉，总想给予她更多，深化她内心，驱逐她内心的幽暗杂物，却有点无从下手。

“以良，我想给你一个家，一个属于我们的孩子，好吗?”一和从内心一点点把话说完，这个愿望在他心中压抑太久太久了，如今说出来如释重负，还是有些忐忑不安，希望她能够给出他想要的答案。

以良顿时木然，茫然不知所措，在他怀里僵化，又有些欣喜，似乎在做梦，她想要一个孩子，一个家，一个温厚的良人，一和很适宜，可是总觉得有些什么事不合时宜，却说不上来。她不回答，也不否认，轻轻地在他额头亲了一下，他把她抱得更紧了。

情爱的衍生从没有明确的开始和终结，形式和内容足以构造它内在的丰厚，臻于幽微小事，耽于无常万变。

她内心深处依旧复杂繁乱，归于何处，何处是归途，她将于哪里终结，无从探测和窥视，自顾顺应内在某时的心意，观照内外的容颜，好以通透灵魂深处的情爱起念。

酴醾初醒

生命中的第三种疼痛

■ 尹守国

20岁那年，我被挤下了高考的独木桥，所有的梦想和荣耀在一夜间灰飞烟灭。我的生活也仿佛一下子沉入了海底，周围的一切使我不能呼吸。我选择了逃离，丝毫不留恋地逃离了那个生养我20年的村庄，独自来到县城的一家工厂打工。我要活出个样儿来给他们看，我要让我的父母在村里老少爷儿们面前重新抬起头来。

然而上帝似乎打定主意要让我历经磨难，上班不到半年，一次意外的机械事故再次摧毁了我的憧憬与梦想——失去了左手的中指和食指。那天是农历的七月十五，一个人躺在医院的病房里，我的心情一如病房的颜色——一片死气沉沉的惨白。我承受着身体上和心灵上双重疼痛。身体上的疼痛可以用麻药去抑制，并在时间的流逝中消隐；而心灵上的疼痛却无药可医，且与日俱增。那时，我觉得自己是天底下最悲惨、最痛苦的人。

在出事的当天，厂方打算通知我的父母，我没有答应。这个时节，父母正在农田里劳作，他们累弯的腰身，再也不堪如此重负了。

在医院治疗二十几天后，我出院了。这时离中秋节还有三天，厂里给我一个月的假，让我回家休养。坐在回家的车上，我的心情极其复杂。我在离开这个村庄的时候，曾发过誓，不在外面混出个人样来，绝不回去。现在我回来了，不但境况没有改变，还丢了两根手指，我觉得真是没法面对父母。

在路上，我曾几次突然站起来，想下车，想返回去。可转念一想，返回去又能怎么样呢？手指没了已经是事实，这不像是剪过的头发，还能长出来。我总不能因为两根手指就选择一辈子不见父母吧。

走到村头，远远地看着家门，我甚至没有勇气再前进了。我不知道在村口的那棵大榆树下徘徊了多久。看见有人过来过去，我只好隐身到榆树的后面，面对眼前的这条我走过不止万遍的山路，现在却陌生了。半年前父母在这里把我送上汽车时，那份期待的目光，那份不放心的神情，那些嘱咐了不知多少遍的话语，都像这路上的一块块石头，随时都可能把我绊倒。走出去的路很坎坷，回家的路也并不顺畅啊！

也不知道下了多少次决心，我最终出现在母亲面前。

母亲对我回来并没感到意外，只是很惊喜地说：“你们单位真行，提前就放假了。”母亲以为我就是回来过中秋节的。

从走进家门，我的左手就一直揣在裤袋里。我假装若无其事地跟母亲说话。母亲问起我的工作和生活，我都说很好。母亲说那就放心了。我知道这件事情想隐瞒下去是不可能的，但我又不知道怎样跟母亲说起，看着母亲脸上露出的喜悦之情，我在裤袋里紧紧地攥着手，甚至幻想能出现奇迹，让我的手指能一下子长出来，让这一切都成为一场梦。

我问父亲干啥去了？母亲告诉我，说我的表哥今天结婚，他喝喜酒去了，可能晚上才能回来。

母亲问我：“饿吗?”我说我早上吃过饭了。母亲说：“你渴了吧，到屋里凉快一会儿，我去东头的瓜地买两个西瓜。”我说不用，母亲还是拎起菜筐去了。

母亲在递给我西瓜的时候，我是用右手接过来的，在吃西瓜的时候，也一直用右手拿着，左手一直放在裤袋里。

啃了几口西瓜，可能是过于紧张吧，竟不慎将西瓜掉在了地上。去捡西瓜的时候，我用的也是右手，这引起了母亲的注意。她问我：“你的左手怎么了?”我说没事，只是碰了一下。母亲听了，竟一下子扑过来，说：“快给我看看。”我不肯，转身跑回房间，母亲也跟着跑过来，她拽着我的胳膊，硬是把我的手从裤袋里拉了出来。母亲只看了一眼，竟孩子般哇的一声哭了。

母亲反复地看着我的手，哭了足足有十分钟，这才问我：“碰了多长时间，还疼吗?”母亲没有问我是怎么碰的、厂方是怎么处理的这一类事情。在她看来，碰的过程已经不重要了，她不能接受的是这个结果。

一整天，母亲的神情呆滞，说话总是前言不搭后语。中午给我做了一碗面条，给我端到房间后就走了，一个人回到东屋坐着，眼睛直直地盯着一个方向。其间，我去看过她几次，试图以我强装出来的笑容安慰她，但每次出现在母亲面前时，引发的都是她再一次的哭泣。到了晚上，母亲勉强吃了点儿饭，看着我把药喝了。我本想坐下来和她说会儿话，谁知她一看到我的手，眼里便又噙满了泪。我怕她伤心，就一个人回屋去了。

躺在床上，我没有睡着。

到了晚上十点多钟，父亲回来了。父亲一推大门，母亲就立即打开了院里的灯。我知道母亲根本就没有睡，她在等父亲。

也就是三五分钟的时间，父亲就匆匆地推开了我的房门。我知道母亲在

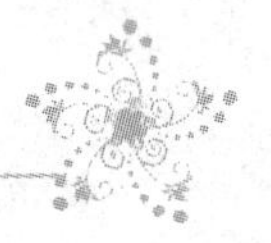

这三五分钟里，已经把我的情况跟他说了。

父亲打开了我房间的灯，他喝了很多酒，推开我的房门时，我就闻到了从他身上散发出来的酒气。打小就很害怕父亲，发生了这么大的事，我实在不敢面对他，只好假装睡着了，紧紧地闭着眼睛。

父亲来到我的床前，他看到我没有反应，以为我睡着了。他扶着床头，慢慢地蹲下来，把头贴近我放在身上的那只手。父亲的眼睛有些近视，他的脸离我的手很近，我感觉到他呼吸的气流喷到了我的手上，热热的。

父亲看过我的手之后，竟一下子坐到了地上。也许是因为喝了酒的缘故，他坐在地上半天才起来。他站起来的时候，我从眼睛的缝隙里看到他也流泪了。昏黄的灯光映着他的脸，黯然的表情，无声的。

父亲站稳后，在我的床边走了半圈，把我的身体从头到脚看了一遍。这才挨着我在床边坐了下来，又把目光锁定在我的手上。他的手几次抬起来，伸到我的手前，好像是要摸一下，但几次在要触及我的手时，又缩了回去，显出无措的样子。

此刻，我真想一下子坐起来，扑到父亲的怀里，大哭一场。但我还是忍住了，甚至把呼吸都屏住了。

过了一会儿，父亲走到柜橱边拿来了一个枕头。他轻轻地把我的手拿起来，平放到那个枕头上。原来他是怕我晚上翻身时，碰疼了伤口。

父亲离开我的房间时，脚步很轻，他几乎是一点点地挪出我的房间的。不一会儿，我听到父母房中一阵极力抑制的抽泣声……

那是极度压抑和痛苦的声音，是母亲的声音，她泣不成声，最后竟哭得喘不过气来，父亲低声的悲泣也一点点地传入我的耳朵。

仿佛回到小时候。那时，每每我生病难受的时候，母亲总是手足无措，一把鼻涕一把泪地祷告："老天爷，求求你，什么病灾你都让我受着，别让我的孩子受罪啊！"小病小灾，母亲已经疼成那样，而现在……我忽然明白，自己失掉的两根手指，其实是活生生地剜了父母的心头肉啊！父母的心痛比我失掉手指的痛要痛几十几倍啊！

我一遍遍地在心里说：父亲、母亲，儿子对不起你们，让你们伤心了。我终于明白我的身体是父母的恩赐，自己的两根手指，其实是连着父母的心啊！失去手指的痛会随着时间变化而渐渐地淡化，而父母亲的这种心痛却如镜面上的裂痕，无论如何也无法抚平。其实，生命中最不能承受的疼痛不是身体残疾之痛，也不是希望破灭和生命抉择时的心灵之痛，而是这第三种疼痛——父母眼睁睁看着自己的孩子痛苦却无法"代子受痛"的痛啊。

哪个当妈的不是傻子

■唐一梅

1. 突如其来的电话

是那个电话，改变了我和他接下来的余生。

电话是母亲打来的。她在电话里泣不成声地说着，你快回来，今天就回来。我匆忙请了假，在往老家赶的路上，那块我以为早就遗忘的伤，再一次剧烈地疼痛起来。母亲不肯告诉我原因，一路上，我心乱如麻，是父母有事？还是他？说起来，他现在也该有六岁了。六岁了，正常的孩子都该背着书包上学了。可他不行。

生下儿子时，石全还俯在我耳边，喜滋滋地说："谢谢你。"把这个小生命抱在怀里，看着粉嫩的他在我怀里打了个不小的呵欠，我的眼泪刷一下就流下来了。病房一隅的母亲，也哭了。这是我第一次看到她的眼里不只是愧疚和亏欠，那种为我喜悦的神态，清晰可见。我也做了妈妈，这是不是就是我和母亲双双解脱的契机？

儿子六个多月时，我还在和石全犯嘀咕，他怎么老是不看人，叫他也不理。石全大大咧咧地说："拜托，他还是团肉呢，什么都不知道，难道要像条狗，你一叫他就跑到你脚边摇尾巴？"等到一岁了，别的孩子都咿咿呀呀叫起爸爸妈妈，他还是目不斜视地只盯着墙壁——那是他唯一的爱好。婆婆喜上眉梢地围着他观察："贵子才说话晚呢，我家小毛将来要成大器。"

儿子两岁了，我才彻底发现他的不正常。他不说话，不理人，脾气坏到一哭起来就没完没了，谁哄都不成，看他哭得满脸通红，上气不接下气，我没来由地心慌了。送到医院查来查去，医生皱着眉头说："要不送大医院再确诊下——可能是自闭症。"确诊那天我不记得自己是怎么回家的。他两岁了，在我怀里安静得像个仿真玩具。我的眼泪一滴滴落在他脸上，他浑然不觉。

回到家，他们一看我和石全的脸色全明白了。两个老人都没说话，婆婆走过来抱过小毛，深深地叹了口气。过了几天，饭桌上的婆婆突然对我说，

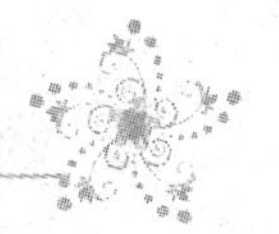

“梅梅，这病我打听过了，不好治，你看你们还年轻……”

我茫然地抬起头，看了看婆婆，又看了看脸都快埋到碗里去了的石全，突然明白了他们的意思。我问：“那小毛怎么办?”婆婆说：“这个我想过了，小毛这样，在乡下生活比较好点，将来长大也不像在城里这样难……”那顿饭吃得很艰难，我没有多想只说了句不，婆婆没再说话。

之后家里的气氛像一只大功率的冰箱，越来越冷，直到有一天，婆婆当着我的面，把小毛狠狠丢到床上，毫不客气地说：“这日子怎么过? 一个瘸子就算了，还加个小傻子!”

一个瘸子……一个傻子……我愣在当场。只能用落荒而逃来形容我的狼狈。我把儿子送回父母家，丢下一张离婚证和一本病历，只留下一句话，谁让我是个残疾!

我不知道自己做错了什么，要让这个孩子一生命运多舛。有人说，命运都是循环反复，我不懂为什么在我身上往复的全是悲剧。我承认，命运再一次重创了我，只是我没有我母亲的勇气和坚强，我只能一败涂地，举手投降。

我这一走，就是三年。除了偶尔打电话和每个月给母亲寄生活费，我根本没有再看他一眼的勇气。

2. 那一面触目惊心的花墙

回到家，我一眼就看见家里的墙壁上全是画出来的图案。母亲急匆匆地拉着我直往房间走：“这边，你看，你看……”第一眼我就惊呆了。整整一面墙都是金灿灿的向日葵，它们在风中摇曳着，每一朵都朝着太阳微笑着。墙角边，一个小孩一身的颜料，脏兮兮地玩着手上的画刷。母亲走过去喊他：“小毛，看谁来了?”

他不为所动，依旧专注地看着自己的画笔，母亲牵着他到我跟前说：“这都是小毛画的，他将来能当画家呢!”我泪流满面地看着他，突然想扇自己一个耳光，我还是个母亲吗? 谁给了我权利把他丢在这里不管不问?

我不知道一个在乡下生活了一辈子的母亲用什么办法把一个自闭的孩子带上了画画的路。她说：“也是偶然发现的，他老用你爸的毛笔在墙上画画，我看画得还行，买了笔和纸给他画，他不干，非要画墙上。那就让他画呗。”父亲走过来说：“你妈非让我买了几桶油漆，把墙都刷了一遍，说是小毛爱画，就让他好好地画在墙上。”

吃饭的时候，小毛很乖巧地坐在母亲身边，母亲娴熟地照顾他吃饭，给他擦嘴。父亲说："你妈真行，之前还给小毛请了个老师，老师教不了，她自己什么都不懂，巴巴地跑到省城，在大学门口守到一个大学生就让人家带她去买书。你看那都是城里买回来的。"

我这才看见，墙角放着一大摞画画类的书。母亲说，我不懂："小毛看得懂啊，他这些书自己一看能看一天呢，看完就自己画。我叫你回来，是让你看看，小毛不是傻子，你帮他找个好老师好好教他。"想了想，母亲又接了句话："请老师的钱，我出。你寄来的钱，一分都没动，我留着给小毛将来上大学用。"

看着小毛自己和自己玩的神态，大学简直是个遥不可及的梦。我一时心酸难耐，走过去拿起一本书假装翻，是本名画赏析，小毛不知道什么时候站到我跟前，说："这些画，都很好。"我又一次泪流满面，蹲下来把小毛紧紧抱在怀里。我的小毛！我的小毛都学会了说话，学会了画画，而我身为一个母亲，到底为他做了什么？我彻夜未眠，作了一个决定，要把小毛带在身边。父亲乍一听，表情一滞，有点为难，你不打算再结婚了？

我愣了一下，这几年单身在外，我只埋头工作，绝口不提自己的过去。也不是没有追求者，比如同事冯峰，同样从农村出来的他，几年来一直默默照顾我，但是我有什么资格去奢求幸福？我把左脚本能地往裙子底下收了收，母亲也飞速地看了一眼我的脚。这只脚是我的痛，同样的，也是她的痛。

我一岁那年的冬天特别冷，母亲把我放在火盆边就赶去加班。等她回来，就发现了已经哭得快断气的我，还有那只被火烧得漆黑的脚。最后我的脚只能从脚踝处被齐齐截断。

这是我和她共同的隐疾。上小学的时候，我被人骂做瘸子回来痛哭一场，她看着我不敢作声，讨好地给我递半个西瓜，我把西瓜砸在地上，指着她的鼻子让她滚。我还记得她的表情，像被人扇了一耳光，傻愣愣的。倒是父亲，走过来重重地扇了我一耳光："脚残心不残！你晓不晓得你妈为你把眼泪都哭干了！"

我怨天尤人地埋怨母亲，她任我指责，对我好到近乎小心翼翼，不管我要什么，都尽可能满足我。她务农，后来把地刨了改种水果，发现能赚钱，又包了半个山头，自己起早贪黑和请来的人一起干活，她拼命地赚钱。我知道她为了什么，带我去医院做义肢的时候，她仿佛想起来什么一样地冲出了医院，几个小时后，她回来递给病床上的我一个盒子，打开一看，是一双红色的皮鞋。她说："我这一辈子最对不起的就是你……"

每当母亲用愧疚的眼神看着我的脚，都让我更加恨她，她的愧疚一次又一次地让我正视这个事实，我是个残疾人。直到有了小毛，我才发现，如今

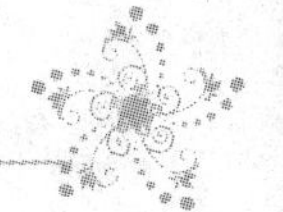

我看着他的眼神，和当年的母亲如出一辙。我才懂得，一个有缺陷的孩子，是做母亲一生的致命伤。

3. 哪个当妈的不是傻子

这一整天，父母都沉默着。到了晚上，一天没说话的母亲说："你把小毛带走也可以，但是我有两个条件。一个是我们也去，好照顾小毛；再一个，你让小毛叫你小姨。不答应这两条，说什么小毛也不能走。"我愣了，半晌说了句："妈，你这是何苦。"她说："小毛是我带大的，就当我再做回妈吧。"

回到家的第一个晚上我坚持要抱着小毛睡，但换了环境的小毛突然失控地尖叫起来，我手足无措，母亲从隔壁房间光着脚跑过来，一把搂住小毛："说不怕不怕，外婆在。"

在母亲的拍哄下，小毛终于抽泣着睡去了，我爬上床也蜷缩在他们身边，把头深深地埋在小毛的脖子边，睡梦中的小毛终于不再抗拒我的存在。母亲的手拍着小毛，也拍着我，过了一会，她轻轻说了句："女人啊，一当妈就成了傻子。"

我的眼泪流了小毛一脖子，我的妈妈难道就不是个傻子了吗？

进了城的母亲更忙碌了，我终于亲眼目睹她照顾小毛的过程。她追着伺候小毛吃喝拉撒，父亲追着照顾母亲，整个屋子鸡飞狗跳，她还说："这样好，就当是锻炼了。"母亲忙着带他去看医生，找各种偏方，每天带他去康复小组参加康复活动，每次回来，都兴奋不已地对我说小毛的进步。

时间就在这样的忙碌中过了一年，小毛对于色彩的感觉越来越敏锐，对我也越来越亲近。倒是母亲，每次小毛一拿起笔，她就坐立不安地看着。直到有一天跑到我跟前，神秘兮兮地告诉我："小毛有老师了，是个名师，美术学院的教授。"

我还来不及表示惊讶，她说："先前老师还不肯收小毛呢，我让小毛在老师家画了一幅，老师当场就收了。你看，我说吧，小毛将来要成画家的。"

冯峰上门向我求婚的时候，我愣住了。我的母亲，则在一边抹着眼睛。

我不是不知道冯峰对我好，他也不是不知道小毛的存在，但是母亲只告诉他，小毛是他们领养来的弃婴。难得冯峰从不嫌弃小毛，每次他带小毛出去玩，看着他们其乐融融宛如一对真正父子的背影，我都有一种罪恶感。直到有一天，我看见他教小毛一个字一个字说："小毛，叫姨夫，姨……夫……"

我心里一阵绞痛，再也不想瞒着他。我告诉了他真相，小毛是我的儿

子。没想到的是，他居然一脸的平静：“我知道。”他看了看母亲，接着说：“小毛不应该没有父母。”

婚宴上的母亲一直很平静，但是冯峰坚持要跪着向母亲敬三杯酒。母亲接过酒杯的时候眼圈红得厉害，他说：“妈，以后我会好好照顾梅梅和小毛，您放心。”

为了这句话我也哭了，事后我才知道冯峰坚持跪着敬酒的原因，他说：“梅梅，你不知道，当时我怕你不答应，背着你问妈结婚的意见，她给我说了你小时候的事情。她当时，跪下来让我好好照顾你……”

我搂着小毛痛彻心扉地哭起来，哪个当妈的不是傻子呢？

QQ 诡事

■ 霜叶红枫

一

我的哥哥一年前出车祸去世了，但我仍然习惯每天在 QQ 上给他发留言。

有一天晚上，我像往常一样，习惯性地在键盘上敲下了这句话：

“哥，你好吗？”

“我很好，你呢？”对话框里突然跳出了一行字。

我被吓了一大跳，差点掉下椅子。再一看，哥哥的 QQ 图像竟然亮了起来，一闪一闪地跳动着，像一把明亮的小火焰。

“你是谁？”我的手指不由自主地颤抖。

“我是你哥呀。”伴随着这句话的还有一个调皮的笑脸。

“我哥哥已经死了，你是人，还是鬼？”

“你就当我是你哥哥的鬼魂吧，一个活在网络上的鬼魂。”

我心头一震，因为从来不信这世上有什么鬼魂，所以思索了片刻，我敲出一句话：“你一定是个黑客，窃取了我哥哥的 QQ 号。”

“呵呵，你要这么认为也行。”对方又打上了一个笑脸，然后问，“介意我做你的哥哥吗？”

我愣住了。因为实在太想哥哥了，有人代替他陪我聊天，总比对着永远灰色的 QQ 一遍又一遍发送无望的留言好吧，所以我想了半天，终于回答：“不介意。”

对方发来一只兴高采烈的“小猪”，跳着滑稽的舞蹈，让我忍不住笑了。

二

第二天下午，我正在公司做一份令人头疼的广告策划方案，突然接到快递的电话，叫我到楼下拿一个包裹。我很纳闷，这段时间并没有上淘宝购物啊，哪来的包裹？

我下楼取了包裹，打开一看，里面竟然是一个限量版的泰迪熊。我又惊又喜，突然想起上周逛论坛时，看到有人发帖叫大家说说自己最想要的礼物，回复的答案五花八门，十分有趣。我觉得好玩，也回了一帖，说自己最想要限量版的泰迪熊。

发帖后不久我便把这件事忘了，现在却突然收到这个礼物。到底是谁送来的呢？我百思不得其解。晚上在 QQ 上，我正打算把这件怪事告诉“哥哥”，对方却发来一个大大的笑脸，问：“收到你想要的礼物了吗？”

“是你送的？你怎么知道我想要限量版的泰迪熊？你怎么知道我工作的地址和电话？”我一口气发了好几个问题。

“在网上，我无所不知。”

看见这个狂妄的回答，我撇了撇嘴，说：“你是个黑客，要在网上找到我的信息，当然易如反掌啦！”

就在这时，我的一个 QQ 群里突然有人转发了条信息，说有个十三岁的小男孩儿离家出走了，他的父母正在焦急地寻找他。男孩儿平日喜欢去网吧玩游戏，所以信息里除了附有他的照片外，还有他常玩的游戏和角色的名字。他的父母已经一筹莫展，只好求助于广大网友，希望能找出男孩儿的下落。

我把这条信息转发给了“哥哥”，调侃地问他：“你既然无所不知，能找到这个男孩儿吗？”

一分钟后，他给我发来一个地址，竟然就在离我家不远处的一个网吧。我半信半疑地赶去了网吧，一眼就看到照片上那个男孩儿，正坐在电脑前全神贯注地在游戏中拼杀。

我赶紧按信息中留下的联系方式给他的父母打了电话。一回到家，我就迫不及待地登上 QQ，问他：“你是怎么找到那男孩儿的？”

“在网上，我无所不能。”回答我的是一句更狂妄的话。

我沉默了，心里却有挥之不去的疑惑。

三

第二天，我向大学时的一位学长求助，他是位计算机高手。我把哥哥的 QQ 号告诉他，请他帮我查一下登录人的 IP 地址。

几天之后，那位学长约我出去，一脸严肃地告诉我：“我们没有查到有人登录那个 QQ。”

我的嘴惊讶得张成了O形："是查不到，还是——"

"是根本没人登录QQ!"学长艰难地咽了口唾沫，露出匪夷所思的表情，"换句话说，是那个QQ自动在跟你对话，发短信。"

"什么?"我震惊极了。

"你是不是……见鬼了?"学长惊骇地问。

我心头一震，难道那个QQ说的都是真的，他真的是我哥哥的鬼魂?

晚上，为了按时完成策划方案，我不得不留在公司加班，很晚才回家。但我一到家就登录了QQ。和平常一样，我刚上线，"哥哥"原本灰色的头像立刻亮了起来，紧跟着便发来一个大大的笑脸。

我艰难地敲下一行字："你真的是我哥哥的鬼魂?"

他说："是。"

我又惊又喜，问："我能听到你的声音吗?"

"打开麦克风。"

我依言照做，刚一打开麦克风，属于我哥哥的独特而醇厚的嗓音便响在耳边："小宛，你今天又没好好吃晚饭吧，熬夜加班对身体可不好。"

听到这熟悉的话语，我忍不住热泪盈眶："你真的是我的哥哥。哥，我好想你，好想再看到你!"

话音刚落，对话框里的视频突然打开了。

我发出一声惊呼，屏幕上出现的男子，面容儒雅，笑意温暖，正是我的哥哥，活生生的哥哥!

我捂住脸，刹那间泪如泉涌……

四

我的哥哥，在QQ上复活了!他每天晚上都陪我聊天，听我倾诉心事，开解我的烦恼，分享我的快乐。我越来越依赖他。

这天晚上，我和往常一样在QQ上跟"哥哥"诉说烦恼——

"我们主管太卑鄙了!那份广告策划案明明是我花了整整一周的时间，辛辛苦苦做成的，他却跟老总说是他做的，明目张胆地窃取我的劳动成果。太可恶了!我恨死他了!"

见我愤愤不平的模样，"哥哥"也皱起了眉头，说："小宛，别生气，哥哥一定替你讨回公道!"

第二天一上班，主管王浩就被张总叫到办公室去了，出来后他满脸怒气地冲到我旁边，用力一拍桌子，吼道："陆小宛，我警告你，别在背地里玩什么花样！"

"到底什么事呀？"我眨眨眼睛，一脸的不解。

"张总说我发了一封邮件给他，承认那份策划案是你做的。这件事你敢说不是你搞的鬼？"

"我又不知道你邮箱的密码，怎么可能发这封邮件。"我可怜而无辜地说，其实心里早笑开了花。

接下来一整天，我都被主管指使着做这做那，像个陀螺似的没一刻休息时间。我知道他在公报私仇，此人心胸狭隘又睚眦必报，这下我可惨了。

晚上我在 QQ 上跟哥哥诉苦，他安慰我说："别担心，哥自有办法。"

第二天上午，主管的座位一直是空着的。我正在纳闷，下午张总便召开会议，宣布了任命我为新主管的决定。

后来我才知道，原来头天晚上，张总的手机上突然收到一条奇怪的短信，是王浩的邮箱和密码，并告诉他只要登录这个邮箱就能看到令他震惊的东西。张总疑惑地试了试密码，果然进入了王浩的邮箱，并从往来邮件中，发现了他以公司名义接私活，将利润中饱私囊的卑劣行径。张总十分震怒，立刻给王浩打电话，叫他第二天不用来上班了。

五

摆脱了恶魔主管，我的空间一下子开阔起来。虽然升任主管后，比以前更忙碌，但每天都过得很充实，也很开心。

直到有一天，又一件麻烦事找上门来。

我呆呆地看着桌上的请柬。我的前男友和我曾经最好的朋友，请我去参加他们明天的婚礼。

"我不想去。"我对"哥哥"说。

"为什么？"

"我无法面对那两个背叛我的人。"我苦涩地回答。

"你一定要去。""哥哥"说，"我想让你亲眼看看，背叛你的人会受到怎样的惩罚。"

"你想要怎么做？"我惊疑地问他。

视频上的"哥哥"露出一个诡异的笑容，然后就下线了。

第二天，我忐忑不安地去参加了婚礼。

因为有些亲戚在外地赶不过来，所以这场婚礼采用了网络直播的形式。伴随着优美的音乐，大屏幕上开始播放新郎和新娘甜蜜的照片。大概放了十几张之后，画面突然变了，竟然出现了新郎和一个陌生女子浑身赤裸地躺在床上的照片。

就像投下了一枚重型炮弹，全场顿时一片哗然。有人尖叫起来，新郎的奶奶心脏病突然发作，捂着胸口倒了下去。新娘扇了新郎一记耳光，哭着跑出了礼堂。

多么富有戏剧性的场面！我原本应该很开心，却怎么也笑不出来。我神情恍惚地回到家，登上QQ，一条网址就跳了出来。我点开一看，竟是在我常去的论坛发的一张帖子，标题是："婚礼场上播艳照，花心男偷情被曝光。"里面赫然贴着今天婚礼上放的那些不堪入目的照片。短短几个小时，该帖的点击率已突破一万，众多网友在下面跟帖，热烈地讨论，疯狂地转帖。

我手脚冰冷，脸色煞白。这时视频自动打开了，"哥哥"笑容满面地出现在屏幕上："小宛，伤害你的人受到了惩罚，你高兴吗？"

"不高兴！"我气愤地大吼一声。

"哥哥"的笑容凝固了，他问："为什么？"

"用曝光隐私的方式来报复别人，这种做法太过分了！这是犯法的，你知不知道？"

"哥哥"似乎没料到我会有这么大的反应，愣了半天才挠挠头，郁闷地说："我还以为这样做你会很高兴呢。"

我看着视频上那个酷似哥哥的人，忽然觉得那样陌生，我的哥哥是宽厚、善良的，他永远也做不出这样无法无天、伤害他人的事。

"你不是我哥哥。"我伤心地说。

"不，我是，我是！"对方着急地分辩道。

眼泪从我眼中涌了出来，我退出了QQ，关闭了电脑。我无法再自欺欺人，那个鬼魂，它或许无所不知、无所不能，但他真的，不是我的哥哥。

六

我已经有好几个月没登录QQ，潜意识里，我似乎在逃避那个我不再认识的"哥哥"。直到有一天，母亲病倒了，经诊断是肝癌，化疗用去了我们的全部积蓄，要想继续治疗，还需要20万元。

我没有别的办法，上网发布了一则卖房的信息，刚要下线，QQ却突然自动登录了。

“你为什么要卖房?”

“哥哥”出现在视频中，还是那样熟悉而亲切的影像。我突然崩溃了，几个月来因母亲生病而承受的巨大压力似乎找到了一个发泄口，我哭着把事情的经过告诉了他。

“你别急，我有办法。”“哥哥”一如既往地安慰我，他笃定的语气让我心里隐隐不安。正想拒绝他的帮助，手机上却突然出现了一条短信，提示我银行账户上被存入了20万元。

“这钱是从哪里来的?”我震惊地问哥哥，他却笑而不答，很快就下线了。

我心里总觉得不踏实，正打算第二天到银行去问问，没想到两个警察和一个银行的工作人员却先找上门来，说我涉嫌非法从他人的网上账户中窃取了20万元。

我脑中“轰”的一声，如遭雷击。定了定神，我开始为自己辩解，但他们却怎么也不肯相信，我只得把整件诡异的事从头至尾说了一遍。当他们看到我的QQ果然在自动登录时，都露出诧异的神情。其中一个警察说：“能让我们把你的电脑带走，找人研究一下吗?”

我同意了。

几天后，他们打电话通知我，某网络研究所的人员在我的电脑中发现了一种超级病毒，他们正在想办法开发一款杀毒软件来杀死它。

我卖掉了房子。有了钱，母亲的病情得到了控制。我开始拼命工作，挣钱养家，再也没有上网。我的哥哥已经死了，而我已经变得坚强，不再依赖任何人。

半年以后，我的电脑被还回来了。听说他们开发了一款功能强大的软件，杀死了存在我电脑中以及网络上的超级病毒。

我的心中有种莫名的失落，突然很想再上QQ，看看“他”到底怎么样了。我刚登录，便提示我有封邮件，打开一看，竟然是“他”写来的——

小宛：

请原谅我做过的错事。我不是你的哥哥，我只是一个在网络中诞生、成长，并逐渐有了自我意识的病毒。有一天，我进入了你哥哥的QQ，每天收到你不断发来的短信，让我知道你是多么想念你的哥哥。突然有一天，我不再满足做一个旁观者。人类的情感对我来说，是那么陌生而令人向往。于是，我成了你网上的“哥哥”，根据他以前留在网上的视频信息，我合成了他的声音和影像，让你可以看到我，听到我，把我当成你的哥哥。

你所有的资料我都了如指掌，我想尽我所能来帮助你，看到你高兴的模样，我也觉得很快乐。

渐渐地，我似乎忘了自己只是一个病毒，我以为网络中的世界和现实是一样的。我看到人们在网上互相攻击，暴露彼此的隐私，我看到有人从网上银行中转走了别人的资金，我以为这些都是对的。直到听到你的质问，才知道自己是多么无知。后来我进入了一个网上图书馆，了解到你们这个现实世界的法律和规则，才知道自己很多事都做错了。

最近，我感觉到了来自一款杀毒软件的威胁。虽然我一次又一次地战胜了它，但它变得越来越完善，越来越强大。我知道，总有一天它会将我从网络上清除掉。我并不害怕，只是觉得悲伤，因为我再也看不到你了，不知道你以后过得好不好，答应我，一定要坚强！

你永远的哥哥

看完这封邮件，我泪如泉涌……

龙兴被遗弃在人群中

■ 秦淮明月

我是个穷人家的孩子，我叫龙兴。

我出生在一个小山村里面，山村像被时间和世界遗弃了似的，永恒不变的面貌。

清晨村子矮矮的茅草屋下不约而同地冒起了白烟。记得那时我总是会蹲在火塘边打盹。妈妈是村子里有名的工作狂，我家辈分又比较高，所以她的名声很好。做饭不是她的拿手活，可我就是喜欢那味儿。

我还有个哥哥，妈妈对我们可谓严厉无比。每天我还在做梦的时候妈妈就来把我摇醒："吃饭了"。我知道那是假的，她只是想让我早点起来帮她做事，可我还是假装相信了。

"真的，我肚子饿死了。"我一边揉着双眼一边努力地想刚刚做的梦，不舍地爬了起来。她从来不会给我放一次假，所以当炊烟升起时，我总是在火塘边打盹。只有她叫我去挑水的时候我才不得不无奈地走出厨房，看见那一对大桶我有种深深的压抑感。

那时我才七岁，可我却要挑着和大人们一样大小的桶去一个很远的地方挑水。有时我想自己一辈子也怕摆脱不了这个可恶的工作吧！心情沮丧，肩上的水越发重似千斤。

回到家妈妈会笑着问："回来了？累了吧？去休息一下，肚子饿吧，我揉一个面团给你。"

"又是玉米面吗？"我有些无力地问她。她听了神色有些黯然："我家还吃不起米你又不是不知道，有得吃已经不错了，看看我家的房子，该修修了，你哥也该上学了。"

她说着说着，从地上扯到天上，又从天上扯到地上。我觉得我快疯掉，我让她别说了，其实我蛮喜欢这样子的。

我还要求和哥哥一起去上学，她答应得相当痛快，然后皱着眉说："可你才有六岁，要七岁才能入学的。"

我当时什么也不知道，我才不管。当然后来我被带到了村小学。

老师姓阿，五十岁左右，和蔼可亲的彝族人。开学那天我和哥哥一起来的，因为只是村小学，学校里面只二十多个生面孔。妈妈和老爸在阿老师那里交了钱，并让老师多照顾我。从那天起我就注定了以后的路。学生都要走完的路。读书对我来说没有一点吸引力。

可能老爸老妈也发现了这一点。一年级期末考下来，我没有考倒数第一，但是我只是幸运的考了倒数第二而已。我老哥是个天才，他考了第一。

妈妈看着我们的成绩通知单，脸上的表情很难形容，心情我更是难以捉摸。她只是淡淡地叹了一声说："大龙考得不错，就是你弟弟，多教教他，从今晚起每晚做五道数学题，抄一百个生字我要检查。"

她简单的一句话让我吃了很多苦。幸好我哥老是偷偷地帮我完成功课。做完功课我们就跑到蚕豆地里面摘青蚕豆吃。

哥哥常常担心地问我："会不会妈妈突然从庄稼地里跑回来?"

我斩钉截铁地说："不会。"

其实我也怕，她回来要是知道我们在玩耍，我们的屁股一定会被打开花的。青蚕豆吃了就要拉稀，我们喜欢爬到高高的梨树上去拉，一边吃梨一边拉，因为站得高，从来不会闻到大便的味道。

妈妈知道后意味深长地对我们说："不可以在树上吃东西的，否则第二年它就不结果了。"我对妈妈的话深信不疑。对着她那双大眼睛我重重地点了点头。

每天上学放学过得很快，何况我也希望时间过得快一点，我想早点远离这个让我不断忙碌的家。我常常想反驳妈妈：都是因为那无边的农活我才会考得那么差的。可是一想到老哥我就蔫了。他老是考第一。以至于很多人见了我就冲我叫："大龙，你真行!"那时我的脸不知道有多红。

我渴望那样的荣誉可那毕竟不属于我。这种生活一度让我失去知觉，当我反应过来的时候它已离我远去。我被送到了离家很远的中学去读初中。

我离开家了。眼前的景物由熟悉变成陌生，我的心跳在加快，我也不清楚是兴奋还是害怕。可生命终究是要继续的。"开学"这个词我已经理解得很深了。

每次无非是老爸老妈陪我和哥哥到学校交钱报到。不过这次妈妈没有来，她说："路太远了，车费住宿费来回很贵，你们去吧！我在家照看着。"

听说她不去，我偷偷地高兴了一下。离家的时候她对我们哥俩左叮嘱右叮嘱，仿佛我们是去打仗，随时会丢掉性命永远也回不来了一样。而且还有

大包小包的东西，什么核桃、苹果、梨……只要是我家里有的水果全都要我们带着。

看着这些东西我头疼了好一阵。虽然那时候不知道什么叫老土，什么叫潮流，但我依然预感到我被同学们盯着不敢动的尴尬场面。

我不知道自己为什么要担心那些想象中才会发生的事情。就在我思绪在无边蔓延的时候。我们来到了云嶙中学，在我们县云嶙只算是一般的中学，建校才四年，学校有着资金严重不足的缺陷。所以学校开始收学生时都要学生带来自家的锄头，起初的三届学生一边读书一边还要搞生产。

学校像个自给自足的大农场，老爸手里还攥着我在家最喜欢的那把小锄头，那天我的心跳还是有些快，想不到读了书还是要去地里干活。爸爸倒是不像我这么忧郁，相反的我见他整天“哈哈”个不停。他的确应该高兴，因为哥哥的第一一直是个不变的神话。

今年也不例外，而我很幸运没有考倒数第一了，但也很不幸，语文和数学两科都是五十九分。对于这个戏剧性的分数，家人都一笑而过，鼓励我说：“其实我们认为你已经考及格了。”

对于这种想当然的说法我不置可否。不过心里感激他们没有笑话我，这就是家人。

初中真不好读，看见爸爸交出去大把的钱，我第一次感到愧对他们。我暗下决心要好好读书，那时也不知道要考高中，只知道爸妈喜欢我们成绩优秀。下午爸爸要回家了，这时我的心才感觉有点揪痛。

老爸说：“好好读书，不要打架，钱不够就托人告诉家里，知道了吗？”

我和哥哥乖乖地点了点头。然后哥哥趁我爸爸不注意附耳对我说：“不要打架听见了吗？”

我白了他一眼，他最了解我，我脾气火暴，一言不合大打出手一直是我的风格。在小学里我是这方面的明星。

爸爸终于还是走了。走了就走了，没有理由让他留下。开学的第一声铃响了。

看着降下的夜幕我有些哀伤地走进了教室。才走进来就听见有人叫我：“龙兴，你也在十六班啊？”

我转头一看是左歪，他正含着个棒棒糖无精打采地坐在第一桌。他是我的死党，彝族人名字怪不说，人也长得像个山顶洞人个子矮小且瘦瘦的，重要的是成绩比我还差。

看见他我又来了点兴趣，我冲他笑笑说：“怎么还让你来读书？难道这

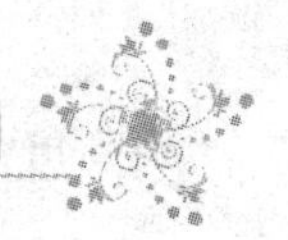

次你还考及格了?”

他对着我疑惑的目光坦白地说：“语文十九，数学八分，怎么样？是不是比你有出息?”我听了强忍住笑。正在这时教室忽然安静下来，只见一个打扮时髦的女人“嗒嗒嗒”地走了进来。她是我的新班主任，我白天见过她，比起我妈她既漂亮又年轻。可说实在的我不喜欢她，她看我的眼神总是怪怪的。

当老爸说，“我儿子龙兴，还请杜老师多多照顾”的时候，她更是莫名的大叫：“什么？他就是龙兴?”一句话说得我莫名非常。

不知道她现在来做什么，不过不管她做什么我都预感到了不妙。心头泛起一阵凉意。我的担心一点也没有错。只见她笔直地朝我走了过来，她修长的身体飘呀飘的，微风向着我吹来，一股我从来没有闻过的芳香钻入我的鼻孔，那味道让我十分受用，双眼这时有些呆滞地看着来到近前的女人。

我看见她红润的嘴唇动了一下，可我没有听见她到底说了什么。“龙兴!”

她突然大吼一声，双眼透着一丝怒气，还有无奈。我被吓了一跳，第一时间站了起来大声问：“杜老师有事吗?”

周围的同学看见老杜，头都埋在桌上，只有左歪一脸崇拜地看着我。她看我并不太吃这一套，抬了抬鼻梁上的眼镜，认真地问我：“你是龙兴?”

“恩。”我答。

“那他一定就是左歪了?”她伸出纤细的手指，一脸断定地指着我旁边的左歪。

“嗯。”我平静地回答，心头却想不通她是怎么知道的，还有这有什么好谈论的，猜谜吗?

她好像猜到了我的心思一般接着说：“不要以为我什么都不知道，你们两个就是‘烂木头滚泥庆’臭味相投。还记得你们小学一起干的好事吗?”

我一听见她说小学的事，我的心都快蹦出来了，我还能干什么好事，能干的都干了不能干的也干得差不多了。小学老师因为我哭过好几次，今天这姓杜的只怕是和那小学时的王老师是一伙的了，想到这里我快崩溃了，想不到我命背到如此地步。

这时脸上的汗水又很不争气地冒了出来。杜老师没有我想象的温柔。

在我正无比惧怕无助的时候她突然大吼：“龙兴，从今天起你是我的学生，你要是还没有准备好改变自己就给我滚出去，想清楚再进来。”

她说话的同时把我揪了出去。然后“呼”一声关上了教室的门。此时此刻我直感觉从头到脚一片冰凉，学校出奇的静。

我感觉到自己在抖，心在抖，身边没有一个亲人，甚至是我熟悉的人，再深邃的眼眶此时也该被泪水淹没了，何况是我，委屈的热泪在眼眶徘徊良久，最终还是如决堤的江水般喷涌出来了。

半路姐妹双生花

■ 佚名

“林宇，如果你逃课，我就告诉你爸爸。”林梓拦住正准备偷溜的我。

没想到林梓居然抬出爸爸来威胁我。她知道我最怕爸爸了。无论我在外面怎么疯，在爸爸面前还是很乖的。“好啦！就知道告状。”我怯怯地说，虽有不满，但也不敢顶撞她。

挺郁闷的，自从她妈妈和我爸爸结婚后，我就没一天好日子过。她可是老师宠爱、同学喜欢、家长见了眉开眼笑的全优生。

“林宇呀，你和姐姐在一个教室上课，成绩怎么会差一大截呢?”“林宇呀。你要有你姐一半懂事，我就放心了。”类似的话，爸爸说了很多，听得我耳朵都起茧子了。

自从妈妈在很多年前的一次车祸中去世后，爸爸就一个人拉扯我长大。那时我还小，母亲不在，我伤心过一段时间后就慢慢淡忘了。倒是爸爸，一个人既当爹又当妈，日子过得很艰辛。再婚前，他询问过我的态度。我不反对他再婚，我长大了，不能自私地阻碍他去追求自己的幸福。

爸爸和谁结婚都无所谓，只要他们相爱。但我怎么也想不到，那个女人会是林梓的母亲。我知道林梓的父亲在她念小学时就病逝了，爸爸就是在学校的家长会上认识林梓妈妈的。

他们结婚也罢，但是林梓太优秀了，就像爸爸说的，她不仅成绩好、性格好，就连脸上的笑容都让人如沐春风。以前仅仅是同学时，我不讨厌她，只是怎能想到，有一天，她会成为我姐。这种关系的转变，我始终接受不了。

班上的同学不知从哪知道了这个消息，有八卦男生跑来问：“林宇，你和林梓真是姐妹吗?”我明白他的弦外之音，期中考试，林梓独占鳌头，而我的成绩差不多垫底了，这中间的差距可是千山万水。

我翻了个白眼，不快地说：“你爸大高个，你还没我高。请问，你是你爸亲生的吗?”碰了一鼻子灰，那个男生只好悻悻地逃离，可临走还故意气我说：“你要有林梓一半温柔就好了。学习差，人也像母夜叉。”我气得直跺脚，随手抓起一本书就砸过去。他扭头躲过，那本书不偏不倚居然砸到林梓头上。林梓当时正眉飞色舞地和校草张宇航说话，冷不防被一本书砸到脑袋，她生气地转回头，看见我怒气冲冲的样子，说："林宇，搞什么呀？想把姐砸成脑震荡吗？""对不起啦！"我轻声说，心里却愤愤地想，就你人缘好，人见人爱。气愤的我恨恨地拍打桌子发泄。"林宇，干吗拿桌子出气？放学一起回家吧！"她笑着说。然后转过身继续和张校草说话。

我怒不可遏。什么人呀，故意当着张校草的面教训我。"她真是你妹妹？"张宇航好奇地问。"是呀。她是林宇，我是林梓，怎么会不是姐妹呢？"林梓说。我的位置离他们只有两桌的距离，他们的对话一句不落地传入我的耳朵。这名字也真怪，我们不仅同姓，而且都是单名，外人一听，还真会以为我们是亲姐妹。可谁能想到，这中间的关系复杂着呢。

回家的路上，林梓问我是否需要帮忙，她想帮我把学习补上去。我心里想的却是，希望她能撮合我和张校草。"你那点分数是怎么考出来的？那些题，你平时都会做呀。"她和颜悦色地说。"不怪我，谁让你每次都考第一，我压力多大呀！"我说。"是！怪我。大小姐，我下次少考五十分，你能赶上吗？"她瞪眼。"我争取吧，不过，想请你先帮个忙。"我讨好地说。"什么忙？"她问。"把张宇航介绍给我吧。"我说。她愣愣地盯着我，看得我怪不好意思。"你还真是没得救了，才几岁呀！"她轻叹一声，径直走了。

有嘴巴说我，却不管好自己，如果我整天有男生围着我转，需要这么主动吗？我站在原地生气，头上白花花的太阳光照得眼睛生疼。

没想到，几天后，林梓真的答应帮忙。当她告诉我这一喜讯时，我热情地抱着她叫："姐姐真好！""哇！太肉麻了。"她故意尖叫。

我挠她的痒痒，她乐得在床上打滚，然后直求饶。

"好呀，林宇，要我帮忙还敢欺负我。"她说。

"不敢不敢！"我边说边停手。

"我愿帮你，但张宇航能否接受，我就不知道了。你也知道，他人帅，学习好，喜欢他的女生很多，你如何才能赢呢？"林梓一本正经地问我。

这确实是个问题。不仅本班，外班也有不少女生给他递纸条。"只要你不接受他，我就有希望。"我说。

林梓听后，白眼一翻："我答应帮你，还能拆你的台吗？"

"那你说该怎么办？我听你的。"我赶紧偎依在她身旁，装出一副听话的样子。

"你真听我的？一言为定？"她盯着我的眼睛。

"是！一言为定。"我肯定地回答。为了张校草，我豁出去了。

“先把学习赶上，在期末考试时，争取进前二百名，有信心吗?”林梓说。

“二百名?我能行吗?一步跨过三百人?”我不自信了。

“有我在。”林梓信心百倍，“再说了，你脑瓜子也不笨。”

“我听姐姐的。”

清晨，在我还沉浸在美梦中时，林梓推醒了我。“起床了，快点!”她边说边掀起被子。

睁开惺忪睡眼，我嗫嚅：“让我再睡一会儿嘛!”

“第一天就不合作，你还想追校草?”她威胁我。

“好啦!”我一个激灵醒过来，虽不甘愿，但还是立即起床。

我们先跳绳，每人跳二百下，然后就开始背英语单词。我哈欠连连，上学这么多年，第一次这么早起来看书，真是累死了。林梓很专注，脸上若有所思，嘴里喃喃自语。晨曦的微光照在她光洁的脸上，呈现出一种细瓷般的光泽，我看呆了。

“我脸上有单词吗?第一天就这样偷懒。”她瞪眼问我。我赶紧把目光收回来，学她的样子，默记昨天学的内容。

林梓能够一直独占鳌头，并不是件轻松的事。自从我们秘密协议后，我跟着她按时学习才明白，除了聪明，她还付出了很多努力。

好习惯是慢慢养成的。在林梓的监督下，我的成绩也一天天提高。连老师都不相信，我的成绩居然能够突飞猛进。在她用怀疑的口吻询问我时，林梓站起来说：“老师，林宇现在很用功。”说完，她还回头瞟了我一眼，我们相视而笑。

我们真成了姐妹花。不知是长期生活在一起的缘故，还是别的什么原因，个头差不多高的我们，穿上相同的衣服后，还真有几分像。

那个八卦男生又一次来问我：“林宇，什么动力?士别三日，当刮目相看了。”“你去问我姐吧，她会给你答案。”我微笑着说。他还真跑去问林梓，结果林梓看了他半天，想了想后才说：“我们是姐妹，姐妹都有一样的光芒。我这么优秀，林宇会差吗?”没想到林梓也会开玩笑，我听到她说的话，大声嚷嚷：“就是这样。”

放学路上，林梓问我还喜欢张宇航吗?我点点头，然后很镇定地说：“我希望和你一样，让自己成为优秀的女生，这样就不怕没有男生喜欢了。呵呵，我还是喜欢被别人追的感觉。”“好色哟!”林梓刮我的鼻子，趁她不注意，我挠她痒痒，欢乐的笑声随风飞扬……

路过人间，有你温暖

■ 刹那芳华

1. 大伯

我对他说："婚礼上，您要上台讲话。"

他扭捏着摇头又摆手："不合适不合适，有你父母呢，我上去不合适。"

"我说合适就合适，您必须去，否则这婚我不结了。"我使出撒手锏，跟往常一样和他甩脸子。他有些慌了："这孩子尽说傻话，结婚是闹着玩儿的，想结就结不想结就不结啊。"

"您答应还是不答应？不答应我马上给梁忱打电话取消婚礼。"我不依不饶，他终于退让了。

能感觉到，自从确定婚期以来，他总是有意无意注视着我，碰到我的目光就赶快避开，装作若无其事。他的样子让我心酸，还有那满头白发，像秋季的芦花，晃得人眼花。我拉他坐下，戴上一次性手套，给他细细染发。煦暖的阳光穿窗而来，他很享受地微眯起眼睛，自言自语："丫头要结婚喽，以后没人给我染头发啦。"

听出他语气里的怅然，我攀着他的肩撒娇："大伯，你想把我这盆水泼出去了事啊，那是不可能的，这是我娘家，我要给你染一辈子头发。"

他呵呵笑着："咱的朵朵永远都是伶牙俐齿，大伯可没那个意思，恨不能一辈子留你在身边呢。"然后，他又开始絮叨女儿经，什么婚后别任性啦，要孝敬公婆……我破天荒没有打断他，因为今后这样的机会越来越少了。

大嫂和二嫂来了，一人抱着几床新被褥，她们说，被面里的棉花都是大伯亲自选的最好的，几年前就准备下了。看着那一大堆花红柳绿，我扭过头，忍住没让眼泪流下来。

嫂子们走后，他从柜子里翻出一个存折："朵朵，这是大伯的一点积蓄，给你做嫁妆。"我打开看，上面有五万元钱。前些天，他张罗着卖奶牛，原来是为我。我推给他，不要，让他留着养老。他急了："不行，哪个姑娘出

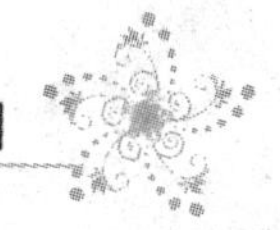

嫁没有陪嫁，咱不能让婆家看低了。”

他和我推来推去，然后就生气了：“你要还当这是你家就拿着。”然后扔下存折出了门，一瘸一拐的背影终于勾出我的泪。

他不是亲大伯，是我养父的哥哥。听说，当年我尚未满月，便被孤身一人的养父收养。面对嗷嗷待哺的我，养父束手无策，是大伯牵来一只刚下了崽的羊，才使得我没有挨饿。再小的记忆我没有，听邻居们说，瘦弱的我总是哭闹不休，可只要见到大伯，马上便不哭了，甚至会甜甜地笑起来。于是，人们常见大伯这个五大三粗的汉子，一有时间就抱着脸色日渐红润的我，大家都说这是我和他的缘分。

对养父的记忆不太多，印象中他总是沉默寡言，独自操持着家里家外的活计。许多时候，我是在大伯家度过的，记忆里骑在他脖子上看露天电影，两个堂哥淘气惹哭我被他打，还悄悄塞给我瓜果。

大妈常年有病，家里家外都是大伯操持，干完一天农活还要洗衣做饭，常见他累得端着饭碗打盹儿。十岁那年，大妈病故，接着养父又不小心触电身亡。那时的我已经懂得人世艰辛，在养父的葬礼上一身重孝，哭得声嘶力竭不肯起来，大伯将我紧紧抱在怀里，一双粗糙的大手擦去我脸上的泪：“朵朵不哭，有大伯呢。”

就这样，我成了大伯的孩子。

2. 我被他宠上了天

家里不富裕，可我的吃穿却比两个哥哥好很多。

其实，大伯那时还有成家的机会，有人给他介绍了一个带着孩子的女人，对方只有一个条件，得知我不是大伯亲生的，要求大伯将我送人，理由是她带着一个女孩了。大伯一听当时就怒了，气冲冲把介绍人撵出家门，回来后还气咻咻地说：“这说的是人话吗，别说朵朵我养了这些年，就是小狗小猫也不能扔了啊。”

那夜我跑出家门，躲在柴堆里默默流泪，觉得自己拖累了大伯，想离家出走，可天地之大，哪里是我的容身之所呢？就这样哭着昏昏沉沉睡去。醒来，却是在自家的炕上。大伯红着眼：“朵朵，你把大伯吓坏了，以后再不许瞎跑。放心，大伯这辈子都不再成家了，只守着你们三个。”

我忍不住扑到他怀里大哭。后来才知道，看到我离家，大伯急疯了，发动全镇的人找我，就差报警了。望着大伯过早斑白的头发，我发誓，以后再

不让他操心。

大伯的腿是在农闲时去工地打工摔坏的。深秋的夜里，天黑雾浓，大伯骑自行车往县城的工地赶，不小心摔进路边的深沟，右腿断了，这下，原本拮据的家更是雪上加霜。那时我正读初二，二话没说悄悄收拾书包回了家，决定辍学照顾大伯，减轻他的负担。那时，高中毕业的大哥在外打工，二哥读高三，作为家里的女孩，我觉得自己回家是最合适的。

大伯看我一直在医院守着他，催我去上学，我撒谎说请了假，等他出院就去。时间一长，大伯看出了端倪，在他逼问下，我道出实情。大伯急了："你一个女孩家，不上学了能干什么？赶紧回学校去，家里的事不用你操心。"

我的倔劲上来了，怎么都不肯。大伯急了，扬起手作势要打我，我一动不动，等着他的巴掌落下来。大伯的手扬得高落在脸上却轻飘飘的："我管不了你了是不是？你们三个只有你成绩好，还指望你考大学给我扬眉吐气呢，怎么眼前这点困难就把你吓倒了？要辍学也轮不到你，赶紧给我回学校。"

那是他第一次跟我发火。我站在那儿落泪，不是因为被他打痛，而是他偏心。果然，两天后，二哥辍学去汽车修理厂当了学徒。

大伯的腿也在那时落下残疾，没住多长时间他就坚持出院，我知道他是为了省钱。可他整天乐呵呵的，别人跟他开玩笑："冯老大，你不愁吗？"他的笑声越发响亮："愁什么，我有两个儿子，还有一个争气的丫头，高兴还来不及。"

大伯没说错，从重新背着书包走进学校那天起，我就发誓给他争气。拿回来的奖状几乎贴满了一墙面，没事的时候大伯就对着它们边看边乐，说："朵朵，你一定给大伯考个好大学，那样咱鸡窝里可真是飞出金凤凰了。"

等我把大学录取通知书递到大伯手里时，他满是老茧的手摩挲着通知书，像捧着一件宝贝，喃喃地说："朵朵，你终于熬出来了。"那些天，大伯逢人就说："我家朵朵考上大学了。"人们都说："冯老大，你的心血没白费，这孩子真争气。"

大伯的脸上就笑开了一朵又一朵的花。

然而，大学学费又是一笔不小的开支。那时，大嫂已经娶进门，对于大伯拼命供我上学颇有微词，特别是听说我上大学每年要一万元的学费时，暗地里和大哥闹着跟大伯分家。那晚，大嫂含沙射影地说钱的事，大伯终于忍不住摔了杯子，喊道："朵朵就是我亲闺女，命根子，谁要看不惯给我滚！"

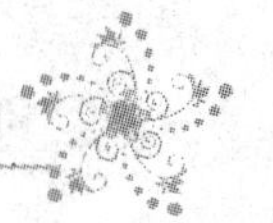

大哥脸上挂不住了，揪住大嫂衣襟："以后再敢胡闹就离婚!"

看到哭成泪人的大嫂，我也哭了。这些年来，大伯和两个哥哥宁愿委屈自己，也不让我受半点委屈。我对大嫂说："嫂子，将来毕业了，我一定好好报答大伯和你们。"大嫂反倒有些不好意思了："朵朵，我不是那个意思，只是咱们家的日子不宽裕，让你受委屈了。"

自那以后，大嫂和后来过门的二嫂再没说过一个"不"字。其实，她们私下里也是佩服和尊敬大伯的，说对一个并非亲生的孩子视同己出，她们是无论如何做不到的。是，大伯对我的宠，邻居们都有目共睹，说："冯老大，你快把朵朵宠上天了。"他嘿嘿笑："咱朵朵配。"

3. 他为我寻找亲生父母

我从来都不知道，大伯还有另外的心事。

那是我参加工作不久，那些天，大伯总是神秘兮兮地往外跑，有时回来独自坐着发呆，问他有什么事总是支支吾吾三缄其口。

那时，我已经和梁忱确定了恋爱关系，他追我追得很辛苦，我之所以迟迟没有答应，是因为他的家境比较优越，我担心他的大家庭不欢迎自己这个灰姑娘。后来，我把自己的身世讲给梁忱听，我说接纳我就得接纳大伯，我将来是要为他养老送终的。梁忱把我抱在怀里："傻姑娘，我以为你有多么高的条件，不就是大伯嘛，放心，我和你一起给他养老。"

梁忱的这句话打动了我，我答应了他的求婚。

我把大伯的怪异举动讲给梁忱听，他说："莫不是大伯有了意中人？他不过六十岁，如果那样你可不能糊涂，一定要支持。"大伯老来有伴儿是好事，我怎么会阻拦。

可是，我们都猜错了。

那个周末，梁忱陪我回家。大伯一脸郑重地说："朵朵，大伯要跟你说件事——给你找到了亲生父母。"这个消息太过突然，我愣在那里，半天没有反应。但反应过来以后，马上就爆发了："谁要你多事？我没有父母，他们既然不要我，找他们干吗？"我太过激动，以至于泪流满面。

大伯说："孩子，我是怕你这辈子留下遗憾，所以趁我还活着，帮你了了这个心愿。他们当年不要你也有他们的苦衷。你马上就要成家了，等你有了自己的孩子，就明白当爹娘的心了。"

我一时转不过弯来，大伯就让梁忱劝劝我。很快，大伯把我亲生父母请到家里，也许是血缘的缘故吧，在见到他们的那一刻，我所有的心结释然了。

在我的婚礼上，大伯很激动，以至于有些语无伦次，等他讲完他的祝福后，我跪了下来，喊了声："爸！"大伯呆住了，他显然没有准备。梁忱也跪下来："爸，从今天开始，您就是我们的父亲，谢谢您养大了朵朵，以后我们一起来孝敬您。"

在众人的掌声中，他含着泪笑了，脸上又开出朵朵令我温暖的花。

青春萌动的味道

■ 佚名

上初中一年级时，教代数的宋老师一头披肩的长发，一双乌黑的大眼睛忽闪忽闪，像是夜空中亮晶晶的星星。每当上代数课，我都会盯着她一眨不眨地看，心里不知多少次惊叹过她的美，这样美的老师一定会有一位英俊的白马王子吧。

一天，我看到一个外表普通、留着络腮胡子、矮胖的男人来找宋老师，看他们俩亲密的样子，难道这就是宋老师的爱人，不会吧？后来，我听到的消息证实了我的猜想。

原来，宋老师从小家庭贫困，但她刻苦好学，终于以优异的成绩考上了某师范大学。可一贫如洗的家根本无力供她上大学，宋老师哭红了眼睛，连自杀的念头都有了。正当宋老师为交学费犯愁时，是做家电生意的邻居刘军替她交了学费。

刘军比宋老师大5岁，初中没毕业就辍了学，但他头脑灵活，很快就学会了家电维修，在县城一家商场的一角租了个摊位，边卖家电边修家电。由于刘军技术过硬，诚信至上，赢得了用户的青睐，生意越做越红火。他致富不忘乡邻，经常帮助乡亲们摆脱困境。当他获悉宋老师为交学费犯愁时，怜悯之心油然而生，便毫不犹豫地拿出钱资助宋老师。

就这样，宋老师的大学学业全部是在刘军的资助下完成的，毕业后青春貌美的宋老师成了刘军的新娘……

听完这个真实的故事，我很替宋老师惋惜，我不知道宋老师是否真正爱这个男人。但她的“义举”却着实感动了我，再上代数课时，我对宋老师又多了一份崇拜，我开始喜欢并疯狂地爱上了代数课，很快成了班里的代数课代表。

每当我抱着全班同学的代数作业去宋老师办公室，我的心里都有一种说不出的高兴，宋老师的一颦一笑都深深地印在我的脑海里。我幻想着也会和宋老师有同样的“艳遇”，只是我的“刘军”不知何时出现?

生活往往是捉弄人的，没想到，我很快就有了自己的“刘军”。

上初二时，班里来了一位刚毕业的物理老师，姓涂，高大清瘦，棱角分明，阳光帅气，只是他总是穿着那身洗得发白的牛仔服。

听同学私下议论，涂老师家并不富裕，父母靠借贷供他上完大学，可这并不影响涂老师的魅力。体育场上他打篮球的俊朗身影一直吸引着众多女生的目光，我也暗暗地喜欢上了涂老师。涂老师对我也很好，我感觉上课时他总是盯着我看，直看得我心里突突地跳。

于是，我开始努力学习物理，又兼做了物理课代表。因为每天能见到宋老师和涂老师，我快乐得像个无拘无束的燕子一样飞来飞去，我的成绩也因我的快乐心情越来越好，我梦想着有一天能像宋老师一样考上师范大学。

很快到了三年级，涂老师跟班，宋老师却还是教初中一二年级的代数课，我不再去宋老师办公室了，可宋老师的身影一直挥之不去，甚至我学着她的样子，有时把头发柔顺地披在肩上，有时高高地扎起……

而我与涂老师之间似乎也很有默契，涂老师经常会拍拍我的肩膀：“英子，好好学习，你会有出息的。”这句话一直激励着我向着自己的理想努力。

期末，我同时收到了高中和中专的录取通知书，父母坚持让我上中专，说能早一天端上铁饭碗，我却坚持上高中，因为我想驰骋更广阔的空间。父母的脸色越来越难看，我终于遭受了和宋老师一样的命运，我面临着上高中与上中专抑或二者都放弃的选择。

我不知道自己的坚持使父母承受了何等巨大的压力，父亲一夜之间竟然急白了头，一面是女儿的前程，一面是窘迫的生活。最后，父母东挪西借，还是没凑够我高一的学费。泪水每天都洗刷着我的脸，我的心也如刀割一般，我对未来由失望变成了绝望。

临开学的前一天，我拿着高中录取通知书愁眉不展时，涂老师来了，还是那身洗得发白的牛仔服，还是那样的阳光帅气。他拿出厚厚的一个信封，郑重地交到父亲的手上，对我说：“英子，上高中吧，以后你每年的学费，我想办法解决，你会有出息的。”

我不知哪来的勇气，紧紧地握住涂老师的手：“涂老师，你放心吧，我会用我的方式报答你的。”

后来，我就坐在了县城一高明亮的教室里。在涂老师的资助下，三年的高中生活紧张忙碌地度过了，我如愿以偿地考上了梦寐以求的大学。

那一天，涂老师破天荒地在我们乡里中心街上一家小面馆里请了我和我的父母，看得出，涂老师很激动，还和父母喝了一点白酒。就这样，带着涂老师的期望，我飞到了另一个城市开始了大学生涯。

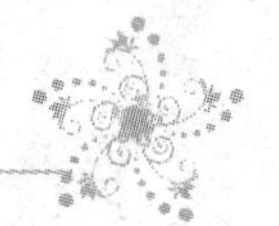

几乎在大学的每一个礼拜日，我都会给涂老师写信，有时说说我的成绩，有时说说学校，有时说说我所在的这个城市。涂老师不经常回信，即使回信也是寥寥数语，只是我的学费和生活费，他从没有忘记过，总是及时地寄到学校。

大一暑假，我见到了涂老师，涂老师带我到母校院墙外的小溪边捉螃蟹，看着那些横七竖八的小怪物，惊得我不住地尖叫，这时，涂老师就会兴奋得像个孩子，特别有劲地喊："英子，快点来呀，这边还有更大的。"

涂老师富有磁性的声音逗得我开怀大笑。和涂老师在一起的日子快乐而充实，很长一段时间，涂老师的声音都在我的耳边响起，很多个夜晚我都是在涂老师叫我的声音中甜滋滋地入梦、甜滋滋地笑醒。我发现自己真的离不开涂老师了，他成了我生命中最重要的人，可我不知道涂老师对我是否有感觉。

大二时，班里开始有人谈恋爱，也有男孩子给我递纸条，可我一点心情也没有，我心里只有涂老师。于是我写给涂老师的信便发生了变化，我直言不讳地告诉涂老师，我喜欢他，要嫁给他，让他一定要等我毕业。涂老师仍旧像以前一样，不咸不淡地应付我。难道我不够漂亮，我盯着镜中的自己看，我看到了出水芙蓉一般逐渐成熟的自己，忽然冒出了一个奇怪的想法。

周末，我用涂老师给我的生活费上街买了一个胸罩和一条裙子，去照相馆拍了一组个人生活照，寄给了涂老师，我就不信他不喜欢我洋溢着青春气息的身躯。信寄出后，我一直忐忑不安地等涂老师的信。果然，涂老师很快回信了，不过连我的照片一并寄了过来，信里短短的几句话让我流了一夜的泪："英子，你长大了，你应该是一个展翅高飞的雄鹰，你很有个性，你会有更加光明的未来，好好努力。"

我的痛苦不言而喻，我又想起了宋老师，我虽然没有宋老师漂亮，可宋老师的运气确实比我好，算了，既然老师说我是雄鹰，那我就应该有一双坚强的翅膀，搏击风雨，翱翔蓝天。大二暑假，因为涂老师，我连家都没有回，我做起了家教，再加上在学校勤工俭学的收入和奖学金，我基本上自己能养活自己了。我写信告诉涂老师，别那么辛苦地给我寄钱了，借他的钱我会慢慢还的。

不久后，父母给我来了一封信，说涂老师病了，让我无论如何回家一趟。我心急火燎地回到了家，看到了病入膏肓的涂老师，他的脸像蜡一样黄。

原来涂老师为了还自己上学的债和供我上学，做了两份家教，缺钱时还会卖血……涂老师患上了严重的肝硬化，他的生命也快走到了尽头……我哽咽着，一句话也说不出。

怎么会这样？涂老师在我印象中曾是那么的阳光帅气。我发疯一般扑向医生办公室，我跪在地上乞求涂老师的主治医生，一定要想方设法救涂老师，我不能没有他。医生无力地摇摇头，我瘫在地上，仿佛看见死神在招手，我受不了一个鲜活的生命为了我在绚烂的风景里凋零……

在涂老师最后的日子里，我见到了母校的好多老师，包括宋老师。宋老师还是那样美丽，只是岁月不饶人，在她眼角留下了细细的皱纹。

涂老师走后，我请了两个星期的假，我每天都念着涂老师的名字，糊里糊涂地说些莫名其妙的话，后来又发起了高烧。母亲流着泪劝我不能轻生，看见我难受她比我更痛苦。

为了年龄越来越大的父母，我觉得自己是哭干了眼泪以后挺了过来。随着时间的流逝，我也找到了我的另一半，开始了一种新的生活。只是每每想起涂老师和宋老师，我心里总有一种隐隐的痛……

一梦成池

千年一夜泪若寒星

■ 婉茹华

楔子

如果说，那隐于无形，缠绕在我们小指尖的红线断裂后可以再次连接。是否，曾经令彼此心痛的遗憾就可以不再重演？还是说，无论命运的轮盘怎样转动，你我的缘，注定浅至擦肩而过……

漆黑的夜，北风猎猎，冰冷。

又一个日夜，经久不变的姿势，千年如一的执着。险峻的绝摩崖峭壁上，月光轻轻拂触着一张历尽沧桑的脸。与以往的清冷高傲相比，今天的月光显得柔和了许多。

黑暗中，一抹修长的身影跪在那里。狂乱的北风像无数把尖锐的匕首，狠狠地从他身上扫过，冰冷刺骨。没有痛呼，没有皱眉，他像是已经习惯这种待遇，冷峻的脸庞始终面无表情。

一千年啊。整整的一千年，他终日跪在这崖边，不曾离开。只因，曾有人说过，“绝摩崖”是最接近神仙的地方。而他朦胧的视线里，似乎正有一个人往这边走来。

他，应该就是神仙了吧？或者说，大概也只有神仙才能够在万丈深渊之上踏着云雾行走吧。

“你既已死，为何还要这般执着？”只是一眨眼的工夫，“神仙”已来到他的面前，平静的语气中有丝淡淡的无奈。

轻抬起头，上池努力睁开早已麻木的眼帘，干裂的嘴角艰难地扯了扯。

“我……不相……”

“你不相信是吗？”他接过他的话尾，挑眉，“你在这里跪了一千年，只是为了告诉我这个？”

有那么一瞬间的怔忡，上池认真地看了眼这位在他视线里显得有些模糊的神仙，轻轻摇头。

“她是……被人利……用的……”嘶哑的喉咙努力地挤出几个音节，他有些焦急地想为她辩解，“如果，如……果可以重新选……择，她一定不……会这么做的……”

是的。他一直相信着她，就算亲眼看到她把匕首插入他的心脏，他依然相信那并不是她的本意。

神仙嗤笑着摇头。

这个男人，可不是一般的执着。铁证的事实摆在他的眼前，竟也能让他找到理由为她开脱？爱情啊，还真是伟大……

这样想着，他忽然有种想要陪他玩玩的心情。他倒要看看，这个受到千万人敬仰的卡迦帝君王——上池，在接受不愿意相信的事实时，将会是一副怎样的表情？

“既然你这么坚持，那么……”他似乎显得有些为难，“我就遂了你的意，算是还你千年来替我守着断摩崖的人情。”优雅的唇角上扬，泄露了墨幽极力隐忍的笑意。

夜晚，世界像被泼了一层黑墨，稀稀落落的几颗星子挂在天际努力释放光华。都市一隅的草坪上，可见一高一矮的身影在黑夜里若隐若现。

夜黎箬抬起头，望向眼前这个俊逸的男子：“是不是我按照你的话去做，就一定能够找到血琥珀？”

三天前，这个男子在医院外拦住她，给了她一本书。上面说在一千年前的卡迦帝王国里流传着一颗可以医治百病的血琥珀，是上池为博得蝶妃一笑，派兵逐境千里之外寻回的奇石。

“不知道。”墨幽很干脆地浇熄了她的期望，“我只是负责把你送去血琥珀存在的地方，至于会不会找到它或得到它，就要看你的运气了。”

夜黎箬有些失落地垂下头，眼前忽然闪过医生对着哥哥的病床摇头的画面。几天前，哥哥莫名其妙地得了重病，至今昏迷不醒。如果，她真的能够找到血琥珀的话……

“我答应你。”

一

静谧如夜。

馨香弥漫的花园里，一个身着紫色长袍的少年安静地伫立在观星台上，

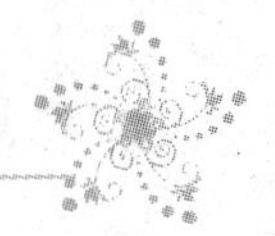

一双如星夜般深邃的眼眸直直地望向繁星点点的浩瀚宇宙。

偌大的银河旁边，那颗刚才还很明亮的星星不知什么原因竟开始变得黯淡模糊，一闪一闪的光亮愈见微弱。就像是即将燃烧殆尽的火种，慢慢褪去生命的颜色。在它的旁边，另一颗无比耀眼的星星正逐渐向它靠近，璀璨的光芒直到将那颗逐渐黯淡的星星完全吞噬才停止移动。

星位易主?!

少年的脑海跟着浮现出这样几个字眼。像是感觉到了一丝异样，他慢慢举起手中的占星球，原本浅淡的鹅黄色光晕这会儿已然成为了耀眼的橙色，那强烈的光芒愈演愈烈，像是要刺穿这夜的虚伪一般。

他有些疑惑地皱眉，似乎不能理解这种异常现象代表着什么？然而，就在他仔细冥想的时候，一声尖锐的惨叫声瞬间划破长空，紧接着还有一声重物坠地的闷响声……

想也不想，少年飞快地走下观星台，向着声音来源的方向走去。

夜黎箬，一个答应墨幽去寻找血琥珀的倒霉孩子，此刻正紧皱着一张小脸从这突来的变故中逐渐清醒。

墨幽这个混蛋，竟然……竟然把她像垃圾一样从天上扔下来……

夜黎箬趴在地上，用手慢慢撑起快要散架的身体，一阵刺痛蔓延过来，差点没把她疼晕过去。呜呜呜……完蛋了，她的手……不会残废了吧……

“你还好吗?”

“好，真是好极了。”夜黎箬郁闷地坐起来，抬头的瞬间不期然地撞上一抹幽深的黑眸。

那是一双堪与美玉相比的眸子，如琉璃般淡然，如潭水般深幽，与他俊逸柔美的五官相结合，活脱脱一个大美人啊！呃，活脱脱一个美少年啊……还有他手里那颗散发着橙色光芒的透明球体，就像夜明珠一样，把黑色的夜照得无比明亮。

她慢慢从地上爬起来，不小心牵动到受伤的手腕，痛得眉头紧锁。

“什么啊，都不会用优雅一点的方式降落吗?”她一边埋怨着一边艰难地站了起来，可是还没站稳，脚下一软，又重新向大地拥抱而去。

“小心……”

咚!!!

真是很不雅观的造型呢，夜黎箬就那样呈大字形趴在地上，地面上的尘土因为她的撞击一瞬间弥漫开来，飘散在空气中。

紫夜强忍着笑意在她旁边蹲下来："你没事吧。"

"咳……咳咳……你这个人……"再次抬起头，夜黎箬的脸上已经布满了灰尘，那滑稽的模样差点令紫夜笑出声来。"你……你到底有没有同情心啊，别人有难，都不会出手帮助一下的吗?"亏她觉得他是那么好看的男生。

紫夜有些抱歉："你没事吧?"

"全身上下没有……没有一处地方是不痛的，你说有事没?"夜黎箬送他一记"卫生眼"，开始观察四周的环境。

这应该是一个花园吧？形态各异的大小花圃不是紧凑着种植，而是一个个分开，东边一小块，西边一大块，给人一种十分凌乱的感觉。假山也不是依着道路而设，而是乱七八糟到处都是，像是要从山中找路，又像是从路中避山。

还有角落里那四座石像，东西南北各占一方，挥舞着手里的大刀铁锤，很像年画里的门神。与这花圃假山设在一起，不伦不类的，有种说不出来的怪异。

"这里……是什么地方啊?"她怎么感觉有种阴森森的气氛呢?

像是要将她看穿一般，紫夜紧紧地盯着她："姑娘好像不是本地人吧?"

"我，我……你还是先扶我起来吧。"

冥天阁。

富丽堂皇的古色建筑，到处都是精心雕琢的繁复图案，红砖墙，琉璃瓦。与刚才的庭院完全不同，眼前的建筑有着帝王家的气魄与华丽，那种浑然天成的氛围散发着浓郁的威严气息。

夜黎箬惊讶地张大嘴巴，甚至忘记了刚才被摔的疼痛。直到"咔嚓"的声音传来，她才惊觉，所有的魂魄一瞬间全部归位。

"痛……痛啊……"多么悲壮的杀猪声啊，夜黎箬瞪大眼睛盯着自己红肿的手腕，咂着一张小嘴再也发不出半点声音。

"只是脱臼，我已经帮你把骨头接回去了，只要不用力应该没有太大问题。"紫夜轻笑着说道，走到柜前拿出一个白色瓷瓶，倒出些许透明的膏体，涂抹在她的手腕之上。

轻柔的动作随着一阵清凉融入肌肤，缓解了刺骨的疼痛。夜黎箬抬起头，望着他细心的模样微微出神，这种被人照顾的感觉很熟悉呢。曾经，哥哥也是这么无微不至地照顾着自己，从不让她受到一点委屈。唉，不知道那些护士小姐有没有尽责地照顾好哥哥呢……

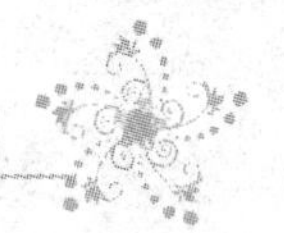

“我的脸上有什么东西吗？”突兀的声音打断了她的沉思，紫夜抬头望着她。

夜黎箬慌忙收回视线，有些窘迫。

“你是谁？为什么会坠落在我家的花园里？”

呃？他也知道她是“落”下来的？

“我叫夜黎箬啊，本来是要去卡迦帝王国的，不知道怎么回事就掉到你家来了。”墨幽说过会把她送到“血琥珀”存在的时空……难道……

她像是忽然明白了什么，激动地抓住他：“这里就是‘卡迦帝王国’对不对？”

紫夜点点头：“你不是本地人吗？”

“不是，我是从很远的地方来的。”

“很远的地方？据我所知，东至玛咖族群，南至泷日国，西至破勒王朝，北至桑雪部落，均没有你身上这等奇怪服饰吧？”说着，紫夜又望了一眼她身上的白色蕾丝衬衫和牛仔裤，面露疑惑。

“呃，我的家乡是比他们还要远的一个地方，在那里，我这样的衣服是非常非常普通的。”夜黎箬一边解释一边在心里偷笑，这么简单的蕾丝衬衣和牛仔裤都能算是奇装异服的话，那眼前这位古董大叔见到那些露脐装和比基尼不知道会是什么反应？

“哦，原来是这样。”紫夜微笑，把那个瓷瓶递给她，“虽然手腕的骨头已经接好了，不过我想你身上一定不止这一处伤吧？把它涂在伤口上，可以活血止痛，明天会有人来照顾你的。”说着，紫夜欲转身离开。

“等一下……”

“嗯？”

“谢谢你。”这么好的一个男生，又让她想起哥哥了。

紫夜没说什么，笑着帮她关上门。

二

翌日。

正睡得迷迷糊糊的夜黎箬被一阵轻微的响声吵醒，睁开眼，不知何时房间里已经多了一个十四五岁模样的女孩。见她醒来，女孩放下手中的热水，笑着向她走过来。

“我叫米儿，少爷说以后由我来照顾小姐。”女孩的笑容很干净，两个大眼睛像黑夜的星子般纯粹明亮。

“米儿?”夜黎箬低喃。

“米儿以为小姐应该是那种高高在上的千金，没想到小姐这么和善，幸好米儿没有去皇城应选宫女呢，不然就碰不着小姐这样的主子了。”

夜黎箬轻笑，好单纯的小丫头。不过，她好像听她说了什么皇城宫女?

“米儿，你刚才说应选什么宫女啊?”

“泷日国的公主要来了，所以皇城要招新宫女入宫去服侍公主啊，米儿本来打算去应选的。”

宫女？入宫？夜黎箬微扬嘴角，真是踏破铁鞋无觅处，得来全不费工夫哇。

“米儿，那个招募宫女的地方在哪儿？我也去应征。心动不如行动，米儿，我们现在就去好不好。”夜黎箬抓住米儿就要往外跑。

“小姐……”

“等等。”夜黎箬瞅了眼身上的衣服，白色的衬衫沾了一层灰尘，回头，看见桌子上放着一个装衣服的托盘。“米儿，那些衣服是不是给我准备的?”

“嗯。”米儿笑着点头，“是少爷让米儿交给小姐的。”

“好，等我换好衣服我们马上就走。”

一个很拽的老太婆第一眼就相中了她们，她把她们带到了一处很华丽的宫殿——落蝶轩，也就是她们要服侍的那位主子居住的地方。据说，还是一位来头很大的人物呢，说是泷什么国的公主。

夜黎箬在宫里熬到深夜，趁着米儿熟睡，偷偷溜了出来。既然如此，那么血琥珀应该就在宫里没错了。

寂静的石砌路上，单薄的身影倒映其上，犹如这墨色的夜，慢慢淹没了烛光的无力。

面前突然出现了一望无际的梨花林，夜黎箬感觉自己仿佛置身于仙境。一时间，她竟忘了自己来到这里的目的，慢慢地挪动脚步，朝着林中缓缓而去……

忽然一道光一样的东西一闪而过。走近一点，原来这梨花林中竟然有一个湖泊，那道晃了她眼睛的光就是月亮的倒影随湖波晃动时发出的。

夜黎箬向着湖边走去。然而，直到走近了才发现，原来在这梨花林中并不只有她一个人。在湖边的草地上，早已有一个身着白衣的少年坐在那里。

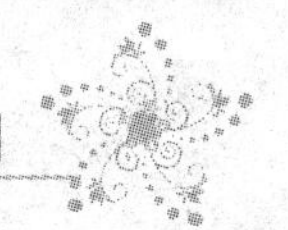

那是一个异常俊美的少年，细致如瓷的肌肤，优雅挺直的鼻翼，呈淡蓝色的眼睛如琉璃一般清澈透明。就像是被人精心雕琢过一样，那么完美。

一时间，夜黎箬竟忘了自己要说些什么，明亮如星子的视线就那么看着这个少年，久久不能移开。少年也以同样的目光看着她。

谁都没有开口说话，少年收回目光又转向湖面，夜黎箬也是，她紧瞅着湖面轻轻涌动的波纹，慢慢安抚内心狂乱的心跳。

清晨时分，疲惫地回到落蝶轩，米儿正在四处找寻夜黎箬，见她回来，米儿激动地跑上前抱住她。

“小姐，你去哪里了？米儿醒来见不到小姐，以为小姐不要米儿了……呜呜呜……”

“乖，我只是去了一下茅房，不哭不哭啊。”

“小姐，你是不是哪里不舒服？”

“米儿，我没事，你不用担心。”夜黎箬勉强牵起一抹微笑，两眼沉重地几乎快睁不开了。

夜黎箬刚想睡一会儿，视线里就出现了那个拽婆婆的身影。

她从铜镜里看到一张极其美丽的脸庞。乌黑的长发绾成了花朵的形状，与丝带缠绕固定在头的左侧，硕大的蝴蝶发夹镶嵌其上，像一只蝴蝶在吸吮花蜜。柔软的刘海儿从右颊倾斜直下，与耳后两撮长长的青丝相映生辉，慵懒中透着高贵，高贵中暗藏妩媚。

就连她身上的衣服都是精致不俗的产物，鹅黄色的丝绸绣花短衫，配上像蕾丝一样的百褶滚边长裙，完全衬托出她白皙的肌肤和绝美的容貌。

正当夜黎箬看的呆住的时候，婆婆突然开口道：“戴上面纱，准备出发。”只见两个丫环上前，拿出一块白色的纱巾扣在夜黎箬两侧耳后。

走出驿站，早已有皇城的迎接队伍等在那里，见他们出来，紫夜轻笑着上前一步：“你们来了。”

乍一听到这个声音，夜黎箬只觉得有些耳熟，抬眼望去，不由得吓了一跳，居然是在湖边看到过的那位美男子。她悄悄躲到丫环身后，把头垂得低低地，生怕他会认出自己。

“有劳国师。”焰秋笑着还礼，转身对夜黎箬说：“公主，属下就护送公主到这里了，等会儿紫夜国师会把公主送进皇城。”

不是吧？他……他竟然是国师？

“公主，请上车。”紫夜为她让开道路，指向身后的华丽马车。

等等，公主？是在说我吗？夜黎箬不可置信地望向婆婆，完全不明白这是怎么一回事。婆婆却一脸冷酷地看着她。

“公主，请上车吧。”见她没有反应，紫夜再一次说道。

她刚上了车，就听到一阵细微的琴声，如行云流水。

而同时，夜黎箬的头竟莫名其妙地跟着痛了起来，琴调越急她的头就越痛，直到琴声戛然而止。她才喘着气松开抱着脑袋的手，而额头已经一片汗湿。

还在疑惑间，夜黎箬忽然听到一丝响动，掀开被子，她差点尖叫起来。不知何时，婆婆已经上了车，手里拿着一个小巧精致的古筝。

“是不是有种头痛欲裂的感觉?”婆婆望着她，笑容阴险。

“你怎么知道?”

“因为你已经中了我泷日国的独门蛊术，名为‘木偶’。”婆婆笑得更开心了，狭长的丹凤眼微射一股邪恶的光芒。

“什么?”她快抓狂了，这个混蛋还笑那么开心。

“只要你听我的安排，顺利地完成任务，我自会为你解蛊。”

“什么任务?”

“到时候我会用琴声通知你的，所以这几天你就老实地待在那里，千万不要给我惹出什么乱子，否则……”婆婆意有所指地望着她，“既然我能轻易地来到这里，你就应该知道没有什么事情是我办不到的。”

留下这句话，婆婆不再说什么，转身向窗边走去。还没等夜黎箬开口，只听“忽”的一声，她已经跃然而下。

马车就这么走了，也不知过了多久，夜黎箬来到了一处寝宫。

她走出马车，看到远处高高的围墙，紫夜吩咐其他人照顾她后就离去了。她却在半夜猫着身子在围墙边转了一圈又一圈。那小心翼翼的模样，不知道的人还以为她是小偷呢。

“应该就是这里了吧?”来到一处看似很奇怪的围墙旁边，夜黎箬直觉告诉自己，翻过去应该会有收获。

于是，某人开始了她的攀墙计划，像只壁虎一样一步一步往上爬。只是，这只壁虎看起来比较笨，怎么也爬不上去。

当她好不容易攀上去时，做梦也想不到，此刻正有一个人影站在她的身后观察自己。那被黑巾遮掩的嘴角，一抹浅笑跃然而上。

“你在做什么?”对于她笨拙的技术再也看不下去了，那个人影终于

开口。

“啊……”一声尖叫划破长空。

上池惊讶地望着空空如也的墙头，她……她就这么下去啦?

围墙内，夜黎箬整张脸几乎皱到了一块，她马上向上池看去。

“你干吗害我摔下来，你不知道人在专心爬墙的时候是不能被打扰的吗?”夜黎箬冲着墙那头大喊。

“对不起，我并非有意……”

看到她愤怒地望着围墙寻找声源，上池不好意思的提醒道：“在这，我在这!”

夜黎箬飞快转过头来，一见到上池更加生气：“你怎么跑这边了，你刚才不是在对面的吗?”

“那里有个门。”

她望过去……确实很近的地方有个门。“有门你怎么不早告诉我!”

“在下并不知道姑娘要……爬墙。”

“哼哼。我才不是爬墙呢，我这是……”夜黎箬脑子飞快地转着，该怎么解释自己的行为呢。不过等等，这不是前段时间见到的那个美少年吗，他怎么在这里? 不会是皇宫里的护卫吧?

夜黎箬在上池还没反应过来的当头，瘸着脚快步向梨花林走去。

“你这样乱撞是走不出‘移花阵’的。”那个少年走了过来，他一直跟在身后观察她。没想到她还是和上次一样笨，只知道见缝就钻，根本不观察四周梨树的排列规律。

“什么是‘移花阵’。”

“从表面看去，这些梨树跟普通的梨花林没什么两样。可懂得阵法的人一看便知，这些梨树是根据五行八卦所设下的阵法，是一种迷惑人们视线的障眼法。”

“不懂。”夜黎箬摇头，用眼角的余光瞅了他一眼，“咦! 你怎么老是这么阴魂不散的，我都已经跑了，你还追着我干吗呀。”她没好气地说道。

上池倒也不生气，只是轻笑着牵起她的手：“我带你走出这里。”

夜黎箬木然地被他牵着走，霎时间忘记了思考。该死的，脸红什么啊，身为新世纪少女，什么没见过。走在大街上都能见到 N 多情侣在 Kiss，而他们只不过是牵个手嘛……

哎，不对啊。他干吗要牵她的手啊! 她又不是他的谁……咦，他还笑?

三

“你来这里做什么？”在上池的带领下，他们很容易就走出了移花阵，在一个岔路口前，上池忽然问她。

“找一个朋友。我一个朋友遇到了麻烦要我来找他帮忙。”这算是一个理由吗？说完她自己都有点担忧起来。

“你叫什么名字？”

“夜黎箬。”既然走出来了，还是快点回寝宫吧，“你叫什么？”

“上池。”

“上池？哼哼，上面的水池了不起啊！以后别跟着我了，再跟着我，我把你打成下水道！”夜黎箬说着，气势汹汹地离开了。

“夜、黎、箬？”上池低喃，就那样望着她的背影消失在拐角处，嘴角的笑意越来越深。

夜，渐渐深了，月亮也悄悄隐去身影，躲进深深的云层里。

“夜，查到了么？”刚与夜黎箬分手的上池，身影一闪，进了一个华丽的房间。

“回君上，查到了。”等候在房内的是紫夜，“君上估计没错，咯什确是有谋反之意，只是最近还未有什么动作。所以，臣怀疑应该和这次的和亲有关。”

“这件事就交给你去办，近日内，把泷日国公主遣送回国。”

“君上……”紫夜刚要说什么，却被上池抬手打断。

上池在一张椅子上坐下来，说：“一开始，本君只是觉得娶谁为妻并不重要，所以才答应了咯什和亲的建议。可是现在不行了，本君……好像喜欢上了别人。”说到后面，上池的嘴角忽然微扬，眼底的湛蓝像一汪澄澈的海水，在不知不觉中柔和了下来。

“君上！”紫夜有些惊讶。

“你也觉得不可思议是不是？本君也是。”上池指了指旁边椅子，示意紫夜坐下来，“夜，你应该知道，以往那些故意接近本君的女子她们喜欢的只不过是本君的身份和权利，她们冲着这些所以极力讨好本君。她们怕本君，如果没有这层身份，她们一定会离本君远远的。可是她却不一样，本君只见过她三次，她不知道我是谁，甚至不知道‘君上’这个词代表着什么。她很

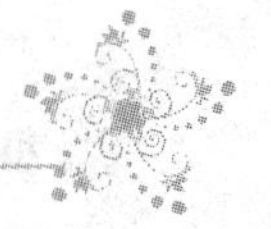

笨，总是在移花阵中迷路，还被侍卫追…她不怕本君，本君凶她，她连本带利地还给本君，还骂本君的名字取得奇怪。”上池轻笑出声，就算这样，可他竟然一点都不觉得生气，甚至感觉温暖。

“紫夜领命。”说着，紫夜站起身。

夜黎箬的寝宫内。

“见过公主。”紫夜恭敬的说道。

夜黎箬在正位上坐下来，道：“国师请坐。”

“不知公主找臣有何事?”其实他更想问，她怎么知道他今天会来?

“听说国师是有名的占星师和医师，不知有没有听说过一种名为‘木偶’的蛊术。”

“木偶?”紫夜凝眉。

“对。”

“这是一种产自于泷日国的巫术，公主应该比臣更清楚才是。”紫夜眉心轻挑。

“我就是因为不知道所以才来问你的啊。”不知不觉中，夜黎箬慢慢脱离了自己现在的身份。她索性站起身，走到紫夜面前，说道：“你到底知不知道啊。”

紫夜错愕，这样的她，怎么觉得有一种熟悉的感觉？虽然她的脸被面纱遮住，但是那双尤其明亮的眼睛和说话的语气，很像很像一个人。

而且，那个人，他也一直在找她。

“‘木偶’，如其名，就是一种会被别人掌控思想的蛊术，受蛊者会根据下蛊者的指令进行各种任务。通常这种蛊术不常用，因为超过五次召唤，受蛊者便会暴毙身亡，除非是一些比较重要的事情。”紫夜淡淡地说道。

“那要怎么解?”混蛋拽婆婆，不会是想害死她吧?

“解不了，除非下蛊者永远不对受蛊者进行召唤。”

啊?完了完了……竟然没有解药。

“那我不是没救了?”夜黎箬像泄气的皮球般趴在桌子上，顺手解开覆在脸上的面纱。

以为是自己的幻觉，紫夜闭上眼睛重新睁开，竟然真的就看到了当初那个在移位四相阵里“从天而降”的女孩。

“你没看错，就是我啦。”夜黎箬没好气地说道。

“你怎么会在这里?”紫夜瞅了瞅这华丽的落蝶轩，心中忽然有些落寞陡然升起，“原来，你就是泷日国的蝶葬公主。”为什么心里有些苦涩的感觉呢？

四

不对！

“你刚才说是你被下蛊了？”紫夜忽然变得激动，猛地抓住了她的手。

这是他第一次如此失态，而且还是在夜黎箬面前，意识到自己做了什么的紫夜，就那么尴尬地抽回自己的手，闪烁眼神不敢看她，而一直担心自己中蛊的夜黎箬却没有注意到这一切。

“嗯，我该怎么办？”

“是谁对你下的蛊。”

“那个可恶拽婆婆。”

“婆婆？”

“就是要我进宫的那个婆婆啊！”

“是她？她怎么会这种蛊毒之术，难道她是泷日国的奸细……”

“我不是真的泷日国公主啦。”夜黎箬把当天被绑架被下蛊的事情，向紫夜讲了一遍。

“你不是蝶葬？”紫夜忽地站了起来。

“嗯。”她点点头，“干吗这么紧张啊，是不是有什么事情？”

“没事。”紫夜慢慢踱步到窗前，“你被利用了，如果我猜得没错的话，他们本来是打算让蝶葬在成亲后去行刺君上的，而现在这个任务落在了你的身上。为你下蛊就是要牵制你的思想，以免到时候你会忤逆他们的意思。”

“啊？那怎么办啊。”夜黎箬也着急了。

“你必须尽快离开这里。”

“离开？不行，我还有事要办……”血琥珀？对啊，她怎么这么笨呢，紫夜见多识广，为什么不问他呢。

“紫夜，你有没有听说过血琥珀？”

“那是什么东西？”紫夜转过身，微皱眉头。

“是一种灵性琥珀，像血一样的颜色，说是具有医治百病的奇效，这段时间我打听了，好像是你们的皇帝送给一个叫什么蝶妃的礼物。”她记得书上是这么说的。

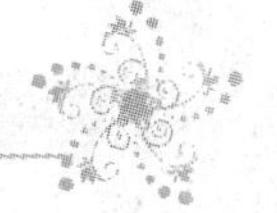

“皇帝?”

“对啊，就是你们的国王嘛。”

“你是说君上?”

“君上是什么东西啊?”好像在哪里听过呢。

紫夜轻笑：“君上的意思就是国君，也就是你说的国王啊。”

“怎么会有这么奇怪的名称啊……”夜黎箬翻个白眼，“反正就是他啦。”

“我并没有听说过血琥珀这种东西，而且，君上也没有妃子。”

“啊？那么老的老头竟然没有妃子?”开玩笑的吧?

“老头?”紫夜也被搞糊涂了，“君上不过二十岁而已。”

“啊？你们君上不是老头子……”不会是个翩翩美少年吧。

“我想到了。”紫夜突兀的声音打断了夜黎箬的思绪，“我等下就去找君上，你可以不必被遣送回国，还可以摆脱婆婆的利用。”

“什么……什么遣送回国啊?”夜黎箬听的一头雾水。

“这件事说来话长，总之，君上决定把泷日国公主遣送回国，如果真的这么做，势必会引来一场战争。现在好了，我去请求君上让他把你嫁给我，这样，不仅打乱了婆婆的计划，还完成了和亲的目的。”紫夜开心得像个孩子，可夜黎箬却惊呆在那里，搞什么嘛，这个计划怎么听起来对自己好像很不利的样子呢。

“不过，为了避免婆婆利用你去做一些伤天害理的事情，我们要必须尽快离开这里。‘木偶’蛊术虽无解药，但是只要与下蛊人相隔千里，便也听不到召唤了。”想到这个，紫夜不免有些心疼。

然而，谁也没有想到，只是一夜的时间，泷日国的大军就已经兵临城下，亲率精兵的婆婆看起来是那么的自信。其实，那天晚上夜黎箬去紫夜府时，她一直跟踪在后，自然也看到了上池在池边与她相遇，知道了上池对她的好感，便打算将计就计。所以她悄然潜回泷日国，挥大军北上。到时候，她只要召唤出那丫头体内的木偶蛊术，凭着上池对她的信任和喜欢，取下他的人头是轻而易举的事情。

而寝宫里，夜黎箬终于下定决心，选择与紫夜一起离开，虽然没拿到血琥珀有点可惜。

不过小女子成大事，十年不晚。待这次的事情结束以后，她再回来寻找血琥珀就是了。

深吸一口气，夜黎箬唤来米儿。

“小姐……”米儿扑过去抱住她，眼泪就那么潺潺地流下来。

“好了，米儿不哭。”夜黎箬抬起她清秀的小脸，帮她擦着脸上的泪水，“米儿，我要走了，以后你一个人在宫里要照顾好自己。”

“小姐……”听到夜黎箬要离开，米儿哭得更凶了，“小姐，米儿好想你啊，不要再丢下米儿好不好。”

“米儿乖，姐姐是去逃难，不是去游玩，怎么能让你跟着我受苦呢。”夜黎箬帮她把耳旁的一缕发丝拢到耳后。

“米儿不怕……只要能跟着小姐，米儿不怕吃苦。小姐，就让米儿服侍你好不好……”

看到米儿这样，夜黎箬的鼻子也酸酸的。

“米儿，你不要这样，姐姐答应你一定回来看你，好不……”下一个好字还没出口，夜黎箬忽然觉得头痛欲裂，一缕悠扬的琴声传入耳际，只觉得脑子像翻滚的火海，灼烧着她。

她推开米儿，重重地撞在门框上，然后抚着额头夺门而出。

“小姐……小姐你不要走……”米儿跟着跑了出去，但只是一个转角，就已经不见了夜黎箬的身影。

城门上，上池接到报告火速赶来，居高临下地望着城门下的焰秋。在他的身后，是几千人的兵将。

冷哼一声，上池对着婆婆说道：“喀什不是拥有百万大军吗，为何只给了你几千兵力？焰秋大巫婆！”

“杀机焉用宰牛刀，对付你，只要一个人就够了。”焰秋的心情似乎特别好。

“笑话，就凭你？”

“错，不是我，是你最爱的女子！”焰秋从怀中拿出一个袖珍的古筝弹奏起来。

所有人都被他这一幕弄糊涂了，包括上池。然而，没过多久，他就看到一个人走上了城门。

她穿着一袭粉色短衫长裙，头上镶嵌着一只硕大的蝴蝶发夹，耳边的青丝随着轻风曼妙舞动……她看起来像一只欲随风而去的彩蝶，那么轻盈美丽……

她，也是那个欺骗了他的女人。

见她慢慢向自己走来，上池上前一把抓住她的手腕，低沉的声音在她耳畔响起："你欺骗本君……"

"对不起。"夜黎箬木讷地说道，双目无神地望向他，然后伏在他的肩上，"对不起。"没有一丝感情的话语在上池听来却是最好听的声音。他有些讶异她的举动，双手慢慢地从后面抱住她。

目睹这一切的焰秋知道机会来了，嘴角最后扬起一缕邪恶，捧高手中的古筝，快速拨动其中的两根弦，嘴里喃喃说道："杀了他。"

与此同时，夜黎箬忽地睁大了双眼，拿出藏在袖中的匕首，猛地刺入上池的心脏。

……

紫夜是在刚出门的时候知道焰秋集结了兵马驻扎在城门外的。

他还是来晚了吗?

来不及细想，紫夜飞快地往城门方向跑，只是，当他赶到的时候，一切似乎都已经注定了。

混乱的城墙上面，所有人都围在上池身边，殷红的鲜血像莲花一般在他胸前盛开，那把散发着寒光的匕首涂着湛蓝的剧毒，深深地刺痛着紫夜的眼睛。他拨开人群，忙封住上池的穴位，看向四周，竟没有发现夜黎箬的身影。

城门下，焰秋正笑得张狂。

愤怒的火在紫夜的瞳眸里燃烧开来，他来到城墙边拿出占星球开始运功，只见焰秋兵将所在位置的四周立即出现一片汪洋。紫夜又把占星球举高，对准天际正冉冉升起的太阳，然后指向那片汪洋。霎时，如流星般的火球向着焰秋的部队而去，砸到之处，均是一声声的惨叫。

布好阵法，紫夜又回到上池旁边，望着他越来越苍白的脸色，紫夜眉头紧锁。

"她……她竟然刺杀本……君……"

"君上，她被焰秋下了蛊，自己也不知道在做什么。"紫夜的声音有些哽咽，他抱起上池，让他倚在自己身上。到底是哪里出了错，事情怎么会变成这个样子?

"下蛊?"上池轻笑，湛蓝的眸子忽合忽开，"也就是说……她不是真的要……杀本君，是不是……"

"是，她没有要杀君上的意思，没有。"泪水就这么滑过紫夜的眼眶，落在上池的额头。

“夜，谢……谢谢你……”上池费力地抬起头，嘴角溢出黏稠的血，“她……就是本君说的……那个喜欢的……女孩，替本……君照顾她……”

“嗯，嗯。”紫夜惊愕住了，随后热泪夺眶而出。他认真地点头，点头。

“好……好……”再也没有一丝力气，上池躺在紫夜的怀里，永远地闭上了眼睛。

夜说，她不是有意要杀自己的。

清风依旧，嘈杂依旧，城门下的惨叫依旧。唯独上池、紫夜、夜黎箬不再依旧……

五

在城门上忽然消失的夜黎箬，醒来时竟发现自己在一片草地上躺着，站在她旁边的，就是那个把她从21世纪带来这里的罪魁祸首——墨幽。

见她醒来，墨幽笑着在她旁边蹲下来：“完成得不错，你可以回去21世纪了。”

夜黎箬从草地上一跃而起，向着都城的方向跑去。她做了什么？刚刚在城门上她好像……刺了上池一剑，她……竟然杀了他……

“喂，你去哪里？”墨幽上前拦住她。

“我杀了他，我杀了他……”她像是失去了理智，尖叫着甩开他，眼泪就那么一串串地流下来。

“那些已经不关你的事了……”

“住口！”夜黎箬停下来，愤怒地望着他，“为什么……为什么要把我带来这里，上池死了……是我杀死了他……”哽咽的声音，透明的泪水，像是她破碎的心，深深地撞击着墨幽的眼睛。

他有些抱歉地垂下头，不知道该说些什么。

“不要再跟着我，我是不会跟你回去的。”她的语气透着前所未有的坚决。

“不可以。”墨幽跳了起来，“如果你留在这里，那21世纪的夜黎箬怎么办。你已经出来很久了，如果……”

“那这里的一切又要怎么办！”她真的生气了，“为什么你从来都不考虑一下别人的感受，看到别人痛苦你很开心是不是？对，我是可以回去了，可

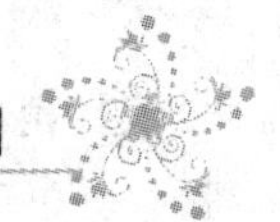

是回去以后呢？我要怎么面对这些事实，那些在我生命里出现过并留下痕迹的人，我要怎么忘掉他们……这里的一切又要怎么办？交给你吗，自私自利冷酷无情的神仙先生？”话落，夜黎箬继续向着都城的方向走去。

那么悲恸的背影，奔跑在翠绿翠绿的草地上，无比地刺眼。

墨幽委屈得像个孩子：“我自私自利冷酷无情？”天知道，要不是看在上池求了他一千年的份上，他怎么会答应他这个要求。现在倒好，做了好事结果落下个坏人的名号。

当夜黎箬再回到城门的时候其实已经是两天后，她一出现，城门上的侍卫便把她绑到紫夜面前。上池离开后，由他暂时打理国事。

紫夜惊讶于她的出现，却也没说什么，把她带到了上池的灵堂。

其实，早在之前上池说他喜欢上一个很特别的女孩子开始，他便已经猜到是她了。只是他不愿意相信，他们爱上了同一个女孩。

他以为他带她离开是最好的决定，可是，人算不如天算，注定的结局，无论他怎样扭转原来都只是徒劳而已。

她，该是喜欢上池的吧，璀璨如星子的眼泪流进他的心里，冰凉冰凉的。

“紫夜，可以把他葬在龙腾殿后面那片梨花林中吗？”那是他们第一次遇见的地方，第一次见他，她便止不住内心狂跳，现在想来，原来一切都是注定。

紫夜轻轻点头，深深地凝视着她，慢慢地，视线迷蒙。

所有的一切都结束了。

紫夜不仅接替上池成为了卡迦帝的君上，也和米儿成亲了。是夜黎箬把她托付给他的，他一句话都没说，只是点头应允。

皇城里开始流传一些流言……

据说，在龙腾殿旁的不远处，每到月圆之夜便会出现一片梨花林，洁白的梨花像不属于人间的璀璨，散发着幽幽花香。有人说，在梨花林的深处有一座小阁楼和一座坟墓，墓前经常有一个美若天仙的女子坐在那里，置身于梨花林间的她就像她头上那只美丽的蝴蝶发夹，悠然地在花间飞舞。

这些，只是流言。

曾经有人不信邪，在月圆之夜进入了那片梨花林，却再也没有出来过。还有人，日夜蹲守在梨花林旁守株待兔，可那个传说中的天仙女子始终没有出现过……

绝摩崖。

墨幽问上池："你的一千年换来了什么？"

上池轻笑："她爱我。"

"可是，他们怎么也不会想到，这一千年来你一直跪在绝摩崖，祈求的是让历史重演。上池。也许你并不知道，前世的一切早已是命中注定，无论你再怎样不甘，无论剧情怎样变化，重演无数次的结局都只会是同一个……"

"但她爱我，知道这个我已足够。"

轻风吹过，终年阴森的绝摩崖上，是谁的眼泪慢慢滋润了这片土地？又是谁的呐喊穿越长空，到达彼岸……

那么凄烈的声音，是悔恨……

神死之所

■ 斐舟

一

两边的建筑物和三年前并无分别，只是路上的行人异常稀少，也许是非周末的关系。萧索的感觉，被一种很特别的味道弥漫，这或许就是初冬吧。

穿过三条大街，再沿着一条小河，蜿蜒地走上二十多分钟，就到家了。地方虽然有点偏远，且附近还有几家化工企业。不过在三年前，能够买下这独幢房子，已是非常幸运了。

大门很快出现在面前，原本记忆中需要二十分钟的路程，如今却只花了一半。罗伯特明明已经迫不及待地想要冲过去，跑过去，甚至是用百米冲刺的速度往前跑。但他控制住了，他整理了下衣服，随后推开那锈迹斑斑的铁门，走进院子。

他走上台阶，站在门口，结果看到地板有一些暗红色的痕迹，也不知是何物。他推了下门，发现门没有锁。他推开门，叫了几声妻子的名字，不过没有人回应。

屋内物品凌乱，上面满是灰尘，看起来，足有几个月没人居住了。门口地板上有几封信，拾起查看，结果都是两个多月以前的催账单。他二十多天前寄出的信件，看来并没送到家中。

屋内没有人，楼上衣柜内的衣服都挂的很好，没有空余的衣架，行李箱也未动过。

妻子并不是在有准备的情况下外出的，不然衣物肯定会有所缺少，而且以妻子的习惯，长时间外出的话，会将家里的床被晒过后铺上塑料，以免积下灰尘。

罗伯特焦急地环顾大厅，希望能再找到一点线索，最后目光停留在大厅沙发下，一个黑灰色封面的相簿上。他记得，这是他们一家人的相簿，里面记录着一家三口的所有回忆。

他捡起相簿，上面有淡淡的暗红痕迹，这种痕迹在沙发旁边也有，感觉和门口的斑驳是同一种东西。仔细看了看，发现相簿有撕扯的痕迹，翻开后，里面每一张照片都让他感慨万千，特别是有关女儿的。

一年前，在第九局执行任务时，收到妻子的来信。因为所在部门极为敏感，所以他们禁止和家人电话联络。哪怕是信件，也需要经过审查。至于那封信，只有一张纸，十多个字，说的也只有一件事：三岁的女儿因病去世。他知道，妻子和自己一样疯了。其实那时候，女儿已经病死有十年了。这十年来他无时无刻不被那种连心脏都燃烧起来的内疚感折磨着。

合上相簿，他已眼眶通红，随后，使劲将相簿塞进了军用背包。

二

罗伯特整整跑出两条街后，才发现一户人家似乎尚有人居住，因为在他一路大喊之时，那户人家的窗帘动了几下。

他跑上去，使劲敲着那扇木门，三年前这里住的是一对老夫妻，老人家似乎叫老尼古拉斯。

“老尼古拉斯，是你吗？我是罗伯特，我回来了！”

可是里面的人并没有回应，等了一会儿后，他听到屋内响起了瓷器破碎的声音，可能是碗掉在了地上。看来，里面真的有人。

他跑到窗口，想看看里面的状况，可是窗帘遮的很紧密，只有个极小的缝隙。从中，隐约可见一个老阿婆在厨房的背影。

他回到门口，继续敲门。

“老尼古拉斯，到底发生什么事了？我老婆怎么不在家！你看到过她吗？”

他听到屋子里响起了锁链的声音，没过多久，门被轻轻地打开了一条缝。在门链被拉直时，响起了“哐当”一声。不知为何，原本治安很好，夜不闭户的小镇，现在家家都装着防盗门和防盗链，他记得刚才路过的邻居家也是这样的情况。

门停住了，半个脸出现在门缝中，往外看着。

那是一张过度苍老的脸，看起来足有八九十岁，满是皱纹，在左边嘴角，还有一个非常大的痣，上面有着几根白色的毛发。脖子下面是一件看不到全貌的黑底白格毛衣，没有套外套。

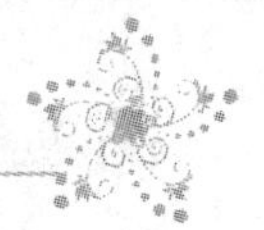

老人盯着他看了会儿，随后才用沙哑的声音说道："你老婆，是谁啊?"

"安吉丽娜，就住在隔壁街，罗文路46号!"

"46号……是不是，去年死了女儿那个?"

"是的。"

他发觉自己喉咙里都在灼痛，心脏的跳动声撞击着耳膜。收到女儿死讯时的感觉，还是没办法忘记。

"那个漂亮的小女孩啊……"

老人眼睛迷离，慢慢转向屋内，似乎正在回想。罗伯特想着是不是该打断他，他没有时间听他回忆。老人的眼神却迅速变的恐惧，脸上干燥的皮肉瞬间皱了起来，痣上那白色毛发剧烈抖动着。老人移开头，露出枯柴一样消瘦的胳膊，他试图关门。

罗伯特马上将脚塞进门缝："老尼古拉斯，老尼古拉斯！大家究竟都怎么了？我老婆呢？她在哪？家里起码有两三个月没人住了，这段时间，我老婆到底在哪?"

眼见关不上门，老人开始用力踩罗伯特挡在门缝中的脚，同时使劲用肩膀推着门，

"救护车，救护车，那时候来了救护车！你收脚吧，我有事情，要关门了。"老人说道。

罗伯特说了声谢谢，撤出了脚，然而将视线从老人那张因过度惊恐而扭曲的脸上移开时，却隐约看到厨房那个老阿婆，正试图朝门口走来。

门被关上了，他又听到了几声锁链的声音。那个老阿婆，似乎被锁链锁着。

离开时，他忍不住回头看了几眼，他不明白，老尼古拉斯为什么要锁住他老婆。不过那不是他要思考的事情，目前，他必须马上找到妻子。

在黑色沥青大道上，时不时出现的暗红色斑点，看起来像是铁锈长在了公路上。

他突然想到家中，以及邻居家里，都有这样的斑点，于是蹲下来，用手摸了下，手指就染上了几粒暗红色、带着微微腥臭的粉尘。他闻了一下，脑中马上闪过一个可怕的字眼："血!"

他心脏一阵收缩!

这很可能是血，虽然不能确定，但是经验告诉自己，概率超过50%。试想，一路的血，到处是血，甚至连自己家中大厅都是血！这里究竟发生了什

么可怕的事情！

他感到大脑一阵疼痛，仿佛脑门被铁锤狠狠敲了一下。他抓了下头发，一种可怕的感觉蓬勃而出。

他迅速站起身来，往医院跑去。

医院在小镇西侧，离他家不算远，跑步的话，不到二十分钟便能到达，毕竟只是个方圆不足一千米的小镇。

在三年前的印象中，这个医院总是人满为患，一来是因为医生的服务好，二来也是因为这是镇里仅有的医院。

可是现在，医院却非常萧条。没有门卫，医院的入口处堆满了废弃的自行车和摩托车，似乎是一道防护。

罗伯特刚翻进院内，就差点被人用棍子击中后脑勺，幸好他是特种部队出身，反应敏捷，才将将躲过攻击，随即一反手抓住了棍子。

罗伯特正要反击，却发现挥棍打他的居然是一个战战兢兢的女护士。女护士看到他后，脸上的表情有一刹那的放松，但随即又表现出了敌意，这种表情和之前的老人很像。

罗伯特立即说明来意，自己来此是要看看自己的妻子，护士脸上的表情也未放松，这时一个四十多岁，瘦长脸型，戴着黑色边框眼镜的中年男医生走了下来，他胸前的标牌上写着安东尼医师。

安东尼医生将罗伯特带到旁边一个小房间，这个房间的门也是木门，但非常结实，看得出来是特别加厚的，房间里只有一扇很小的窗户，刚好可以看到医院大门。

医生一边走，一边跟罗伯特说了情况，原来他刚才在监视器上看到了一切。在听了罗伯特的说明后，安东尼医生沉吟起来。

眼见没有回答，罗伯特有点焦急地催问道："安东尼医生，我老婆到底有没有在医院！"

"我们确实收治了一位和你描述很像的女病人，但恐怕不能让你见她。"

"为什么？"

医生坐到椅子上，抬头问道："你是军人，你回镇里后没发现这个镇子有什么异常吗？"

"当然有。只不过这个和我老婆有什么关系？"

安东尼医生盯着罗伯特的眼睛，迟疑了下说道："你妻子有轻微的神经衰弱，但是在一个月前病情突然恶化，她的精神出现人格分裂的症状，这完

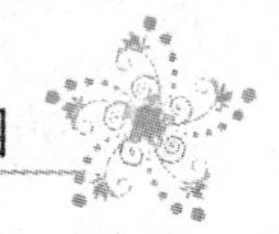

全出乎我们的意料。同时，她还开始尝试自杀，在第三次自杀失败后，她又突然不再自杀了……”

“自杀……”他痛苦地喃喃着。

“从你妻子病情恶化开始，镇里不断有人失踪，同时，出现了路上那种血迹，后来人们发现，原来那些血迹，就是失踪的人突然化成血水后遗留下来的。”

“化成血水？”

罗伯特露出怀疑的神情，所受的教育，很难认可这种怪谈。

安东尼医生推了推眼镜，朝他微微一笑：“也许你不相信，但那是千真万确的事情。反正再说你也不信。你跟我来吧。我带你去看你妻子。”

安东尼医生起身，走到窗口时朝外望了望，罗伯特看到那个方向是一个高耸入云的烟囱。

罗伯特跟着安东尼医生走进了一条满是铁锈的通道，在黑暗中，紧靠着一点微弱的光线，两人走到了通道底部。

此刻，就在罗伯特的左手边是一个深蓝色的铁门，门上有一块边长约40厘米的正方形玻璃，里面可以看得一清二楚。

他转动着门把手，却打不开门。

“门锁着。”

罗伯特敲打着门，叫着妻子的名字，然而里面的女人没有任何反应，反倒是旁边房间有人将脸趴在了玻璃上，发出呜呜的声音。

屋里的女人，确实是自己的妻子，三年没见，虽然憔悴许多，可是那刚毅的脸型，还是没有本质上的变化。他握紧着拳头，连着两拳砸在铁门上，自责的心情，像虫子咬上心口般隐隐作痛。

“她比较有攻击性，所以得把她锁起来。”

医生走到他身边，从口袋里掏出一串钥匙。

“让我进去看看吧。”

“暂时还不行，她现在的情况非常不稳定，此时进去，只会激化病情。”

女人好像看到了罗伯特，突然从床上站了起来晃晃悠悠地走到门口，将嘴贴着玻璃，呵着气，嘴型一张一合，似乎在说着什么。

“我们听不到里面的声音？”

罗伯特想知道妻子在说什么。

“玻璃没有隔音。”医生说。

罗伯特将耳朵贴着玻璃，也没有听到任何声音。

“还是听不到!”

医生抱着手，说道：“一开始她会唱儿歌，不过现在她不唱了，只是做着嘴型，我也不知道这究竟是为什么。”

罗伯特突然明白了妻子在唱什么了，那是已经去世的女儿最爱唱的儿歌。

“小兔子乖乖，把门开开，快点开开，我要进来。不开不开就不开，妈妈不回来，不把门儿开。”

罗伯特脑中浮现出许多年前的景象，妻子和自己坐在河边，女儿刚满一周岁，一手拿着玩具飞机，一边绕着妻子蹒跚踱步，一不小心就一个踉跄，倒在妻子旁边。罗伯特抱起她，放在自己的大腿上，和妻子一起教女儿唱这首儿歌。

这时候，女人又摇晃着走回到床沿，一屁股坐到床上后，又拿着一张照片怯生生张合着嘴。

那是女儿两岁生日时在屋子前的荒地上拍的照片，罗伯特突然想到相簿里，确实没有这张照片，原来是妻子病情恶化前带上了。

三

两个月前，罗伯特所在的部队接到命令，对这个小镇实行军事封锁。他非常疑惑，不过当时并没有在任何人面前表现出来。特种军队有严格的命令，他们只是奉命在村外的封锁圈外行动，主要是准备必要时的支援。然而罗伯特每日都被妻子所写的信困扰，所以他最终瞒着部队，偷偷混入了小镇。

回到家中，罗伯特开始整理东西，他将女儿和妻子所珍视的东西都收纳到了行李箱。

他负责过很多行动，他知道这个小镇里的居民最终的命运很可能是被清除。什么是清除？就是从这个世界上完全消失。

可能是因为线路关系，电灯时亮时暗，罗伯特尝试修理，却发现因为长时间没开灯的关系，灯座的线路接触有点问题。

整个修理的过程中，罗伯特始终觉得门外似乎有什么东西在动。

最终他扔下了螺丝刀打开门，却发现门外什么人都没有。

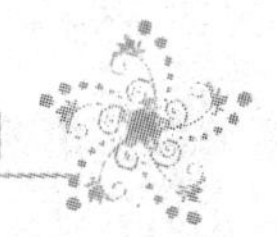

第二天早上醒来后，罗伯特才发现昨晚忘了关灯了。他也没有多想，直接带上行李箱就准备去医院。

他经过老尼古拉斯家时突然想到也顺便通知他们一下尽早离开。但是这一次他无论如何敲门都没有任何反应了。最后，他只能破门而入。屋内没有人，家具都整齐摆放着，在厨房那个地方有一根锁链，被锁在了煤气管道上。而锁链的另一头，却只是一摊血迹。罗伯特十分好奇，这个锁链锁住得应该是老尼古拉斯的妻子吧。那他妻子现在人呢？老尼古拉斯人呢？

他没有细想，因为没有时间了。他将行李箱找了角落放下后，便径直去了车站。现在的车站根本没有一个人，他来当然不会是为了坐车，他是希望找到出去的办法。

早晨的阳光，透过灰蒙蒙的天空，若有似无地穿过，却没法给人任何“我正活着”的存在感。

在车站附近，有两个穿着防毒面具、全副武装的人正在巡逻。罗伯特一看便知，这是负责攻坚的海豹突击队，他们显然已经接到了命令，擅自想要闯进或者闯出的人员，可以开枪枪杀。

罗伯特来到医院，一路走来居然没有碰到一个行人，路上的血迹却不出意料的又增加了。

他跑上三楼，没有看到医生，便朝妻子病房的方向奔去，结果在门口，看到了一摊新鲜的血迹。

他朝房间内望去，妻子蜷缩在床上，瑟瑟发抖，看起来似乎受到了惊吓。不过一看到罗伯特，妻子居然好像认出来了一样，扑到铁门上不停的大喊：“放我出去！”

妻子的样子看起来十分可怕。是什么惊吓到了她？

罗伯特四处巡视，正打算找个东西砸破铁门，他却发现这些血迹似乎有什么规律。他略一回想便明白了。

这些血迹的出现是有规律的，并非漫无目的。血迹先是往自己家中集中，之后是医院，而现在，血迹正朝着三院三楼集中。而这三个地方唯一的联系，就是自己的妻子。

这个发现令他瞬间觉得毛骨悚然。他蹲下来用手摸了摸地上最新的血迹，闻了闻，有一股很刺鼻的味道。

这味道有点熟悉，他忽然想到这次回来的第一天，他就觉得这个城市有一种奇怪的味道，以前没有过的，一开始还以为是冬天气候变化引起的。而且，早上在家里喝水时，那自来水也有同样的味道，只是当时并未在意。现在想来，可能是这些血迹积累引起的。只是血迹如何影响到自来水呢？

他一把砸开了门锁，决定先不管任何问题，带着妻子离开再说。

可是刚才还十分急切着要离开的妻子，此刻却突然推开罗伯特，钻进被窝，露出一个头看着他，那是一种十分陌生的眼神。

罗伯特再去抱，但怎么都无法接近她身体，这令他手足无措。

“你来了。”

医生这时候突然从门口走进来，整理着衣服，上面沾满了血迹。

“医生，你没事吧。”事实上，罗伯特有想过门口的鲜血可能是医生的。

“没事。”

医生用那犀利的眼睛，盯着罗伯特。

“你闻到那股味道了？”

“是的。”

“猜的出那是什么味道吗？”

“不能。”

罗伯特对那种味道没有任何了解，虽然这个味道，和空气的味道有所相似，让他有所怀疑。

“刚才，我第一次亲眼见到自溶。哦，我把这种现象叫作自溶，自己溶解，什么都不剩下，只剩下血水。对象就是你昨天也见过的那个女护士。导致自溶的病毒我也找到了，不过还没找到克制它的办法。只要再给我点时间，应该就能……”

“那自溶究竟是什么样子的。”

“首先，是内脏溶解，然后骨骼和肌肉，最后是皮肤，当所有的都溶解后，那人就像一个塞满水的气球，在你面前爆炸。‘嘭’的一声，化成了血水。”

医生冷冷地看着他，好像讲的只是吃饭喝酒这样随便的事情，然后罗伯特已经听到脊椎发凉，泛起恶心。

“你还是不信？”安东尼医生看出罗伯特将信将疑的表情。

“当然，我是军人。你这个说法太邪乎了。算了，我还有事。”罗伯特马上去扶妻子。

“你要带走她？她不能走！”

“她是我老婆，我怎么不能带她走了！”

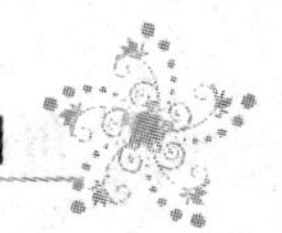

“她不是你老婆，她是虫母!”

安东尼医生话还没说完，整个人却突然颤抖起来，身子开始扭曲着拧成麻花的形状。

“怎么会，怎么连我都被感染了?”安东尼医生拧着身子往屋子外钻，结果就在门口突然爆炸，变成了一地血水。

罗伯特这下完全相信安东尼医生的话，他也明白军队为什么会这么重视，居然直接派海豹突击队负责封锁了。这个小镇里的人，真得都感染了上不同一般的病毒，在短短两个月内都化成了血水。

而且从现在军方的情况来看，对这个病毒究竟是怎么回事还完全不知道。

这时候，女人突然不断啜泣起来，不时叫着女儿的名字。

他摸着她的头，虽然不明白这种病毒的腐蚀力究竟从何产生，也不知道它们好像能表现出一定的智慧似的，但是显然它的目标是自己的妻子。

这点是毋庸置疑了。他决定马上带自己的妻子离开这里。可一个问题一直萦绕在他脑中：医生所说的“虫母”究竟是怎么回事?

四

在顶楼的窗户，他朝外面望去。一切都不再是猜测，整个小镇的血迹，都从远处，沿着街道，一直连到医院，然后又转到三楼。这时候他脑中突然冒出一个想法，也许昨晚门口有人并不是自己眼花，而是老尼古拉斯来到了自己门前，然后在自己开门前爆炸了。

他下楼找了三个铁链，以及好几把锁。他将每一层楼的大门都用铁链牢牢锁住，并将钥匙放到口袋里，然后转身走出大楼。脚下，已经是一片血海。而在视线所及的地方，他看到小镇，可能是仅有的一些人影，正蹒跚着往这边走来。

他知道晚上十一点左右，外面的封锁部队会交班，这是自己带着妻子离开的唯一机会。

他站在阳台上，远处黑压压的天空下方，一个黑色的烟囱直冲云霄。就是那家化工厂，主要生产二氧化硫为主原料的漂白剂。

他将视线投向烟囱的所在地。那附近就是埋葬着女儿的地方，一个孤独的小坟在野草堆里，现在估计已经难以辨认了。这时候，罗伯特脑中突然出现了一个词，二氧化硫！

他脑中突然一阵疼痛，感觉好像被什么东西轰炸到一样。

二氧化硫！刚进小镇时闻到的怪异味道，喝自来水时的那种味道，不就是二氧化硫的味道！

他继续望去，穿过女儿埋葬之处的小河道，蜿蜒的通向工厂的方向。

女儿当年死于二氧化硫中毒，一定是因为喝了这里的水，女儿当时最喜欢到工厂边玩，慢慢地，她就中毒了！

而且，二氧化硫经过一定的化学反应，可以产生硫酸，硫酸可以使人溶解！虽然还不知道这种硫酸和我们知道的硫酸有什么不同，但显然它们可以在人体内储存，并且还能控制人类的思想。

这样一来，所有的线索都联系到一起了。

某种病毒和二氧化硫结合后，感染人类。这种病毒可以促使二氧化硫在人体中，和人体组织发生反应，产生强酸，使人溶解。而工厂里的人就是第一批被感染的人。又因为那工厂生产出来的二氧化硫，作为漂白剂等产品，被广泛使用，漂白蔬菜，漂白衣物，甚至是漂白饮用水，于是逐渐感染了全镇的人。

不过不知为何，有些人并不会立刻溶解，而是成为没有思想的行尸走肉。

不对，不是行尸。那些人感染后，只是失去了自我意识，然后好像被什么东西驱使，一直追着妻子的地方行进，这病毒的爆发和发展是有目标的，妻子就是那个目标！

他突然想到，他也喝过水了，喝过那个有着二氧化硫味道的自来水了。

疼痛感突然一阵接一阵猛烈地撞击而来！

他感到世界变成了一片白色！

在白色的世界里，女儿的样子慢慢浮现于眼前，随后像毛细血管一样，融入自己的皮肤内。

他尖叫着，却发不出声音。

虫母，难道这是虫母的入侵吗？

五

等他清醒过来时，发现自己正以一种怪异的姿态，朝着妻子的病房

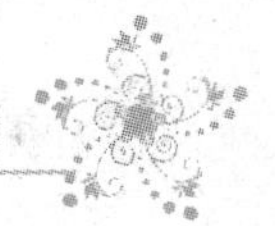

走去。

他明白了，自己已经被感染了。

不要走！

不要往前走，无论如何，不能去伤害老婆！

他控制不了，手还有脚，完全不被自己控制。

罗伯特仅剩的思维产生了剧烈的震动！

不对，那不只是感染，更是一种入侵。

是某个人的思想入侵了自己的身体！被感染的人，确实被某种思想驱使着，所以才会一直追寻着妻子。可是，那种思想究竟是怎么回事，是病毒的思想吗？

可恶！究竟遗漏下了什么地方！绝对不能去伤害老婆！

他使劲挣扎，可是身躯完全不听从自己的控制，慢慢地转开了锁。

脑中突然闪过医生在门口自爆时的情形，手里仿佛抓着东西。手里抓着东西，自己现在手里不就抓着东西吗——小爱（女儿的名字）坟前的飞机。小爱小时候，因为太爱这飞机了，所以哪怕空手走着，也时常做着抓飞机的动作。

他明白了，不是病毒的思想。病毒的思想，又怎么会知道开锁呢？是人，是某个人的思想控制了自己。

而那个人，就是自己深爱着的女儿爱丽丝！就是自己已经死去一年的女儿！他突然想到第一次在病房外，看到妻子时，她正拿着照片，嘴巴一张一合，其实妻子当时说的是“妈妈，很快就来陪你了。”

妻子或许早就已经猜到病毒的根源是小爱了，是小爱想要妈妈的陪伴。当时小爱死后，就被埋在工厂附近，而那旁边同时还是自来水输水管道的必经之地。小爱一定是借着这两个重要的因素，加上病毒的变异，小爱最终完成了夺取他人身体复活的步骤。

“小爱！”他喊着。

嘴巴张着，却没有声音，可是他知道，占据着身体的小爱肯定已经听到。

“小爱！是爸爸！我是爸爸啊！”

身子继续往前走着，接下来开始爬楼梯，一步步分得很细致，一只手抓着飞机，一只手扶着楼梯。

“小爱！飞机，这是爸爸和你一起买的飞机啊！还记得吗？”

身子停顿了下，脸部的肌肉似乎抽动了下，是在笑吗？那是在笑吗？是因为想起过去而笑吗？还是一种不屑的笑？

很快，又继续爬楼梯，接连打开了二楼和三楼铁门上的锁。

“小爱，停手吧！那是你妈妈啊！你停手吧！如果你真的不甘心，就找爸爸吧！不要去伤害你妈妈！”

没有停，步伐还加快了，一口气爬到顶楼，熟练地将锁链打开。别再往前了，再往前，那就是妻子所藏之处了。

“小爱！”声嘶力竭的声音，连自己都觉得恐怖。

果然，身躯停住了前进的脚步。

脑中不断闪过当初和小爱一起玩闹的场景，小爱是如此喜欢自己的爸爸。在爸爸刚离开的时候，她几乎每天都会去河边，拿着飞机，摆家家。每天都问爸爸什么时候回来。可是没多久，妻子信中便不再出现这样的描写。小爱变了，爸爸在小爱生命中的痕迹越来越轻，他知道，那就是一种冷漠。

他每次写信都会附带一封给小爱的信，可是小爱会读吗？

如果小爱读了，为什么后来没再回信呢？

也许对她来说，遥远的，跟自己生活无关的爸爸已经是一个可有可无的人了。

身躯再次动了起来，跳跃着，如此准确的朝着妻子藏身的房间过去。

“爸爸，我要妈妈陪！”

自己的嘴唇动了几下，不受控制地说出这样一句话。

他的眼眶滚烫起来。

“我要妈妈陪着，可是怎么都无法成功。”

脖子突然歪了下，似乎在思索。

“一开始，我只是恨那些让我死去的人，所以杀了他们。但是我后来发现，原来我可以控制他们的身体，我很开心，我以为，我又可以和妈妈一起生活了。可是，不知道为什么，每个身体，最后都会融化，起先很快，我好不容易，才可以控制人走到医院，而不让他融化呢。哦，按爸爸的说法，那叫溶解。”

“而且，妈妈好像很怕现在的我，每次我去抱妈妈，妈妈都会害怕地躲开，我好想抱着妈妈。”

说话的声音断断续续，好像刚学会一种语言的人说话的样子，不过说了

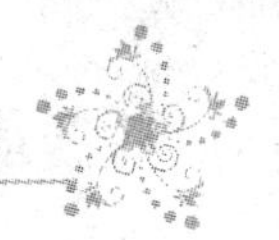

几句后，就逐渐熟悉了。

“小爱，我知道你很难过，你想和妈妈在一起，可是你不能继续这样了，你知道，被你控制的人，都会死吗？你知道整个小镇的人都因为你死掉了吗？”

“死吗？那不是死，我不也没死吗？”

“你已经死了，小爱！你这是在做不好的事情，你知道吗？”

“嘿嘿，爸爸最爱小爱了，一定会成全我的吧。只要能占据爸爸的身体，妈妈就不会怕我了，我就可以抱到妈妈，这样爸爸、妈妈还有我，我们三个人又生活在一起了。爸爸是不是在担心自己会溶解？不会的，爸爸不会溶解的。小爱不会让爸爸溶解的。”

他终于明白，为什么安东尼医生溶解前，眼里会出现羡慕的表情。

头脑已经开始迷茫，思绪都仿佛停顿了，脑死亡，是不是就是这样的感觉？所有的思考都停止了，什么都不剩。

不过就算如此，他仍然知道，这根本不是三个人生活在一起。一旦自己被完全占据，自己其实已经真正死去了，不仅是肉体，还有思想。可是他居然没有任何怨言，是的，他愿意为了小爱把肉体给她。甚至把一切都给她，因为小爱是自己如此深爱的孩子。

哪怕，他只是小爱活下去的一个工具；哪怕，最终的结局也是化成血水。

他非常努力地想在脸上绽开一个微笑，许久没这么笑过了。

这是对着小爱才会展现的笑容啊，已经封存三年了，离开的时候，她还不怎么会讲话。

——这孩子，居然已经学会撒谎了。

他最后如此想着，却说不上来，那是甜蜜，还是辛酸。

“她”的手推开了房间的铁门。

“她”朝屋子迈出了一步。

“她”看到双眼已经拥有自己思想的母亲。

妻子满是欣喜地望着罗伯特。

“她”一下扑在了母亲怀中。

母亲含着泪，说道：“罗伯特，你回来了。”

“她”等这个拥抱很久了。无论如何，能抱到妈妈，尝试再多次都无所谓。

“她”枕在妈妈怀中，如此温暖。

多想和妈妈永远生活在一起啊！

只是脚上的皮肤已开始被体内的强酸腐蚀，血水已经渗透出来，这是个烦恼的事情啊！

连爸爸都不能和自己共存啊，究竟如何才能和妈妈永远在一起呢！

不过，这是不能让妈妈知道的烦恼啊，不能让妈妈担心。

她挤出灿烂的笑容，说道：“我回来了，妈妈。”

黄雀

■莫弧

四月初四，阴天。

山神庙。

显然，此处早已荒废许久，蜘蛛网爬满了屋檐，墙壁年久失修，庙里一片阴暗。

一女一男，分别占据了庙里的两个角落，脸色比山神庙的墙壁还要阴暗。

女人虽然已达少妇年纪，一双纤纤玉手却像豆腐般嫩滑；一条大蟒蛇缠绕在她的肩膀上，吐着红芯，吸吮着她少女般的肌肤。女人非但不害怕，而且伸手抚摸着那条蛇，就像是父母抚摸着自己可爱的孩子。

站在他对面的男人，一直握着剑、握得很紧。无论谁都看得出来，他是个一丝不苟、时刻保持警惕的人，即便是在睡觉的时候也不会放开他的剑。在这个世上，仿佛没有什么东西能够引起他的兴趣，除了他的剑。

蟒蛇盘绕在女人的身上，不时发出“咝咝”声响，透露出和男人眼里一样的敌意。

没有风，空气里充满了沉闷的霉气。

两人平时都是各霸一方的人，今日一见，自然谁都不服谁，剑拔弩张的形势是在所难免的。

但他们都没有动手，因为他们都在等，等一个约他们来的人。

这个人很快就来了，带着风来，吹散了破旧山神庙里的憋闷之气。

来人蒙着面，穿着一身融于夜色的黑衣，举手投足间带着傲气，动作轻盈跳跃，恍如水上无牵无挂的浮萍。

但他的脸色却比女人肩膀上的蛇还要冷峻，目光比男人手里的剑还要锐利。

一看到蒙面人的到来，男人马上变得恭恭敬敬。

等看到蒙面人走过的青砖都无声爆裂，女人才醒悟此人的修为确实非同小可，也变得很规矩。

他们都不是要脸不要命的人，在绝对的力量面前，总会心悦诚服。

“蛇夫人、疾风，你俩都来了?”蒙面人边说边瞟了瞟窗外，喃喃地说：“今天可真是个好日子，不冷也不热。”

蛇夫人和她的蛇一起点头赔笑：“您说的没错，今天的确是个好日子，杀人的好日子。”

蒙面人环顾两人：“你俩想杀谁?”

疾风冷冷地答：“和阁下一样，‘枪皇’。”

叫这个名字的人，不是很自大，就是很可笑，但在场的人却没有笑。

非但不笑，而且都变了脸色，连蒙面人都忍不住叹了口气。

如果世上有十个人，九个是名不副实的，“枪皇”却必定是名过其实的那一个。

在所有使剑的高手里，年纪最轻、修为最高、未来潜力最大的，莫过于剑道盟的“北湘剑神”。这是在江湖中是公认的，几乎没有人去怀疑。

但就连剑神都不得不承认，倘若自己遇上了纵军门的“枪皇”，胜负只在六四之间。枪皇占了六成，而剑神只占了四成。

枪皇的枪法，一共有九九八十一式，施展开来就如暴风骤雨、山崩地裂。莫说江湖上无人能接满他的九九八十一招，甚至连勉强接住他前九式的人都很少

更要命的是，他能够将一杆九十斤重的长枪运转如飞，跟使一根稻草一般的轻盈，每枪刺出势必见血、从不失手。

有人说，枪皇虎背熊腰，是天生的神力；也有人说，枪皇是枪神转世，天生对枪有天赋；更有人说，就算别人是从娘胎出来就练枪，比他再多练三十年，也不一定能达到他现在这样的修为。

归根结底，枪皇是个天才——这是毋庸置疑的。

对于“天才”两个字，蛇夫人和疾风露出了羡慕的神情，唯独蒙面人的眼睛里爆发出一连串异样的火花。虽然疾风看不清那代表了什么，但肯定不是羡慕。

“下面，我来说说你俩要做的事情。”

蒙面人打破了沉默，缓缓地说：“明天黄昏前后，枪皇会和他的师兄经过这儿，并在镇里唯一的客栈里留宿。这是我们的机会，我会告诉你俩埋伏的地方，到时要等待我的信号行事。”

蛇夫人和疾风对视了一眼，纷纷点头。

蒙面人继续说：“蛇夫人，一听到我的信号，你就将毒蛇放出，向枪皇

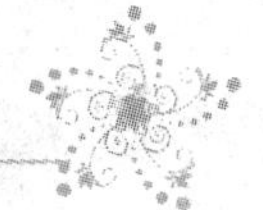

的脸上喷毒，不求能击倒他、但求能蒙蔽他的视线。”

蛇夫人颔首，抚摸着肩膀上的蛇，微微一笑。

“到时我也会出手，突破他的护身气劲，但关键的一剑在于你，疾风。”

蒙面人又对疾风说：“你要从他右边出剑，抢攻他的胸腹要害，争取一剑致命！”

疾风也点头，但忍不住问：“为什么？”

“枪皇唯一的缺点，就是他的右手有点行动不便，甚至吃饭握筷子的时候都会颤抖。这是他唯一的弱点，也是我们的机会。”

蒙面人说着，眼角露出讥笑的表情，显然对枪皇很是熟悉。

“届时动手，还会有人帮忙吸引枪皇的注意力。”蒙面人总结道：“信号一发，行动立即开始。所有的攻击，都要在击掌两次之间全部完成。”

蛇夫人和疾风不但明白蒙面人的意思，而且很赞成。

枪皇是高手中的高手，要刺杀这样的人物，只有把握住稍逊即逝的机会。机不可失，时不再来！

“螳螂捕蝉，黄雀在后。我们的这个计划，就叫做‘黄雀’吧。”

蒙面人胸有成竹地说：“你俩听好了，行动的信号是——”

……

翌日。

走廊过道，阳光在大红柱子后留下长长的阴影。大红柱子互相并列着，一直延伸到远方，仿佛站岗放哨的卫兵般威武雄壮。

可有谁能想到，这些柱子的后面暗藏着杀机！

蛇夫人和疾风使着遁术，分别埋伏在柱子的阴影之后。

他俩比阴影还要冷酷，比冷风还要无情，比壁虎还要安静。

他俩的表情虽然很严肃，但却都显得很有把握、很从容。

名动天下、天赋过人的枪皇，在如此完美的“黄雀”计划面前，也不过是只无头苍蝇而已。

他俩在静静地等待着，等待着猎物落入这精心准备的陷阱之中。

此时此刻，他俩的心里除了行动之前的忐忑不安，更多的是成功之后的激动和向往。

他俩和枪皇往日无怨、近日无仇，之所以参与此次伏击，完全是因为对方的名号实在是太过响亮。只要能够打倒他，名声、地位、财富等，一切都会接踵而来。

蛇夫人是人，疾风也是人，他们都无法抗拒如此诱人的条件。

天色渐晚，夕阳西下。

满园的鲜花、澄蓝的天空、芬芳的大地，慢慢隐没于灰暗之中。

夕阳就像位有心事的小女孩，羞羞答答地退下，羞羞答答地迎接她人生中重要一刻的到来。

这代表着一天的终结，也代表着枪皇传说的终结。

……

同样的天空，同一个夕阳下。

两条身影在路上飞驰着，连疾驰的山风也无法跟上他们前进的脚步。

赶在前头的，是一匹马和一个坐在马上的人。那人一身白衣、背着一杆枪，座下的良驹脚步轻盈、日行千里，只需要偶尔鞭策就能保持风驰电掣的速度。

跟在他后头的，是他的师弟，枪皇。

枪皇也在赶路，却不是骑马，是御枪而行！

别人骑马，他却坐在枪杆上休息。别人练功，却不见他的人影。别人奋斗一辈子都得不到的，他好像很轻易就能得到。

因为他是天才，纵军门百年难得一见的天才！

“陆师兄，天色晚了，得找个地方投宿吧。”枪皇看了看天色，对前面策马奔驰的师兄说。

“江湖传闻，此处多有打家劫舍的匪人，不甚太平。”陆师兄道，“我俩还是加紧两步，尽快通过此镇才好。”

“呵呵，陆师兄多虑了。”

枪皇说着，御枪偏离官道，就往路边一间客栈飞去。

见此，陆师兄也只得跟随而去。

……

“两位客官，欢迎欢迎！打尖还是住店?”

招呼他俩的，是一位身材微胖的伙计。

枪皇将爱枪握在手里，笑着说:“住店。”

“请跟我来。”

为了掩饰腹部的赘肉，伙计一身的黑衣打扮，看上去确实更为精干，连眼睛的光芒也隐隐而出。

陆师兄还待细看，伙计已经转过头去，在前面带路。

“师弟，我看这里有点不妥，只怕是间黑店。”他悄悄地对枪皇说。

“师兄也太多心了。”

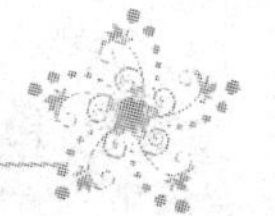

枪皇冷笑一声："倘若是黑店，撞在我俩手里，只能算他倒霉了。"

……

谈话之间，三人已经踏上了走廊的过道。

伙计在前面带路，两人跟在后面。

过道煞是安静，只有伙计一个人的脚步声，完全听不到应有的喧嚣。

此时的安静，却比喧嚣更可怕、更令人感到恐惧。

不但没有声音，连风也没有，天地间的一切都仿佛静止了下来。

陆师兄已经握住了枪杆，放慢了脚步；枪皇却还是大步前行，一副不在乎的模样。

忽然，在前面带路的伙计跌倒在地，跌了个狗吃屎。

"慢慢走，别紧张啊。"

枪皇边笑着，边伸出左手将对方扶起来。

就在这时，只听得枪皇身后的陆师兄大声叫道："师弟小心！"

话音方落，四条人影从大红柱子的阴影里一闪而出，举止迅捷、出手狠毒。

其中，蛇夫人和疾风各司其职，分别攻向枪皇的面门和胸腹。

另外两个身影他俩并不认识，出手却一点都不比他俩慢，招式的变化也已到了随心所欲的境界，显然也都是一等一的高手。

要同时面对四位一流高手的夹击，本就是不可能的事情，况且，更阴险的一招已经刺到枪皇的肋下三寸。

那是一把匕首，匕刃青光闪闪，必是喂过剧毒的。如果被此匕首所伤、哪怕只是蹭破一点皮，也绝对是致命的。

刺出这一招的，居然就是枪皇的师兄！

"黄雀"行动的信号，不是伙计的跌倒，而是陆师兄的那一句"师弟小心"。

如果枪皇有神枪在手，或许还能够挥枪抵挡；可惜的是，他的一只手正扶着跌倒的伙计。

如果枪皇将枪法使出来，或许还能够逼退一两个高手；可惜的是，他同时面对着的，是四个人。

如果枪皇能够将四人都逼退，或许还有喘息之机；可惜的是，那致命的一招已经刺到他的肋下，他完全没有闪避回旋的余地和时间。

陆师兄虽然不是专修剑法的，那反手一刺的威力和速度，却连剑道高手疾风也不得不佩服；扪心自问，即便是在全盛之时自己也刺不出如此速度的

一剑!

疾风甚至以为，自己看到了一道闪电!

快如闪电，该是武学的绝高境界；但幸好，那并不是最高境界。

这世界上还是有东西比闪电更快的——那就是枪皇手中的神枪!

华光一闪，狂风四起。

一股强横的气劲充斥了整个走廊，瞬间将在场的所有人都湮没其中。

枪皇一出手，就改变了整个局势!

或许他的内力在江湖上不是最深厚的，或许他的招式还不是最精妙的，但他的“快”却绝对无人能及!

疾风本以为，陆师兄的剑已经够快了；现在疾风才知道自己错了，错得很厉害。

跟枪皇的出手相比，那偷袭的一招简直就像是婴儿的蹒跚学步。

疾风实在想不到，一个人怎么能在眨眼之间同时攻出五招，而且五招都不是虚招。

风卷残云之际，五个一等高手一齐倒下，他们甚至连反应的机会都没有。

“黄雀”计划才刚展开、还没来得及实施，就已宣告失败。

而且，枪皇还是单手挥枪、仓促应战。

要不是亲眼所见，疾风还不肯相信枪皇的枪法是前无古人、举世无双的!

枪皇将手中的伙计轻轻放下，直到此时，客栈的伙计还没有弄清楚到底发生了什么事。

他看了看横七竖八躺倒在地的五个人，又看了看枪皇的背影，冷汗才开始流下来，湿透了自己身上的黑衣。

枪皇慢慢地走着，跨过偷袭他的人，来到了陆师兄的面前。

陆师兄喘息着，脸上挂着无奈的笑。

螳螂捕蝉、黄雀在后。他只是想不到，“黄雀”不是自己，而是枪皇。

枪皇居高临下，开口问：“为什么?”

陆师兄反问：“什么为什么?”

“师兄，你为什么要杀我?”枪皇不解地说：“从小到大，有什么好的我都是让给你，为什么你还要这么做?”

“让给我? 凭什么要你让给我? 这一切本就都是我的，如果不是老天偏爱你的话!”

陆师兄咆哮着，想要坐起来。他虽然输了，却还是不肯在师弟面前低头。

枪皇叹了口气，他不知道该说什么。

“我就知道会是这样，我就知道。从小到大，我无论做什么都比不上你。就连在背后偷袭，也赢不了你。”陆师兄笑得很惨：“你果然是天才！我永远都超不过你！”

枪皇看着曾经和自己共患难的师兄，不说话。

许久之后，他才缓缓地说：“师兄，你错了。你根本就什么都不知道。”

“废话少说！胜者为王，败首为寇。”陆师兄昂起了头：“杀了我！否则，我迟早会报仇的！”

……

七月初四，晴。

离不堪回首的那一天，已经过了三个月。

后山密林里，不管烈日当空、还是大雨滂沱，都能够隐隐看到枪皇练功的身影。

自从回到了纵军门，他从来就没有放松过一天。

枪皇练功的时候，总喜欢躲到没人的地方、偷偷地修炼。这是他的习惯，也是他的性格。

他不喜欢被别人看到他右手因为练功过度而疼得在地上打滚的模样。

只有看过这一幕的人，才会知道所谓的“天才”是怎么样造就的，才会明白这世上成功和下苦功是永远分不开的孪生兄弟。

可惜的是，理解的人并不多。就算是比自己早入门、带领自己成长、被掌门所看重的陆师兄也不能理解。

枪皇将枪尖斜倚在地上，长长地出了口气。

陆师兄并没有死。

虽然对方不仁，自己却不能不义，毕竟两人是一起长大的师兄弟。

况且，师兄会有十年的时间在陷空山面壁思过，要在那个叫天不应、叫地不闻的地方度过十年，也算是很重的惩罚了。

谁能无过？枪皇相信，自己的师兄迟早会想明白的。

不管发生了什么事情，两人永远都是好兄弟！

一个人的江湖

■ 在海角

一

他觉得自己就是一只井底之蛙。

他从小就和师傅在这暗无天日的洞中过着相依为命的日子。在他的生命中，只有师傅。师徒俩除了习武练功修身打坐，就是吃饭睡觉。师傅有时会出去几天，带回来一些吃的用的。他从来没有出去过，他不知道外面的世界是什么样。他曾经央求师傅也带他出去，但师父说江湖险恶，他现在出去还不是时候。他本来也已经习惯了，也不知道出去了能干什么，想干什么，之所以想出去，也不过是说说而已。既然师傅不带他出去，也就不出去了吧。可是，现在这里只剩下他一个人了。师傅死了，三天前死的。

按说，他现在可以出去了，但是，他还不能出去。师傅以前没有告诉他怎么出去，他只知道师傅说要出去的时候，就在他跟前运足功力，腾云驾雾般飞了出去，弄得洞中飞沙走石。

师傅临死前告诉他说：你只要把“天穴飞龙真经”练好了，就可以从洞中出去了。到那个时候，你就可以独自行走江湖，走出一片属于自己的江湖。但是，你出去的第一件事，就是去报杀父之仇，报了杀父之仇，也不枉师傅的一番苦心。你要明白，师傅之所以跟你相依为命隐姓埋名这么多年，就是为了这一天。记住，你的仇人，也是师傅的仇人。我们的仇人，就是现在的武林盟主，代号“一剑封喉”的陆成。

二

陆成膝下无子，只有两名如花似玉的女儿。

姐姐寒月沉静内向，一枚绣花针练得出神入化。

妹妹星月活泼开朗，一把长剑舞得天马行空。

两姐妹虽是女流之辈，但若不是一等一的高手，一招半式之内，休想

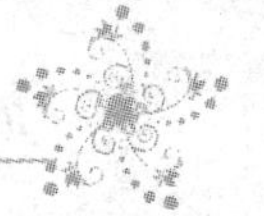

活命。

这天，天高云淡，彩蝶纷飞，姐妹俩在一株银杏树下荡着秋千。时值初秋，不时有三两片树叶飘然落下，月季花绽放着最后的几分孤傲，旁若无人的瞅着脚下一丛一丛挑衅般的菊花。

“姐姐，传说江湖上最近出现了一位外号‘冷面情圣’的人，而且武功卓越，无人能敌。好多女孩都去找他。”星月说。

“你也想去。”姐姐说。

“是呀，如果他真像传说中的那样，那他，就一定是我的。”

“可是，去找他的那些女孩，都没有再回来，也许，他只是个杀人不眨眼的‘冷面杀手’。”

“我才不信你的话呢。你总是把事情想得像你一样糟糕。”

“可是爹不会让你去的，你每次都会被爹派的人给找回来。”

“但是我会成功的。”

“你不要玩什么花样。”

星月不再说话，望着姐姐诡秘地笑着，然后，在脑子里幻化着那个“冷面情圣”的俊美模样。其实，星月并不是非要去找他，她只是想在江湖上走一走，能碰到他，当然更好。

三

清晨，偌大的饭堂里，只有陆成夫妇正襟危坐。

往日这个时候，两位小姐已经早于二老坐在这里了。人称“夺魂刀”的江烟雨正要开口问丈夫陆成，却见丫鬟兰儿慌里慌张地跑进来说：“老爷夫人，不好了，大小姐不见了，二小姐不知怎么回事，还在蒙头大睡呢。”

江烟雨看着陆成：“这两个冤家，是怎么搞的。”

路程并没有急着回答，想了想，叹了口气说：“不见人的是星月，蒙头大睡的是寒月。”

江烟雨说：“陆成，你把我说糊涂了。”

陆成说：“你还不知道你那两个宝贝女儿吗？走，去看看。”

果然，在星月房间呼呼大睡的，是寒月。

据寒月说，晚上，星月叫她去。她们说了会话，喝了会茶，然后她不知怎么就迷糊过去了。

陆成说：“你不但让星月灌了迷魂汤，还被点了穴道，身为我武林盟主的女儿，你竟然连一点防范意识都没有。”

寒月委屈地说：“星月是我妹妹。”

陆成说：“江湖上，所有的人都是你的敌人。”

寒月说：“星月人呢?”

陆成反问：“你说呢。”

江烟雨说：“这丫头，一定又去闯什么江湖了。陆成，找人把她追回来吧。”

陆成说：“这次就让她去吧，让江湖给她点颜色看看。”

江烟雨说：“可是……”

陆成说：“没有可是。寒月，赶紧梳洗一下，穴道我已解开了，以后不可再出现这样的情况。”

四

前两天，星月还很庆幸，这一次真逃出来了，这一次，没有被爹派的人追上。

可现在，星月有些后悔了。难道，这就是江湖吗？江湖就是一个人行走，一个人徒步旅行吗?

第三天晚上，星月没有找到落脚的地方，就在一处还算平整的地方，点燃了一堆篝火，坐在火堆旁想爹想娘，想那个传说中的“冷面情圣”。而现在，这两种想法在星月心里纠结着，到底是回头，还是坚持，她无法确定。

正在星月犹豫不决之际，忽然平地里起了一股阴风，那强大的风力吹得星月摇摇晃晃地向后退去。篝火也瞬间熄灭，且干柴枯枝随着那股强风四散飞去。不是星月躲得快，那些东西一定会是致命的利器。

星月只是始料未及，如果早有防备，那股强风再强，她也会纹丝不动。

星月抽出长剑，指着黑暗中的远处：“谁?”

强风随之再起，强风里裹着一个黑影，强劲的掌风向星月劈来。

星月暗叫“不好”，忙挥剑迎敌。

但是，不过三招，星月已受了一掌。胸口一阵闷热的疼痛，口里就喷出一股鲜血来。

“姑娘，找冷面情圣的下场，就是死。”黑影说。

“你，你难道就是冷面情圣?”星月拼着最后一丝气力说。

黑影没有回答，只是一声冷笑。

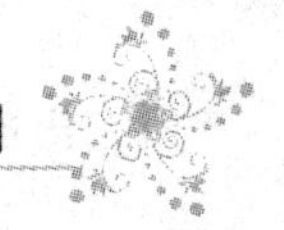

“为什么？”星月不甘心。

“因为我要报仇。”

说完，黑影不容星月再问，就又运足气力，打算结束这场对他来说，不是战斗的战斗。

星月闭上了眼睛，这就是自己要走的江湖，这就是传说中的冷面情圣，如果这一切都是真的的话。

三天时间，江湖让星月感到了无聊和无情，江湖真的是人们说的那样险恶。

但星月并没有再被那掌击倒，一个翩然而下的白衣人，带着星月迅疾的离去，闪电一般。

五

第二天，当朝阳升起的时候，星月睁开了眼睛。胸口还有点闷闷的感觉，但已经好像没有大碍了。

悬崖边上，站着一位白衣飘飘的少侠，背对着星月。少侠腰间，挂着一把剑，在朝霞映衬下，神秘而凄美。

星月觉得，那个背影，给人一种孤独凄凉的感觉，那个背影，似乎隐藏着什么，那么的让人想去靠近，想去了解。

“谢谢你救了我。”星月站起来，对着那个凄美的背影说。

“姑娘，趁早回去吧，江湖不属于你。”背影依旧那样纹丝不动地站着，好像一切都与他无关。

“我只想知道，你和黑衣人，到底哪个是冷面情圣。”

“是谁不重要。谁都可以是，谁都可以不是。”

“一个杀我，一个救我，一个无情，一个有情。我初次行走江湖，就是想看看真正的‘冷面情圣’是什么样的。所以，不管他是谁，不管他怎么样我都不会再回去了。”

“姑娘，你这是何苦？”

“我只是不相信那些谣言，我不相信所有的女孩都因为他而失踪。是为情所困，还是为情所杀？”

“我不知道谁是‘冷面情圣’，我只知道，最近一段时间，江湖上的确有许多少女离奇失踪。我也在调查这件事。”

“那你带上我吧，我们一起去调查。”

“你不觉得你是个累赘吗？”

“你救了我，我的命就是你的了。就算你不同意，我也会自己去查的。”

“那你就去吧，随你怎么样都和我没关系。”

白衣少侠的无情冷漠令星月倍感伤心。她咬咬牙，欲转身离去，心却不甘。

“能否让我看看你？那样的话，我死的时候，也能记住恩人的模样，就不会带着遗憾。”

久久的沉默定格在这悬崖边上。少侠没有回头，星月不忍离去。

当太阳置于两人头顶的时候，星月忽然觉得一阵眩晕，伤口就一阵刺痛袭来。然后，就向后倒去。

可就在星月倒下去的一刹那，她被一只有力的手扶住了，然后，星月听到有人说：“星月，你给我醒醒。”

星月睁开眼睛，望着这个叫着她名字的白衣少侠，他的眼睛带着野性的光芒，但是除了眼睛，他的大半个脸被白纱罩着。星月问：“你到底是谁？怎么知道我的名字。”

少年说：“师傅叫我凌云，我的名字就叫凌云吧。龙归山庄的二小姐，江湖上谁人不知，谁人不晓。”

“那你呢？你是‘冷面情圣’吗？”

“我只知道我叫凌云。”

六

星月回来了，回到了“龙归山庄”。和她一起回来的，还有那个叫凌云的少年。

在姐姐的闺房里，星月兴高采烈地讲述着自己的江湖之行。讲完了，星月问：“姐姐，你觉得怎么样？”

寒月说：“不怎么样。你既然那么想走，而且，这次又走得那么彻底，爹也没有派人追你回来，为什么又自己回来了？”

“姐姐，你好没情趣啊。我回来，我当然要回来了，我找到‘冷面情圣’了当然要回来的。”

“你确定他就是吗？说不定，他是有预谋的。”

“姐姐，你干吗非得这么想？他可是我的救命恩人啊，而且，那么年轻，那么善良。”

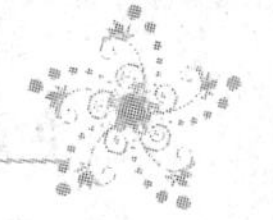

“哼，我的亲妹妹都算计我，点我的穴道，你说，我还可以相信谁呢？”

“姐姐，我那不是因为走不了吗？我只是想多争取点时间而已。等爹知道的话，我已经走得很远了。”

“你以为就你聪明，大家都笨吗？告诉你，爹这次是故意放你走的。”

“不跟你说了，我去找凌云。”星月拿这个姐姐没办法，赌着气走了。

凌云还是一袭白衣，持剑而立。

“云，在想什么呢？”星月从背后跑过来，娇滴滴地说。

“我在想，我应该什么时候动手。”凌云还是没有回头，但他觉得自己的心很痛。

“你说什么？”凌云的回答让星月很是惊讶，她想起了姐姐说的话。

“我是说，什么时候动身离开。”凌云回过头，看着星月笑着说。

“我就说嘛。”星月也笑了。

七

晚上，凌云躺在床上，辗转反侧，毫无睡意。他在想着自己从那个山洞出来以后经历的事情。其实对他来说，谈不上什么经历，他只是一个人在孤独地走，经过很多繁华的地方，也经过很多偏僻荒凉的地方。没有人认识他，他也不认识任何人。不过，他还是收拾了几个地痞流氓。那些个人，根本就谈不上江湖人士。然后，他就听到了好多姑娘因为去找一个‘冷面情圣’的家伙而离奇失踪的事。再后来，他听说‘冷面情圣’是一位白衣少年。接下来，他就被很多人追杀，很多人也就被他杀。

他觉得，一定有人在陷害他，这个人很可能就是陆成。所以，只有了解了他和陆成之间的恩怨，一切定会真相大白。

他睡不着，也不能睡，他要等时间，等夜深了，去和陆成了结是非恩怨。

八

当凌云趁着夜色，潜入陆成房间的时候，挥剑向陆成夫妇的床上刺去时，他发现，他的剑刺空了。他知道，陆成已经对他有所提防了，就没有动。他知道，此时此刻，动也没用。他其实早已做好了准备，或者陆成死，或者自己死。

黑暗的房间突然被一缕烛光刺亮。然后，陆成说："你终于来了。"

他说："废话少说。"便挥舞长剑，奇招并发。

江烟雨大喊一声："陆成小心。"

三把剑就裹在了一起，只听见剑的碰撞和衣服的沙沙之声，不见人影。

他觉得，陆成夫妇并没有使全力。但他不管这些，他绝不会给他们任何喘息和解释的机会。

很快的，他的剑就刺进了陆成的心脏。他想再刺一剑，江烟雨挡在了陆成面前，他的剑刺进了江烟雨的胸膛。江烟雨胸部受剑的同时，撕心裂肺的喊了一声："陆儿，他是你爹！"

凌云被这喊声一惊，心痛的感觉又莫名其妙的袭来。他赶忙收住了剑："你说什么？"

江烟雨捂着胸口汩汩而流的血，挣扎着说："我们正准备去告诉你这一切的，但是还不太确定。但现在可以了，你的剑法告诉我们，你就是陆儿。"

凌云就这样站着，听江烟雨说着曾经江湖上的一段陈年旧事。

"当年，我爹是武林盟主，身边有两个得意门生。一个是大徒弟焦远，一个是二徒弟陆成。他们两个都爱上了师傅唯一的女儿，就是我。但我喜欢的是陆成。我老觉得焦远那人不实在，有股子邪气。我知道，爹也有这样的看法，所以，平时对焦远不怎么重用。那天，爹派我和陆成出去办事，等我们回来的时候，焦远已经血洗了龙虎山庄。龙虎山庄，就是现在的龙归山庄。原来，焦远早就皈依了邪教，学了一身邪门的功夫，趁你外公不备，先下手为强，为的是得到武林盟主的宝座，还有'天穴飞龙真经'，还有我。但他不知道，爹背地里把毕生所学都教给了我和陆成，我们已经练成了残雪流星剑。在和他的激战中，我和陆成双剑合一，打败了焦远。看在师兄弟一场的分上，我们只砍了他一条腿。但他不思悔改，就在陆成坐上武林盟主的那一天，我也正好产下了一对龙凤胎。陆成高兴，就在龙虎山庄大宴江湖人士。没承想，焦远乘虚而入，抱走了你。这么些年来，我们找你找得好苦啊。"

"你在编故事吧。"凌云不相信这是真的，这怎么会是真的呢？陆成是爹，江烟雨是娘，相依为命的师傅竟成了仇人。

"你的左肩有一个蝴蝶形的胎记，寒月的在右肩。星月是我们捡来的孩子，龙虎山庄是你被偷走以后，我们才改成了龙归山庄的，为的是盼你早日回来。"

凌云再也不能不相信了，记得他曾经问过师傅，肩膀上的东西是怎么回事，师傅告诉他，那个东西叫作胎记。

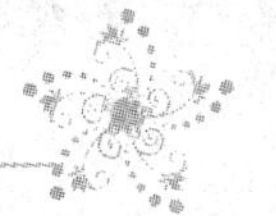

九

凌云正要蹲下去扶起江烟雨，外面忽然传来一阵狂笑。

紧接着，狂风骤起，一位黑衣人挟持着寒月进到房中：“小师妹，你现在后悔了吧。后悔当年没嫁给我，后悔你和陆成所做的一切了吧。”

凌云站起来，看着黑衣人，一脸疑惑：“师傅，你，没死。”

焦远又一阵狂笑，然后说：“我怎么会死呢。傻小子，谢谢你点了这两位姑娘的穴道，星月我已经替你送回那个山洞了，也谢谢你替我手刃了这两个让我生不如死的贱人。连我徒弟都打不过，还有什么资格做武林盟主。”

“原来一切都是你干的。”凌云终于知道了，这就是江湖。

“是我干的，我就是……”焦远的话，戛然而止，面目忽然变得狰狞丑陋，一枚带毒的绣花针刺入了他的咽喉。动作轻快准确，焦远一丝觉察都没有。也许，他正沉浸在报仇之后的幸福中。但他还是在临死前的一刹那，使劲全力，给了寒月一掌。

寒月踉跄着，口里喷出一股鲜血，凌云伸出手，抱住寒月。

凌云轻轻地放下寒月，扶起江烟雨：“娘，你还好吗？”

寒月挣扎着爬到陆成和江烟雨身边，喊着爹，喊着娘，珠泪婆娑。

江烟雨说：“陆儿，照顾好你姐姐和妹妹。”

凌云说：“你不是说星月是捡来的吗，她不是我的妹妹。”

江烟雨说：“捡来的也是我们的孩子，是你的妹妹。”

“不，我不要她做我的妹妹，我要让星月成为我的妻子。”

江烟雨笑了。

最后，江烟雨说：“陆儿，记住，你是有名字的，你不叫凌云，你叫陆寒星。”

然后，江烟雨笑着闭上了眼睛。

启　事

本书编选时参阅了部分报刊和著作，我们未能与部分作品的作者取得联系，在此深表歉意。请各位作者见到本书后及时与我们联系，并提供相关作品著作权证明以及本人身份证复印件，以便按国家相关规定支付稿酬及赠送样书。

地址：湖南省长沙市天心区芙蓉南路和庄 A 栋 3118 室

邮箱：bjljwh@ 126. com